江戸川乱歩（えどがわらんぽ）

蜘蛛男

乱歩
江戸川乱歩作品集07
劉子倩◎譯

江戶川亂步 | 攝於昭和35年(1960)

目錄

出版緣起

「大」亂步，日本推理小說史上最偉大的教父

文／獨步文化編輯部

●亂步熱潮，跨越世代

提到日本推理小說，唯一無可迴避的「絕對」人選，必然是江戶川亂步。

二〇〇三年一月，東京有一個盛大的展覽「江戶川亂步展」，吸引了無數觀展者，與此相對應的是，亂步長年居住的豐島區東京池袋一地，對青少年問題著力甚深的池袋西口扶輪社，也致贈了亂步作品給豐島區內的中小學校學生，並在該區教委區委員會的協力之下，舉辦亂步作品讀後感之徵文比賽。

此時距離亂步謝世的一九六五年，已經三十八年。而二〇〇九年，時隔六年，眾人對亂步、亂步作品的時代意義有了更加深刻的理解與期待，於是，在神奈川近代文學館館長、著名評論家紀田順一郎，以及高橋克彥、戶川安宣、藤井淑禎等重量級專業人士的催生和協助之下，「大亂步展」在日本文化出版界長期的一片不景氣

低迷氛圍中，堂堂登場了。

為什麼一個作家在歿後近五十年，生誕一百一十五歲時，仍受到如此高度的重視？為什麼日本文學史上，在作家名號之前被冠以「大」之尊稱者寥寥可數，而亂步能夠獲致此一當之無愧的無上評價？

●文藝青年，耽於思考、創作

亂步，本名平井太郎，於一八九四年生於日本三重縣名賀郡名張町，十三歲暑假前往熱海海水浴場遊玩時，在租書店租了黑岩淚香的翻案偵探長篇小說《幽靈塔》，成為開始閱讀此一類型作品的契機。十九歲進入早稻田大學政治經濟學科攻讀，二十歲首次以英文閱讀冷硬派偵探小說，充分感受到短篇偵探小說的趣味，至此耽讀不輟，並開始嘗試翻譯。二十一歲創作偵探小說處女作〈火繩槍〉，投稿《冒險世界》雜誌但未被採用。

一九二〇年，亂步二十六歲，歷經了各項工作並於前一年結婚後，在這一年以「江戶川藍峯」(與亂步日文發音同為「RANPO」)為筆名，預告創作〈石塊的祕密〉(〈一張收據〉的原型)，這是之後傳世筆名「江戶川亂步」的起始。而江戶川亂步正是由美國詩人、歐美推理小說鼻祖愛倫坡的日文拼音重組而來。

一九二三年，亂步二十八歲時於失業閒暇寫下〈兩分銅幣〉與〈一張收據〉，得到當時《新青年》雜誌總編輯森下雨村的肯定。〈兩分銅幣〉為後人稱為日本作家創作本格推理之始，亂步也被推為「日本推理第一人」。之後，亂步持續發表〈D坂殺人事件〉、〈閣樓上的散步者〉、〈人間椅子〉等傑作，確立了其推理大家的地位。

一九二九年亂步首次在講談社的雜誌上連載通俗偵探小說〈蜘蛛男〉，大眾讀者爭相閱讀，此後同類型的創作〈黃金假面〉、〈吸血鬼〉、〈人間豹〉，因為以關東大地震後的都市現代化與大眾社會狀況為背景，講求詭計與解謎之旨趣，而賦予大眾文學獨特而無窮的深味及樂趣。

更進一步的，亂步於一九三六年開始創作青少年讀物，此後「少年偵探團系列」在二次戰後掀起了一股兒童文學熱潮，人氣居高不墜，此一系列終成亂步文學的代名詞。

●以推廣日本推理為一生職志

由此可知亂步的偵探推理小說分為三個大類：短篇小說、大眾取向及青少年讀物，而不管哪一路線都凝聚了亂步一生追求的藝術成就經營，以及內在和時代如何對應的努力。而到了亂步的晚年則以推廣、振興此一文類為職志，栽培新人不遺餘力。一九四七年五十歲時組成「偵探作家俱樂部」，獲選為第一任會長。這一年十月亂步也在由該團體主辦的「已故偵探作家慰靈祭」節目偵探劇《月光殺人事件》中演出；十一月則為了「復興偵探小說」之使命，前往關西做了一趟長期的演講旅行。

一九五四年六十歲的慶生會上，發布設立「江戶川亂步獎」。年底春陽堂出版的「江戶川亂步全集」（全十六卷）開始刊行。

一九六三年，時年六十九歲，亂步帕金森病症惡化，但所幸他拖著病弱之軀奔走催生的「社團法人日本推理作家協會」於一月底獲得設立認可，並就任首任理事長到八月，後來因為病重無法視事，便委由松本清張接任此一職務。

一九六五年七月，亂步因腦溢血病逝於自宅，三天後獲追贈「正五位勳三等瑞寶章」。此後各家出版社紛紛推出各種形式、版本的亂步作品全集或文庫，被討論、被研究、被力薦、被推崇、被紀念而毫無異議，從而確立了其作品經典及其人不朽作家之崇高地位。

●「日本推理之父」當之無愧，影響無遠弗屆

亂步，對日本推理文壇而言，是源頭、是中流砥柱、更是精神領袖，是標竿，且是唯一的依歸。後人談到日本推理，誰能不知道江戶川亂步是無可比擬的「日本推理之父」？

獨步成立之前，在榮譽社長詹宏志先生金頭腦的建議之下，原先取的社名就是一見即知、無須解釋、內行人都明白的「亂步」，遺憾的是，在日本人講究各種禮儀

規矩顧忌的考量之下，讓我們這群社內推理迷無法得願。所幸，如今台灣唯一日本推理專業出版社「獨步」，終於在多年千辛萬苦的斡旋之下，徵得亂步長孫、原鐵道雜誌《TRAIN》總編輯平井憲太郎先生的支持與同意，取得作品集十三卷版權，並由資深前輩傅博老師擔任主編，在獨步成立四年之後，隆重推出此一深具意義的系列。

亂步著作等身，有長、短篇小說百餘篇，尤以短篇見長，另有翻案小說、翻譯作品並有隨筆、評論，此次傅博老師與獨步文化規畫之「江戶川亂步作品集」，則將之收攏為短篇、中短及長篇共十二卷，以及隨筆評論集一卷，當然包括名作如〈陰獸〉、《怪人二十面相》、《魔術師》、《黑蜥蜴》等，尤其第一卷，以名偵探明智小五郎為主角的《D坂殺人事件》共收錄八篇中短篇，可說隆重盛宴以饗讀者！

本作品集之誕生，盼我們「獨步」的努力能與此名「亂步」相得益彰，讓日本推理在台灣，在中、港，在有「迷」的地方皆能發熱發光！

總導讀

推理大師・江戶川亂步的業績

文／傅博

●編輯《江戶川亂步作品集》緣起

筆者於二〇〇三年，策畫過一套《江戶川亂步作品集》，欲與江戶川亂步著作權繼承人平井隆太郎商量在台灣出版事宜時，日本傳來江戶川亂步在中國的簡體字版版權有糾紛，暫時不宜談台灣之繁體字版版權，於是這問題一時擱置。到了〇八年夏，這問題才獲得解決。

這年九月，筆者訪日時，拜訪過亂步孫子平井憲太郎，談起往事，希望授權筆者在台灣編輯一套台灣獨特之《江戶川亂步作品集》，獲得允許。今（〇九）年四月，再度訪日時與獨步文化總編輯陳蕙慧，再次拜訪憲太郎，提交並說明我們的策畫內容，包括卷數、收錄作品的選擇基準與內容、附錄等。獲得肯定。

卷數為十三集，這數字是取自歐洲古代的緩刑架階梯數之十三。在歐美、日本之推理小說裡或叢書卷數，往往會出現這數字。

江戸川亂步的作家生涯達四十餘年，創作範圍很廣，推理小說的比率相當高，為了讓讀者了解江戸川亂步的全業績，少年推理與評論等也決定收入。但是與其他作家合作的長篇或連作，約有十篇，視為亂步之非完整作品，不考慮收。

收錄作品先分為戰前推理小說、戰後推理小說、少年推理小說與隨筆、研究、評論等四類。戰前推理小說再分為短篇與極短篇，一共有三十九篇，全部收錄，視其類型分為三集。中篇只有四篇，合為一集。長篇有二十九篇，選擇七篇分為五集，其中兩集是兩篇合為一集的。

戰後推理小說不多，只有兩長篇、七短篇而已，從其中選擇一長篇、五短篇合為一集。少年推理小說長篇共有三十四篇，選擇兩篇分為兩集。隨筆、研究、評論等很多難計其數，選擇三十九篇為一集。

以上為全十三集的各集主題。除了正文之外每集有三件附錄。每集卷頭收錄一幅不同時代的肖像。卷末收錄三十多年來，在日本所發表之有關江戸川亂步的評論或研究論文之傑作一篇，以及由筆者撰寫之「解題」。這種編輯方針是在日本編輯「作家全集」時的模式，目的是欲讓讀者從不同角度去了解該作家與作品。可說是出版社對讀者的服務之一。

《江戸川亂步作品集》共十三集的詳細內容是：

01、《兩分銅幣》：收錄一九二三年四月發表處女作，至二五年七月之間所發表的本格或準本格推理短篇和極短篇共計十六篇。包括處女作〈兩分銅幣〉、〈一張收據〉、〈致命的錯誤〉、〈二廢人〉、〈雙生兒〉、〈紅色房間〉、〈日記本〉、〈算盤傳情的故事〉、〈盜難〉、〈白日夢〉、〈戒指〉、〈夢遊者之死〉、〈百面演員〉、〈一人扮演兩角〉、〈疑惑〉以及出道之前的習作〈火繩槍〉。

02、《D坂殺人事件》：收錄江戶川亂步筆下唯一名探明智小五郎之系列短篇八篇。包括〈D坂殺人事件〉、〈心理測驗〉、〈黑手幫〉、〈幽靈〉、〈閣樓上的散步者〉、〈是誰〉、〈凶器〉、〈月亮與手套〉。

03、《人間椅子》：收錄一九二五年九月至三一年四月之間所發表之本格與變格推理短篇十五篇。包括〈人間椅子〉、〈接吻〉、〈侏儒的活躍〉、〈毒草〉、〈覆面的舞踏者〉、〈飛灰四起〉、〈火星之運河〉、〈花押字〉、〈阿勢登場〉、〈非人之戀〉、〈鏡地獄〉、〈旋轉木馬〉、〈芋蟲〉、〈帶著貼畫旅行的人〉、〈目羅博士之不可思議的犯罪〉。

04、《陰獸》：收錄一九二八年至三五年間發表的變格推理中篇四篇。包括〈陰獸〉、〈蟲〉、〈鬼〉、〈石榴〉。

05、《帕羅拉馬島奇談》：收錄一九二六年發表的較短的長篇兩篇。包括〈帕羅拉馬島奇談〉與〈湖畔亭事件〉。

06、《孤島之鬼》：原文約二十二萬字長篇，一九二九至三〇年作品。

07、《蜘蛛男》：原文約二十一萬字長篇，一九二九至三〇年作品。

08、《魔術師》：原文約十九萬字長篇，一九三〇至三一年作品。

09、《黑蜥蜴》：收錄較短的長篇兩篇。包括一九三一至三二年發表的〈地獄風景〉、一九三四年發表的〈黑蜥蜴〉。

10、《詐欺師與空氣男》：收錄一九五〇至六〇年發表的五篇短篇與一篇長篇。包括〈斷崖〉、〈防空壕〉、〈堀越搜查一課長先生〉、〈對妻子失戀的男人〉、〈手指〉、〈詐欺師與空氣男〉。

11、《怪人二十面相》：第一部少年推理長篇，原文約十三萬字，一九三六年作品。

12、《少年偵探團》：第二部少年推理長篇，原文約十二萬字，一九三七年作品。

13、《幻影城主》：收錄非小說的傑作三十九篇，分為三部份，自述十六篇、評論十一篇、研究十二篇。《幻影城主》是台灣獨特的書名，江戶川亂步生前曾以幻影城的城主自居。

每卷除了收入上述作品之外，卷頭收入一張不同時代的亂步肖像或家族照。卷末選錄一篇有關亂步的評論或研究論文。亂步逝世至今已四十多年，這期間由評論家、研究家以及推理文壇外人士所發表的評論、研究、評介達數百篇之多。本作品集收錄的十三篇是從這群文章中挑選出來的傑作。

●江戶川亂步誕生前夜

江戶川亂步是日本推理文學之父，名幅其實的推理文學大師，其作品至今仍然受男女老幼讀者喜愛的國民作家。

為何江戶川亂步能集這麼多榮譽於一身呢？其答案是：時勢造英雄、英雄再造時勢的結果。話從頭說起。

日本自從一八六八年的明治維新之日本文化的全面西化以後，以文學來說，最先是從翻譯或改寫歐美作品做起，大約經過二十年時光，才出現模仿西方之創作形式的作家，之後，才漸漸理解歐美的文學本質、創作思潮、寫作原理學。而至大正年間（一九一二—一二六年）才確立近代化的日本文學。

這段期間，明治維新以前之江戶時間（一六〇三—一八六七年）的庶民之通俗讀物，到了明治以後，雖然漸漸有所改良，基本上還是保留傳統的寫作形式與內容。到了大正年間，才與純文學同步，步步確立新的大眾文學。

日本之近代大眾文學的原點是一九一三年，中里介山所發表的大河小說《大菩薩峠》。當時還沒有「大眾文學」這個文學專詞，稱為「民眾文藝」、「讀物文藝」、「通俗讀物」、「大眾讀物」等。

「大眾文藝」或「大眾文學」之名詞普遍被使用是，一九二六年一月創刊之雜誌

《大眾文藝》，以及於一九二七年，平凡社創刊之《現代大眾文學全集》以後之事。

當初的大眾文學是指，以明治維新以前為故事背景，具有浪漫性、娛樂性的小說，又稱為時代小說（俠義大眾小說）。但是，後來把當代為故事背景，具有浪漫性的「現代小說」以及「探偵小說」也被歸納於大眾文學（廣義的大眾小說）。之後至今，時代小說、現代小說、偵探小說鼎足而立。

「清張（五六年）以前」的偵探小說包括奇幻小說和科幻小說。現在三者雖然鼎足而立，其關係很密切，合稱為「娛樂小說」，而偵探小說於「清張以後」改稱為推理小說，現在兩者並用。

話說回來，對日本來說推理小說是舶來文學，但是從歐美引進推理小說的時期很早，明治維新十年後之一八七七年，由神田孝平翻譯荷蘭作家克里斯底邁埃爾之《楊牙兒之奇獄》為始，比柯南道爾發表「福爾摩斯探案」早十年。

之後，明治期三十五年，翻譯作品不多，而黑岩淚香為首的「翻案（改寫）推理小說」成為大眾讀物之主流。此外，也有些作家嘗試推理小說的創作，但是除了黑岩淚香之〈無慘〉具有文學水準之外，沒有什麼收穫，可說推理創作的時期還未成熟。

進入大正年間，時期漸漸成熟，幾家出版社中有計畫地出版歐美推理小說叢書，其數約有十種。

又因近代文學的確立，大正期崛起的谷崎潤一郎、芥川龍之介、佐藤春夫等幾位作家的取材範圍，比已往作家為廣，其某些作品就具有濃厚的推理氣味。又，戲劇作家岡本綺堂於一九一七年，開始撰寫模仿福爾摩斯探案之「半七捕物帳系列」，共計六十八話，是以明治維新以前之江戶（現在之東京）為故事背景，推理與人情、風物並重的時代推理小說，當時卻不被視為推理小說，被歸類於時代小說。

至於一九二〇年一月，明治大正期之兩大出版社之一的博文館，創刊了綜合雜誌《新青年》月刊，主要內容是刊載鼓勵日本青年向海外發展的文章，附錄讀物選擇了在日本開始被讀者接受的歐美推理短篇。而且也同時舉辦了推理小說的創作徵文，雖然於四月發表第一屆得獎作品，其品質與歐美作品比較還有一段距離，其最大理由，就是徵文字數限定於四千字，作品不能充分發揮其才能。

《新青年》雖然不是推理小說的專門雜誌，卻是唯一集中刊載推理小說的雜誌。翌年八月，主編森下雨村編輯出版了「推理小說特輯」增刊號，獲得好評。（之後每年定期發行推理小說增刊二期至四期，內容都是歐美推理小說為主軸。）

在這樣大環境之下，機會已成熟，一九二三年四月，《新青年》刊載了日本推理小說史上的里程碑，江戶川亂步〈兩分銅幣〉。

●江戶川亂步確立日本推理小說之後

江戶川亂步：本名平井太郎，另有筆名小松龍之介。筆名江戶川亂步五字是從世界推理小說之父艾德格・愛倫・坡的日文拼音以漢字表示而來的。一八九四年十月二十一日生於三重縣名賀郡名張町，父親平井繁男，為名賀郡公所書記，母親平井菊。兩歲時因父親轉換工作，全家移居名古屋市。

七歲進入白川尋常小學，識字後便耽讀巖谷小波之《世界故事集》。十一歲進入市立第三高等小學，二年級時開始閱讀押川春浪的武俠小說，黑岩淚香的翻案推理小說。十三歲進入愛知縣立第五中學，因為討論賽跑和機械體操，時常曠課。亂步的推理作家夢，萌芽於此事，他對於現實世界的歡樂不感興趣，喜一個人在黯淡的房間，靜靜地空想虛幻的世界。

一九〇七年，父親開設平井商店做生意。二年中學畢業，平井商店破產，亂步放棄升學，六月亂步跟家族移居朝鮮，八月單獨上京，於本鄉湯島天神町之雲山堂當活版排字實習工。之後，考進早稻田大學預科，但是為了生活，很少去上課，其間當過抄寫員、政治雜誌編輯、圖書館出租員、英語家教等，但是都為期不久。

一九一二年春，外祖母在牛込喜久井町租屋，亂步搬去同居，因此不必去打工，可專心上學。八月預科畢業，進入政治經濟學部。翌年春，與同學創刊回覽式同仁雜誌《白虹》，醉心愛倫・坡與柯南道爾之福爾摩斯探案，亂步堅信純粹的推理小說，必須以短篇形式書寫這種創作思想。爾後，他在自己的作品實施。亂步為了研究歐美推理小說，除了大學圖書館之外，還去上野、日比谷、大橋等圖書館閱讀，這年把閱讀的筆記，自己裝訂成書，稱為《奇譚》。

一九一五年，父親從朝鮮回來，定居於牛込，亂步搬去同居，這年撰寫推理短篇〈火繩槍〉，為亂步之實際上的推理小說處女作。翌年大學畢業，計畫到美國撰寫推理小說賺錢，但是欠缺旅費，只好留在日本找工作，這年到大阪貿易商社加藤洋行上班，翌年五月辭職，之後數個月，到各地溫泉流浪。回來後在三重縣的鳥羽造船所電氣部上班，之後改為社內雜誌《日和》編輯。此後五年內更換工作十多次，如巡迴說書員、經營古書店、雜誌編輯、市公所職員、新聞記者、工人俱樂部書記長、律師事務所職員、報社廣告部職員等。

一九二三年，撰寫了〈兩分銅幣〉與〈一張收據〉兩篇推理短篇，最先寄給曾經發表過推理文學評論的文藝評論家馬場孤蝶，請他批評並介紹刊載雜誌，但是，一直沒有回應，亂步索回改投《新青年》，主編森下雨村閱讀後，擬為是歐美作品的翻案，請當時在《新青年》撰寫法醫學記事的醫學博士小酒井不木（之後也撰寫推理小說）監定。

於是一九二三年四月，〈兩分銅幣〉與小酒井不木的推薦文同時被刊出，獲得好評，繼之七月，〈一張收據〉也被刊載，從此，亂步的人生一帆風順。

亂步的登場，證明了日本人也有能力撰寫與歐美比美的推理小說，由此，欲嘗試的挑戰者或追隨者相繼而出，不到幾年，以《新青年》為根據地，在大眾文壇確立一席之地，與時代小說、現代小說鼎足而立。

但是，《新青年》所刊載的推理小說，以現在的眼光分類，非屬於本格推理的為多，如重視結尾的意外性的準本格，現實生活中的非現實奇談等等，這些作品有其共同特徵，就是故事的耽美性、傳奇性、異常性、虛構性、浪漫性。

話說江戶川亂步，一九二四年因工作繁忙，只在《新青年》發表兩篇短篇，十一月為了專心推理創作，辭去大阪每日新聞社工作，翌二五年一共發表了十七篇短篇與六篇隨筆，為亂步最豐收的一年，也是亂步在大眾文壇確立不動地位之年。

之後，亂步執筆的主軸，從短篇漸漸轉移到長篇，而於三六年開創長篇少年推理小說。四〇年至四五年日本敗戰之間，日本政府全面禁止推理小說創作，亂步只發表了合乎國策的三篇冒險小說。

戰後，亂步的創作量激減，其活動主力是推理作家的組織化，培養新人作家與推理文學的推廣，而確立了戰後推理文壇。例如：

二次大戰結束，因戰後疏散到鄉村的作家紛紛回京，翌四六年六月十五日星期六，亂步主持了一場「在京推理作家座談會」，向在場作家講述了時達兩小時的〈美國推理小說近況〉，介紹了美國推理小說的新傾向，勉勵大家共同為戰後之推理小說邁進。

這次聚會之後，決定每月第二個星期六定期舉辦一次聚會，稱為「土曜會」(星期六在日本稱為土曜日)。

一年後，土曜會為班底，成立「偵探作家俱樂部」，選出江戶川亂步為首屆會長。五四年十月，偵探作家俱樂部與關西偵探作家俱樂部合併，改稱為「日本偵探作家俱樂部」。六二年，由任意團體組織改組為社團法人(基金會)，改稱為「日本推理作家協會」。

偵探作家俱樂部成立時，為了褒獎年度優秀作品，設立偵探作家俱樂部獎，之後跟著組織的更名，獎的名稱也更改，現在稱為日本推理作家協會獎。

一九五四年十月三十日，慶祝江戶川亂步六十歲誕辰會上，亂步為了振興日本推理小說，向日本偵探作家俱樂部提供一百萬圓日幣為基金，設立了江戶川亂步獎，當初兩屆頒獎給對日本推理文壇的功勞者，從第三屆起更改為長篇推理小說徵文獎，鼓勵新人的推理創作。

亂步除了推行這些組織性的活動之外，還積極地撰寫介紹歐美推理作家與其名著，以及推理小說的理論與研究文章。前者結集為《海外偵探小說作家與作品》，後者的代表作為《幻影城》與《續．幻影城》。

江戶川亂步對日本推理文壇的貢獻，日本政府於一九六一年十一月，授與「紫綬褒章」。

一九六五年七月二十八日，亂步因腦出血而逝世，享年七十一歲。日本政府再度授與「正五位勳三等瑞寶章」紀念其功勞。

二〇一〇年一月七日

本文作者簡介

傅博

文藝評論家。另有筆名島崎博、黃淮。一九三三年出生，台南市人。於早稻田大學研究所專攻金融經濟。在日二十五年以島崎博之名撰寫作家書誌、文化時評等。曾任推理雜誌《幻影城》總編輯。一九七九年底回台定居。主編《日本十大推理名著全集》、《日本推理名著大展》、《日本名探推理系列》以及日本文學選集（合計四十冊，希代出版）。二〇〇九年出版《謎詭・偵探・推理—日本推理作家與作品》（獨步文化），是台灣最具權威的日本推理小說評論文集。

蜘蛛男

序言

說起蜘蛛男，年長者也許馬上就會想到：「啊，是那個給人參觀的蜘蛛男[1]嗎？」以前淺草六區[2]就有蜘蛛男這樣的怪物供人參觀。此人身長僅有四寸[3]餘，手又細又長，腳蜷縮短小，外形如同蜘蛛，乃是詭異的殘疾者。的確，就詭異而言，這個故事的主角也不遜於前述怪物，不過作者的用意別在他處。

蜘蛛這種昆蟲，光是那毛茸茸的八隻腳，異樣蠢動的姿態，便已噁心得令人毛骨悚然。而這種昆蟲的本性，也相當殘忍冷酷，由於牠們會自相殘殺因此無法兩隻同居。即便是夫妻，雄蜘蛛也得趁雌蜘蛛不注意時，才能像飛鳥般撲上去，驚險完成交媾；而凶殘的雌蜘蛛，即便是面對如此重要的配偶，也會攻其不備，大口咬殺。真是令人寒毛倒豎的怪物。

這個故事的主角殘忍冷酷又詭異的程度，正如這種蜘蛛（而且是雌蜘蛛），因此

1 所謂的蜘蛛男，本名佐藤勇吉，自稱魔術師，明治11（1878）年起在東京各地的劇場演出。身長七寸，頭與手腳卻有七寸五分長，而且手腳折成三折。除了胴體與其他部分的怪異比例，還有他那彷彿不停在窺視什麼的詭異眼神，也令人連想到蜘蛛。

2 位於東京都台東區淺草的娛樂街，有各種劇場和遊樂設施。

3 一寸約為3.03公分。

作者將其取名為「蜘蛛男」。

第二主角是一位聰敏的業餘偵探，這個故事就是記述這位業餘偵探與「蜘蛛男」之間，那段深仇綿綿、永無休止的鬥爭。

十三號房的房客

在Y町（當然是位於東京）有關東大樓這麼一間私人經營、規模不大的出租事務所。某日早上，一位體面的紳士走進這間大樓的事務所，事務員接過名片，一看之下，上面印著「美術商　稻垣平造」。

稻垣氏倚著粗大的藤製手杖，把玩著白色背心胸前的銀白鎖鍊，蠻橫地說，「如果有空房間，我要租用。」

關東大樓由於地點絕佳、房租低廉，因此生意相當興隆。但是不知為何，有一間就是租不出去。經營者很迷信，認為也許是十三號這個數字太不吉利，甚至想跳過那個號碼，把全部的房號都換掉。此時也正好只有十三號房還空著。

「十三號。」稻垣氏複述，笑得頗為詭異，「十三號可以。那我今天就立刻讓人把行李搬進來。」說著當場打開鼓鼓的錢包，付了押金和一個月房租。

大樓不是公家機構，不會調查租屋者的身分，也不要求戶籍謄本，甚至不需保證人。只要外表體面拿得出錢，不管是阿貓阿狗，隨時都能租到房間。當然不是說稻垣氏是阿貓阿狗，不過縱使那張「美術商　稻垣平造」的名片是假的，只要沒人懷疑，就不會有人說話。

收下房租收據，出了事務所，稻垣氏就回家去準備搬家了嗎？並沒有。他走進街角的自動電話亭[1]。

「喂，K家具店嗎？我是關東大樓十三號房的房客稻垣，我有急用，要趕時間，所以東西你幫我挑就好。我要辦公用的桌子和旋轉椅，還有三張普通椅子，另外，還要一個大型展示櫃，價錢任你開，請你立刻給我送來。當然現成的商品也行，等貨一送到我就把錢給你。」

就這樣，除了K家具店之外，他也急忙打電話到G美術店、S裱框店等兩三處地方，把用來裝飾出租辦公室的所有物品一樣不漏地訂購完畢。看來稻垣氏是個奇怪的美術商人，賣的東西居然是他以自動電話向從未打過交道的美術藝品店和裱框店訂來的商品。他這樣做，到底能從哪裡賺到利潤呢？世上竟然有如此不可思議的商人。

那天下午二點左右，關東大樓十三號房已經很像美術商的辦公室，裝飾得體面又氣派。五六坪大的室內，四面牆壁上掛滿大大小小的油畫和版畫，角落的大型玻璃展示櫃內，熱鬧地放著石膏半身像、手或腳的局部塑像、以及各式各樣的陶壺，另一邊的角落則堆滿了白色畫布和畫框。

室內中央有張大桌，周圍錯落有致地放了幾把椅子。這間十三號房的新主人稻垣平造，一屁股朝桌子後面的旋轉椅重重坐下，接著在桌上的信箋振筆疾書。看他

1 當時的公共電話稱為自動電話。

那幅模樣，彷彿打從一年前起，就在這同一間屋子辦公。

說到這裡，為了讀者，必須稍微描述一下稻垣氏的風采，不過話說回來，其實他也沒什麼特殊風采可言。勉強要說特別之處，頂多也只是稻垣氏留著不像商人的大八字鬍，以及剃成三角形看起來很做作的山羊鬍。不過，這種當時很少見的蓄鬍方式，倒也的確令身材高䠷瘦長的四十歲男子稻垣氏，看起來有點英國紳士的味道，多出幾分高雅的威嚴。他的臉孔屬於瘦可見骨的細長臉型，臉色慘白，茂密的頭髮梳得很整齊，但是相對於臉孔整體的感覺，那副大型玳瑁框眼鏡，好像不大搭調。

至於服裝，他穿著薄質黑色嗶嘰外套，白色麻背心和嗶嘰細條紋長褲，品味很低調，卻又非常適合他。

當如此打扮的稻垣氏，正在伏案疾書之際，敲門聲響起，很快就有人來訪了。

「請進。」

稻垣氏以清晰低沉的嗓音應道，來人戰戰兢兢地推開門。從門縫之間，探進一張令人意外的十七、八歲年輕女孩的臉蛋。

「請進。」

他再次說道，女孩這才進來，但是杵在門口和桌子中間，扭捏地停下腳步。她是個身穿淺色嗶嘰，腰繫紅色花紋絲織腰帶，相貌談不上美麗，似乎很內向的女孩。

稻垣氏一臉不耐煩，招手地催她來桌前，於是女孩上前兩三步，再次扭捏了半天，才從腰帶取出小紙條，

「呃，我是看到今早的報紙才來的。」

說著，她把那張紙條輕輕放在桌角。

說是紙條，其實是從報紙的三行廣告欄剪下來的，上面印著這樣的內容：

> 誠徵女事務員，約十七、八歲，親切討喜，負責接待美術商客戶。薪優，下午三點至五點面談。
>
> Y町關東大樓稻垣美術店

看樣子，稻垣氏還沒租到房子，便已先刊登這樣的報紙廣告了。難道他事先知道關東大樓的十三號房空著嗎？此人的做法，從頭到尾都很奇特。商品是向同行的零售商購入，而且是打自動電話訂貨，甚至還沒租房子就先刊登報紙廣告，一切都不按牌理出牌，但這也許就是這年頭所謂的生意手法吧。

撇開那個不提，稻垣氏仔細觀察這個來應徵的女孩半晌，最後毫不客氣地說：

「很抱歉，我們登報要找的人，現在已經找到了。」

正如讀者所知，稻垣氏搬進這裡後，這位女孩是頭一個訪客。結果，他居然說

已經找到員工了，這個回答豈不怪哉？此人的行事手法到底要古怪到什麼地步？

空蕩蕩的宅邸

之後直到五點下班為止，稻垣商店可說是一開張就生意興隆。不過上門拜訪的，並非來光顧的客人，全都是來應徵女事務員的。但稻垣氏還是喜孜孜的，就像在進行某種愉快的工作，對著逐一來訪的年輕女孩，有耐心地重覆同樣的回答：

「很抱歉，我們登報要找的人，已經找到了。」

但是，唯有最後一個上門的女孩例外。

那個女孩，年紀正如徵人啟事要求的只有十七八歲，穿著活潑俏麗的洋裝，圓帽低低地壓到眼上，膚色的襪子閃閃發亮。

稻垣氏在圓眼鏡後方，瞇起雙眼（這似乎是他的習慣動作，此人老是睡眼惺忪地瞇著眼。若是想像那雙眼睛瞪得老大的模樣，那真是令人毛骨悚然。）打量在桌前站得筆直的女孩。那種打量方式簡直像要舔遍她全身上下。

這個女孩身材嬌小，明明很豐滿，可是卻給人一種如果用力抱緊，好像會軟綿綿地變形的感覺。她的臉孔是健康的小麥色，像小狗一樣怯生生卻又變化多端的雙眼、向上噘起宛如花瓣的嘴唇、短小的人中、雖然扁塌卻有種莫名魅力的鼻子是她的最大特徵。

稻垣氏打量這個女孩半晌後，頭一次沒有說出那句老台詞。

「貴姓大名？」

「人家叫里見芳枝。」

女孩毫不靦腆，甚至風情萬種地回答。稻垣氏的雙眼在眼鏡後面瞇得更細了。

「我的店面人手很少，所以雖說是負責招呼客人，其實得做很多事。比方說要整理商品、記帳、扮演我的秘書等等。妳行嗎？不過薪水我會按週發放，每週十五圓[1]。妳能接受這樣的條件嗎？」

「可以，這樣很好。只要您不嫌棄，我什麼都肯做。」

「那麼，妳父母知道嗎？今天出來前妳跟他們報備過要來這裡嗎？」

「不，我還沒告訴家裡的人。今天出門時也是說要去朋友家。不過如果知道我被貴店錄用，我想他們一定也會很高興，因為他們一直催我出來工作。」

聽到這裡，稻垣氏的小眼睛定定地盯著芳枝，但不知為何，他像要強調什麼似的般，又問了一次同樣的問題：

「妳今天來這裡的事，家裡沒人知道是吧？妳也沒告訴其他朋友嗎？」

「沒有，誰也沒說。因為如果沒錄取會很丟臉。」

1 換算成月薪等於是六十圓，當時基層巡警的初任薪資也只有月薪四十五圓。

「很好。那麼，我決定從今天開始雇用妳。不過——」
他一邊說著，看了一下鐘。
「啊，已經五點了。這間店向來都是五點關門，所以有些超過工作時間了，但我想先讓妳知道我家的位置，也讓妳看一下家中倉庫的貨品。所以如果不礙事，請妳現在就跟我走一趟，好嗎？放心，地方不遠。而且是坐車，一下子就到了。妳絕對來得及回家吃晚飯。」
「是……」里見芳枝還是有點躊躇，但她覺得店主無論是年紀也好、人品也好，似乎都值得信任，因此鼓起勇氣回答：
「沒問題。我跟您去。」
「那麼，妳先出去，我想想，請妳在對面那個十字路口的地方等我。我把這裡收拾好就馬上過去。」
其實根本沒什麼好收拾的，但稻垣氏卻用這種藉口，打發芳枝先出去。
而芳枝只顧著高興找到好工作，壓根沒注意到有什麼不對，可稻垣氏的行動卻益發古怪。不過，和他接下來稀奇古怪的行動相比，這點小事根本不算什麼。
芳枝在他指定的十字路口等候，不久一輛汽車徐徐開到眼前。
「里見小姐，來，快上車吧。」
芳枝一看之下，稻垣氏果然坐在那輛車中。她雖然覺得此人做事有點詭異，卻也無暇慢慢思考，就這麼上了車。

汽車自Y町朝東行駛了一陣子，在靠近兩國橋的S町停車。稻垣氏說，「我找客戶有點事，順便也可以替妳引見一下。」他讓芳枝下了車，命司機離去後，便邁步走進窄小的橫巷。也不知他在想什麼，突然一邊解釋，「哎呀，我差點忘了。那位客戶出門旅行了，不在家。我今天真糊塗。」一邊在錯綜複雜的橫巷拐來拐去，出了對面的大馬路，又在那裡攔下一輛汽車。這次反過來讓車子不斷往西走，回頭朝西行駛了來時兩倍的距離後，終於在麴町區的R町停車。離開事務所時已經過了五點，再加上中途去找客戶又耗了不少時間，這時路燈都已亮起了。

「抱歉拖到這麼晚，不過馬上就到了。」

稻垣氏說著打發汽車離開，走進R町某條冷清的橫巷。只見圍牆綿延不絕，是個安靜的住宅區，路上杳無人跡，路燈也寥落無幾，就像走進一個巨大、漆黑的洞窟。

「我如果再不回去，家人會擔心……」

雖然芳枝是喜愛冒險的女人，但不知怎地，這時她忽然害怕了，面對那洞窟般的巷弄踟躕不前。

「只剩不到半町[1]路了。就算妳現在從這裡走回去，路程也差不多。既然都已經來了，就順便去看一下。」

1 町為距離單位，一町約等於109公尺。

稻垣氏不管她願不願意，率先大步走去。芳枝是那種把事情看得太簡單，如果行不通便索性豁出去，硬著頭皮去冒險的女人。而這晚，她的心情正好介於兩者之間，而且一方面她也燃起旺盛的好奇心，最後她還是跟著這個年約四十、貌似洋人的男人走了。

果然，走了半町路，便發現夾在兩邊的豪宅之間，有一棟大小中等、門面小巧的房屋。門口沒有燈，黑漆漆地看不見門牌，但稻垣氏喀啦喀啦地拉開拉門，逕自走進一片漆黑的屋內。

「內人可能出去了。這傢伙真不小心，居然連門也不鎖。」

稻垣氏這麼說著在黑暗中窸窸窣窣地一陣後，玄關啪地亮起燈。

從大門口進來約有一間[1]距離，緊接著就是玄關的格子拉門。只見那頭的兩扇紙門變亮，稻垣氏正在約有三張榻榻米大的玄關頻頻向芳枝招手。

出乎意料得寒酸的雇主家令芳枝目瞪口呆。稻垣氏的妻子難道像大雜院的太太一樣，門也不鎖就隨意外出嗎？況且，家裡好像連個女傭也沒有，主人回來了，居然還得自己去開玄關的燈，這樣真的付得起我的薪水嗎？想到這裡，她愈發不安了。

之後她被帶進八疊大的內室，在連個坐墊也沒有的榻榻米坐下時，芳枝已不僅是不安，甚且開始湧起莫名的恐懼。因為這棟稻垣氏自稱私宅的房子，該不會根本

1 間為長度單位，一間約等於1.8182公尺。

是無人居住的空屋吧？芳枝放眼屋內，既沒櫃子也沒桌子，玄關門口也沒看到任何拖鞋再加上客廳的壁龕也是空蕩蕩的，沒有任何畫軸或擺飾，這實在都太奇怪了。這樣看來，他說妻子外出，肯定也是騙小孩的謊話。

「妳似乎很驚訝。」稻垣氏看著坐立不安的芳枝，以彷彿內心正在冷冷竊笑的語氣說，「其實這裡根本不是我家，只是一間空房子。我只是事先打開門鎖罷了。至於電燈，也是我自己準備了燈泡，以便隨時可以點亮。嚇到了嗎？但是事到如今妳應該不會做出不智之舉，企圖尖叫或逃跑吧？不過就算妳尖叫也沒用，附近都是大得不像話的豪宅，這裡根本是僻靜的獨門獨院。就算妳想逃，我剛才已經從內側把門鎖上，憑妳纖細的手臂恐怕也逃不出去。妳明白了嗎？妳很聰明，應該很清楚這種場合該怎麼做、該採取什麼態度對妳才會最有利。我是個壞男人，所謂的壞胚子。妳若想在現在這種不利狀態下反抗我，反而正合我意。妳懂了吧？所以，我還是稻垣美術店的店主，妳還是那裡的女事務員，而這裡就是店主家，咱們就別來什麼無謂的爭執或反目相向，保持愉快的心情好好談一談吧。可以吧？」

芳枝聽到這裡，嘴唇倏然失去血色，但她以肉眼難辨的神速，硬是藏起心中的狼狽。雖然心裡仍害怕得不停發抖，至少表面上，她已能夠坦然自若地說：

「可是為什麼非得來這麼奇怪的空屋呢？」

「漂亮。妳果然聰明。這下子我也放心了。妳剛才的意思是說，我何必選這種空屋，不如去茶室或飯店開房間是吧？妳可以直接這麼問沒關係。……不過，我之所以選擇這種地處僻靜的房子，是有我特殊的理由。妳馬上就會知道這個理由了。」

稻垣氏從頭到尾都保持紳士風度，閒話家常似地，語氣相當平穩。看來他清楚地知道，比起任何粗暴的言詞，這種態度更能令對方毛骨悚然，也更讓人害怕。

浴缸的蜘蛛

「我說過要讓妳看我家倉庫的。不過很遺憾，這間空屋沒有倉庫，所以我就另外讓妳看一樣好東西吧，就是浴室。這間屋子雖小，卻有間異常氣派的大浴室喔。」

稻垣氏不知是何居心地如此說道，接著便沿著房間外側的簷廊，朝漆黑的後方走去，過了一會兒，那個方向倏然大放光明。他點亮了浴室的燈。

芳枝絕非無視貞操的放蕩少女，她也非常清楚這種情況下，一般女孩會採取什麼態度。但是正因為聰明，所以她早早就醒悟，事到如今縱使掙扎反抗也毫無用處。她也沒有古時候的女人那種寧死不屈守身如玉的潔癖，所以她覺得反正都一樣逃不掉，還不如堂堂正正地面對。於是，她向來小看男人的那種心態，登時又冒了出來。

「哇，好漂亮的澡堂。」

她走到那裡，探頭往浴室一看，流利地說道。但是，語氣終究無法像她心裡預想得那麼性感迷人。

「妳也這麼覺得吧？唯有這裡，昨天我好好打掃了一番，不過，我沒燒熱水。因為我再大膽，也不敢讓煙囪冒出煙。」

稻垣氏見芳枝意外地鎮定，似乎非常滿意。

浴室只有一坪大，四分之一是浴缸，剩下的空間自牆壁到地板全部鋪上白磁磚，是非常潔淨的沖澡區。浴缸貼著白磁磚，天花板也漆成白色，所以整間浴室一片雪白，甚至閃閃發亮。浴室裡蓄鬍的西服紳士沾濕襪子佇立原地，和洋裝美少女自門口探入上半身窺看的情景，實在異常。

芳枝心裡已抱著某種可怕的預感，因此只覺眼前一片朦朧，甚至產生輕微的暈眩。但她還是勉強裝成若無其事，放眼眺望浴室，看著看著她忽然發現一件怪事。空屋的浴室架子上放著行李箱，這倒是挺奇怪的。該不會，打從我被帶進這間空屋開始，一切都是在做夢吧？她一邊悠哉浮想，一邊凝視著那個小型行李箱。

「啊，這個嗎？」

稻垣氏立刻看穿芳枝的表情，取下那個皮箱，隨手打開推到她的眼前。芳枝定睛一看，箱內放滿了各式各樣令人心驚膽戰的刀子。

「很像弁慶的七大道具[1]吧？啊哈哈哈哈哈！」

詭異的箱中物品和稻垣氏充滿威脅性的笑聲，令芳枝悚然一驚花容失色。

「妳一定覺得奇怪吧。」稻垣氏快意地望著她的滿臉懼色說，「不過，這其實一點也不怪。妳看。這個浴缸放了水。是誰放的水呢？是我。我事先把一切都準備好了。這個皮箱當然也是我昨天拿來的。我為何要打掃浴室事先放水，甚至還準備這七大道具？妳知道原因嗎？這一切都是為了妳。直到剛才，管妳是芳枝小姐還是誰，無論姓名或長相我都還不確定。我抱著碰運氣的心理姑且一試，猜想看到我的徵人啟事來應徵的女孩當中，也許會有妳這樣的可人兒出現。沒想到，我是如此幸運，今天來我店裡的十八名女孩當中竟然就有妳。妳無論是臉蛋、身材、聲音乃至個性，都和我的理想一模一樣。如果今天妳沒出現，我明天和後天也會去那間事務所，繼續會見來應徵的女孩。來這個地方的日子也將更往後推延。」

稻垣氏眼鏡後方細小如線的眼睛舔舐著芳枝全身上下，並且有一搭沒一搭、愉快地繼續他的說明。

「來，妳試著回想看看。我們為何要繞道S町？什麼拜訪客戶是我瞎掰的。那是為了不讓司機知道我們從關東大樓出來之後去了哪裡。我們本該往西走，我卻反過來假裝往東走，然後又換乘另一輛汽車。如此一來，稻垣商店和這間空屋就完全沒有關連。妳再想一下。我在店裡曾經問過妳，今天妳要去店裡的事有沒有告訴任

1 弁慶為鎌倉時代的英雄豪傑，他將所有的武器都背在身上帶著走，號稱七大道具。

何人，妳說怕丟臉所以誰也沒說。這下子我完全放心了，這樣一來稻垣商店和里見芳枝小姐之間就毫無關連了。這間屋子和稻垣商店無關，稻垣與妳也無關，所以我就完全安全了。但，我的詭計可是更加周到。那間辦公室，是今早剛租的，而且我不會再去，我會丟下那滿屋子的東西就此消失。那些桌椅石膏像，全是我打電話叫不認識的店家送來的。那種東西查不出任何線索。這間稻垣美術店才剛剛開張，就在一天之內關門大吉。妳懂嗎？換句話說，打從一開始那間美術藝品店就沒有。況且先不提別的，說來好笑，我到底是什麼人？我住在哪裡？我叫什麼名字？沒有任何人知道。稻垣嗎？哈哈哈哈哈！稻垣到底是誰呢？就像我不是稻垣商店的老闆一樣，我當然也不叫稻垣。哈哈哈哈哈！」化名稻垣的男人說到這裡，好像一切都很滑稽似地笑了出來。

即便對方已說完，芳枝還是宛如喪失心神般，默默凝視空中，過了一會兒她突然大叫一聲「哎呀。」地倒退了兩三步。這並不是因為她終於領悟稻垣氏的真正意圖，而感到害怕。雖然她很聰明，但畢竟還是個涉世未深的小姑娘，只聽到這樣的發言，她還是無法洞察對方真正的目的。更何況，稻垣氏的詭計太過詭異，也太過殘忍。此刻嚇到她的是一隻正巧在這時爬出浴缸的白色磁磚表面、令人毛骨悚然的大蜘蛛。

「啊，是蜘蛛嗎？妳不怕我，反倒怕這種小蟲子？」

稻垣氏說著，靈巧地抓住那隻大蜘蛛，二話不說就扔進浴缸。起初，蜘蛛就像水上飛蟲，伸展長長的腳，在水面輕盈跳躍了一陣子。然而每當牠爬上浴缸邊緣，稻垣氏就殘忍地把牠又彈回水中央，最後牠終於累了，像溺死者一樣，胡亂動腳掙扎，開始瘋狂的舞蹈。

「牠在跳舞了，牠在跳舞了，這可是瀕死之舞呢。」

稻垣氏即便在這種時候，仍以殘忍的惡作劇取樂，過了好一陣子才把牠從水中拎出。這次他不知怎麼想的，居然把瀕死的大蜘蛛冷不防地朝芳枝的腳邊扔過去。蜘蛛正好落到芳枝身後，她「啊！」地放聲尖叫，不得不躲向稻垣氏那邊，於是，稻垣氏彷彿早就算準似地突然抱住她撲過來的身體。然後囁語：「來吧，這次輪到我們來跳瘋狂之舞了。」

獸人

又過了數小時後的深夜中，在同樣的空屋內室，里見芳枝宛如受傷的鬥牛，奄奄一息地頹然癱平疲憊的身體。如那被扯下扔到一旁的衣物，凌亂的頭髮，滲血的肉體，一切都表明了化名稻垣的人不知饜足的殘虐。而稻垣本人則在房間另一個角落，以他那猶如中國人般毫無表情的臉孔，定睛凝望傷痕累累的犧牲者。

遮雨板雖已緊閉，但潛入的夜晚空氣，冷冰冰地瀰漫室內。冷清住宅區的深夜，宛如無聲世界，一片死寂。

最後，芳枝默然起身，打理好服裝儀容，對角落的男人投以憎惡與輕蔑的一瞥後便想離開房間。

「妳要上哪去？」

男人動了一下身體，沉穩地問道。

「我要回去了。你總不會還叫我留在這裡過夜吧。……不過，你放心。我不會把自己的恥辱說出去。」

芳枝冷漠不屑地說道。

「回去？回哪去？」

「回我家。」

「看來妳還沒搞懂狀況。真是反應遲鈍的丫頭。若妳以為這樣就沒事了，那妳可是大錯特錯。我怎麼可能為了這點小事如此大費周章？我捏造假名租借辦公室，買下大批家具用品，特地挑選這種空屋，還繞路先去反方向的S町兜圈子，湮滅所有線索，妳當我這是為了什麼？難道妳都沒想到這是大犯罪者的周到準備嗎？不過說到這裡，我好像還沒犯下足以稱為犯罪的行為。」

可憐的芳枝，即便聽到這裡，仍未理解對方的意圖。她只覺得這人「又說出瘋瘋癲癲的話了。」

「我剛才在浴室給妳看行李箱中的物品，妳以為是為了什麼？我做的事情應該沒有任何一樁是毫無意義的。……啊，妳開始臉色慘白渾身發抖了。看樣子妳總算懂了。真的很可憐。不開玩笑，我甚至真心想為妳一掬同情之淚呢。……我這顆心是多麼造孽啊。我愛妳。我深愛著妳勝過其他一切。但即便如此，我還是想把妳帶到浴室。……我不像普通情侶那樣地渴求妳的芳心。我渴求的是身體。我要妳的命。……啊，我不是人。我是惡魔。再不然，就是可怕的瘋子。我是殘酷野獸的化身。……」

過度的恐懼令芳枝愣在原地。就像被貓盯上的老鼠，她掉不下淚，也叫不出聲，甚至連移動身體的力氣似乎都已消失殆盡。但是，愈不想看，對方猙獰苦悶的表情便愈發烙印在她的眼中。愈不想聽，那殘忍的詛咒便愈發竄入耳中。

最後，才見男人倏然起身，下一秒已帶著某種詭異表情，以宛如猿猴的行走姿態慢吞吞地朝她走近。她在極度恐懼下，全身肌肉變得僵硬如鐵。她沒逃跑，反而把脖子朝對方伸出，目不轉睛，眼也不眨地，凝視著步步逼近的男人面孔。雖在如此危急的情況下，不可思議的是，她居然還在內心一隅意識到，之前男人一直細小如線的瞇瞇眼，不知和時，已變成正常大小，如今正瞪得老大。

男人一接近芳枝，手臂便纏繞在她脖子上，一邊拖著她沿著簷廊朝那個浴室走，一邊把嘴貼在她耳邊，吐出濕熱的喘息，慢慢地、慢慢地耳語：

「芳枝小姐，我啊，光是愛著心上人是無法滿足的。愈是心愛，就愈想狠狠折磨對方。如果沒看到心上人瀕死前血淋淋的美麗模樣，說什麼都不甘心。」

於是，只見兩人異樣的身影，自簷廊遁入浴室中。不久，某種難以形容、令人毛骨悚然的叫聲，自緊閉的玻璃門中隱約傳來。夾雜著乒乒乓乓、像在撞擊什麼的聲音，久久地、久久地不絕於耳。

小惡魔

美術商人稻垣平造為何把芳枝帶進那個連洗澡水也沒燒的浴室？從他在浴室架上事先備妥的皮箱中，裝滿各式詭異凶器一事看來，他應該是打算殘忍地殺害那個可憐的年輕女孩吧。自浴室玻璃門洩出的尖叫恐怕就是她瀕死前的哀鳴。而她，最後，真的被這個宛如毒蜘蛛的怪異紳士毫不留情地殺死了嗎？

先撇開那點不論，浴室事件發生後的第三天的報紙上，和之前一樣，怪人再度稻垣之名在三行廣告版，刊出如左這則怪異的廣告。這個古怪紳士，這次到底又有何企圖？

> 誠徵推銷員，不需口才手腕學歷，只求正直沉穩的單身青年，月薪百圓，另有交通費，面談。
>
> Y町關東大樓稻垣美術店

乍看之下，是隨處可見的徵人啟事，但若仔細推敲，好像又有點不對勁。學歷姑且不論，但是徵求推銷員卻不需口才和手腕這未免太奇怪了。一個內向的老實人，根本不可能勝任推銷員的工作，這種徵才條件完全違反常理。況且還要求「單身青年」，這就更是詭異了。無論是哪種雇主，當然都希望雇用足以信任的已婚者，可這個徵人啟事，在這點和一般常識也背道而馳。說得更進一步，除了月薪百圓還補助差旅費，對於一個沒經驗的新手而言，福利未免也太好了。

口才手腕學歷都不要求，因此只要是阮囊羞澀的青年，無不飛奔而來。這篇報紙廣告登出的當天，就有多達百名的應徵者湧向關東大樓。

稻垣氏只有在租借十三號房的當天（也就是把里見芳枝帶進空屋的那天）上過班，之後直到刊登這篇報紙廣告為止，這期間都是店門深鎖，一次也沒露過面。今天為了挑選應徵者，他一早就來到店內，又坐在那張大桌前的旋轉椅上，有模有樣地擺出摩登美術店主的架勢。

旁邊的展示櫃，除了之前買進的石膏塑像，今天他還坐車一同帶來幾件習畫學生慣用的人體局部模型石膏像。（如此說來，稻垣美術店果然在某處有存放石膏像的倉庫嗎？）

掛在牆上的油畫，以及在房間角落高高堆起的畫框，仍和上次一樣。畫框上的金漆，閃閃發亮，在初夏的陽光中極為耀眼。

至於稻垣氏，還是老樣子，他看似愉悅地將成群湧來的應徵者，一個一個叫進去面談。看那樣子，沉穩得甚至令人懷疑，他和那晚凶殘猶如毒蜘蛛的稻垣氏是否真為同一個人。大犯罪者，往往也是極為優秀的演員。

費了將近半日工夫，終於選出六名合格者。但是，稻垣氏的徵人考試極不尋常，凡是精神抖擻、樂觀進取、充滿商人氣質的青年——換言之若是一般面試官肯定會錄取的優秀青年，全都落榜了。而那種不管問什麼都只會在口中喃喃嘟囔、就連回話都說不清楚、不諳世情、靦腆內向、可說到誠實就像牛一樣老實、青澀慘白的二十歲左右青年，他卻錄取了六人。換言之，稻垣氏在一百人之中，挑選出最窩囊、最不中用的青年。

話說，選出合格者後，稻垣店主命那六人站在桌前，發出以下的古怪命令：

「正如各位所見，這裡是販賣油畫、畫框和石膏塑像的美術藝品店。其中，把繪畫課教材的人體石膏模型，賣給美術學校、中學校、女子學校，更是我這間店的主要工作。這個展示櫃中陳列的都是，做得相當不錯吧？而你們的工作，就是各拿一件這種石膏模型的樣品，去推銷給市內各中學校和女子學校。雖說是推銷，其實是將帶去的商品當成樣品送給對方。用這種做法先讓對方產生好感，之後，再慢慢地展開真正的推銷，這就是我的生意策略。所以一開始一點也不困難，只要讓對方爽快收下石膏像就行了。將來我也會請你們巡迴外縣市各地推銷，不過目前先從市內開始。」

稻垣氏又把該去的學校名稱、該推銷的物品特徵、贈送樣品時的說詞一一告訴他們。接著把六件石膏像裝在打包用的木箱中，連同當日薪資、電車費、伙食費一併交給六名推銷員。

於是六名老實的青年，小心翼翼地抱著形狀各不相同、體積頗大的木箱，分頭走向老闆指定的方向。仔細想想，稻垣美術店的銷售策略實在不可思議。但他們全都是精心挑選出來的傻子，所以毫不懷疑，只顧著高興自己找到一份好工作，就這麼興沖沖地出門了。

然而，在他們當中有一名青年，其實沒有外表看起來那麼傻。那是名叫平田東一、居無定所、不學無術的不良少年，才十九歲就已有嚴重的酒癮，是個偷竊慣犯。也因此，他其實是個精明、頭腦靈活的人，看到報上的徵人啟事後，他當下直覺這件事好像很有趣。眼尖地看穿雇主的心態，甚至刻意配合雇主的要求偽裝成傻子，可見他有多聰明。況且，放蕩的生活令他的臉色慘白，酗酒更令他兩眼渾濁，所以如果光看外表，即使不刻意偽裝，也很符合稻垣氏的要求。

他沒有聽從指令去學校，卻帶著商品前往神田的商家町，找到一間寒酸的裱框店，立刻走入店內。

不久，從裱框店走出的平田青年懷中，除了稻垣氏給的四圓，還多出剛才將石膏像脫手、哄騙裱框店老闆付出的二圓，加起來總計弄到了六圓外快。他的盤算是，明天再度裝傻去稻垣商店上班，領了薪資，再貪心地賣掉第二件石膏像。

裱框店的老闆似乎也不是什麼善類，明知東西來路不明，但看在二圓這個格外便宜的價碼上，還是買下石膏像，並且立刻就把那玩意兒陳列在店門口的小型展示櫥窗。這件石膏是自肩頭切割的整條手臂模型，在同為石膏材質的方形台座上，單手用力握住一根圓棒的形狀，和實物一般大小，做得栩栩如生。一方面是構圖比較罕見再者做工也很精細，因此老闆判斷，就算再怎麼便宜應該也能以買入價格的三倍賣出。

話說，平田青年那晚在某茶室通宵買醉。翌晨十點左右，他一邊揉著惺忪睡眼，一邊期待著當天的四圓報酬，前往關東大樓一看，這是怎麼回事？十三號房的稻垣商店竟然大門深鎖。門前走廊上，昨天那五名傻瓜推銷員，可不是正聚在一塊呆然佇立嗎？

「怎麼回事?」

他試著打聽。

「我從八點左右就在這兒等了，但老闆卻沒出現。他叫我們八點上班自己卻不來，太過分了。」

其中一名青年，用不怎麼氣憤的語氣回答。

平田向打掃走廊的清潔婦一問之下，

「稻垣先生自從租下這個房間後，只來過兩天。第一次有很多年輕小姐來訪，好像在招募女事務員，可是後來老闆和那個女事務員都沒再露過面。昨天又換成年輕男人大批上門，我還猜想這次大概要招募男事務員，結果今天又沒開門了。這間店可真奇怪。我總覺得，這間十三號房不適合住人。讓人有點毛骨悚然。」

這就是清潔婦的回答。

「哎呀呀，看這樣子，說不定，對方是個罪大惡極的壞蛋喔。」

平田青年驚愕地如此咕噥道。再仔細一想，就連不學無術的他也對那個徵人啟事和昨天的指示感到不大對勁了。故意錄用傻子這點就已夠奇怪了，況且雖不知能賺多少錢，但光是買賣石膏模型，就特地花錢雇用六人去學校免費贈送商品這點也很古怪。他這才警覺，天底下不可能有這種做生意的方法。

所謂的惡人，不會對他人做的壞事視而不見。他們會立刻試圖利用這個機會從中分一杯羹。平田這個不良青年，雖然算不上是什麼了不起的貨色，也沒有那種腦袋足以領悟稻垣氏的真正用意（如果他知道真相，一定會臉色鐵青，沒種地跑去報警。）但他總覺得好像可以趁機撈到一點零花錢，所以在大樓的事務所問到稻垣氏的住址後，就搶先另外五名傻子一步，獨自找到那個地方。然而雖然町名和門牌號碼無誤，卻沒有稻垣這戶人家，他在附近打轉了一陣子，四處向鄰居打聽，也沒人認識類似稻垣的人物。

「愈來愈奇怪了。看這樣子，如果能在那間十三號房賴久一點，八成可以弄到不少外快。或者，縱使那個男人就此消失，我好歹也算那間店的店員，可以用他沒付薪水當藉口，把剩下的商品和家具都賣掉。這下子事情愈來愈有趣了。」

平田青年在心中打著如意算盤，再次折返關東大樓。

義肢犯罪學者

故事說到這裡要稍微換個方向，轉移到這個故事的另一個主要人物，畔柳博士的身上。換言之，拉下來將從另一個方面，敘述怪人稻垣氏、小惡魔平田青年、以及五名推銷員的後續發展。

話說，稻垣氏自關東大樓十三號房消失後的一週後某日，在畔柳博士位於麴町區G町的自宅後方的書房中，主人畔柳友助和助手野崎三郎[1]這名青年，正巧在談論稻垣美術藝品店。

畔柳博士堪稱日本的福爾摩斯，是民間的犯罪學者兼業餘偵探，但他並非福爾摩斯那種什麼案子都接的半職業性偵探[2]。他純粹基於興趣，只有在警方碰上棘手的大案件時，才會從旁建言，所以只有司法界和警界人士才認識他，在一般人之間並不出名。他只有碰上自己極感興趣的案子才會接，同時也不接見來訪者。但是只要他接下案子就一定能夠解決，而且博士本人的行事作風也十分奇特，可以說和小說中的福爾摩斯一模一樣。

之所以說奇特，是因為畔柳友助雖然身為專攻法醫學的醫學博士兼學界知名的犯罪學泰斗，卻未執教鞭，也未出任任何官職。他無視名利，終日窩居書房，不與任何人來往，逕自沉溺書海，說穿了是個相當孤僻的人。但是一旦發生罕見的犯罪事件，他便會活躍得判若兩人，不僅進行紙上推理，有時還會不顧己身殘疾，冒險犯難投入犯罪案件的漩渦。

博士是缺了一條腿的殘疾者。數年前出遊時，由於碰上鐵路事故因此有一條腿自大腿以下截肢，隨時裝著假腳。雖然不需拐杖，只靠一般手杖就能走路，但是跛得非常嚴重。或許博士自我封閉的孤獨生活，就是因為羞於讓人看到他這醜陋的姿

1 與《闇夜蠢動》的主角同名，不過這原本是亂步任職鳥羽造船所時代的友人姓名。這位友人後來前往東京投靠當時在本鄉團子坂經營舊書店的亂步，兩人還一起開過中華拉麵店。

2 福爾摩斯在他與華生初次邂逅的〈血色的研究〉當時，似乎不問喜惡舉凡大小工作一概承辦。但是，後來名聲日漸響亮後，他就只根據自己的興趣接案子了。

態。而且，博士從來不曾在人前卸下義肢。要泡澡時，除了自家門戶深鎖的浴室外也從不在其他地方入浴，想必是因為截肢處的切口十分醜陋關係。

說到外貌，他的個子很高，除了腿有殘疾，其他地方都挺像福爾摩斯[1]。雖然髮線沒有退得那麼高，但是一頭長髮隨意散亂，臉孔瘦長，沒有蓄鬍，嚴肅的濃眉下那雙凌厲的大眼、長鼻、抿成一字的薄唇等等，皆如那位英國名偵探的翻版，展現出冰雪般的冷靜和剃刀似的睿智。至於年紀，博士自稱三十六歲，但乍看之下似乎年紀更大一些。

坐在博士對面的助手野崎三郎，是個二十四歲的俊美青年，嗜讀外國偵探小說成癮，最後甚至立志成為業餘偵探，終於在三個月前仰慕博士盛名拜為門下弟子。他現在已經成了孤獨的博士不可或缺的說話對象，此人雖然有點詩人氣質，但是非常聰穎敏銳，有時甚至會說出令博士驚訝的名言。

書房的裝潢是博士偏愛的那種古典風格、挑高天花板、有著威嚴的木雕裝飾的陰森西式房間。環繞著房間的四面訂作的高及天花板的細長書架上，古老的書籍成排並列露出書背的燙金文字。房間中央放了一張雕花的大書桌，身穿西服的現在博士將手肘支在光亮如鏡的桌上，任由刮得乾乾淨淨的臉頰倒映在桌面上。他看著面前攤開的一本剪報地說道：

「人人皆知新聞報導多半胡說八道不可盡信。不過你可明白，我為何把那樣的

1《巴斯克維爾的獵犬》中曾提到福爾摩斯的額頭寬闊。

報導慎重其事地剪下保存？所謂的新聞報導，有時換個讀法便會非常有用。尤其在犯罪方面，甚至可以說，所有的世間秘密都隱藏在新聞的字裡行間。我的讀法與人稍有不同。我很清楚各家報社採訪記者的執筆習慣，哪家報紙的哪篇報導，是哪位記者寫的，我大致都看得出來。並且，這位記者既然是這麼撰寫，所以事實應該是怎樣，連那些沒有印成鉛字的微妙細節我都能推理出來。因此，假設現在發生一起犯罪事件，各報刊登出不盡相同的報導。有時甚至會看到某報指稱為黑，另一家報紙指稱為白，出現完全相反的報導。這對我來說正是最感興趣也最重要的地方，只要把執筆記者平日的個性——我是指此人對於什麼事、如何與他人不同的這種特徵——和別家報紙的報導不同之處加以比對（這種做法可以應用在任何報導上），套上分析、歸納、類推這種必須的邏輯模式，便可釐清事件真相。我啊，光是這樣，在桌上拿新聞報導做比較研究，就曾不只一、兩次找到重大案件的破案關鍵。這就是我托你剪報原因，絕非出於好奇。對我的偵探工作來說，這是不可欠缺的重要手段。」

畔柳博士就像親切的教師，殷切地將傳授給愛徒野崎這些可稱之為偵探秘笈的事項。除了野崎，脾氣古怪的博士未曾在別人面前展現過這種態度。

「還有報上的廣告版，也相當有趣。尤其是三行廣告版[1]的各種廣告，往往隱藏著意外的犯罪。每天起碼有五六篇讓人覺得不大對勁的廣告。單憑三行廣告想像各種複雜的社會問題、戀愛問題、犯罪事件，揣測其中情節，就算只是當作遊戲，

1 福爾摩斯也曾在短篇小說〈紅圈〉中，根據報紙私事廣告欄上的對話破解犯罪事件。

也非常有趣。與其這麼紙上談兵，不如我直接舉個實例吧。這是三行廣告的剪貼簿，這裡是近期的廣告，有篇內容挺有意思的。你看看。」

博士說著，指向剪貼簿的某處。野崎青年伸長脖子一看，那是以下這則廣告，旁邊注明出自《朝日新聞》六月十五日。

> 出租事務所，有空房，一樓六坪一室，房租六十圓
> 麴町區Y町，關東大樓　請電銀座
> 一一七一
> 一一七二
> 一一七三

「這不過是一則平凡無奇的大樓出租房間廣告罷了。」

博士看著一臉狐疑的野崎青年說：

「但是，這需要一點預備知識。首先，這個關東大樓的做法是，只要有一個房間空出來，便會立刻在這三行廣告版登廣告。大概是就結果而言，花廣告費總比房間空著有利吧。第二，這個六十圓房間的廣告，每天都會刊登，但是到了六月十五日之後就再也沒出現。多虧我善於閱讀報紙的字裡行間，這兩件事，我一看就懂了。由此可知，六月，也就是這個月，自十六日那天起，有人租下了這間六十圓的房間。懂了嗎？說到這裡，你再看看這篇。」

博士接著指的是以下這則廣告。同樣出自《朝日新聞》，日期是六月十六日。

> 誠徵女事務員，十七、八歲，態度親切，負責接待美術商客戶。薪優，下午三點至五點來店面談。
>
> Y町關東大樓稻垣美術店

這是何等驚人，這篇顯然就是那名自稱稻垣的紳士，為了誘騙里見芳枝前來而刊登的徵人啟事。難道畔柳博士已經察覺那起事件了嗎？亦或，這純粹只是偶然的巧合？但，若說純屬巧合，未免也太奇妙了吧。

「我檢查過自本月初起刊登的關東大樓內各家商店的聯合廣告，其中並無美術藝品店，也沒有店名稻垣的商店。所以，自十六日起租下這個空房間的一定是稻垣美術店。你先記住這件事，好，接著，你再看看這個。」

博士指的第三篇廣告，刊登日期是六月十九日，內容如左。

> 誠徵推銷員，不需口才手腕學歷，只求正直沉穩的獨身青年，月薪百圓，另有交通費，來店面談。
>
> Y町關東大樓稻垣美術店

想必各位讀者對這篇廣告記憶猶新，這篇正是令包括不良青年平田在內的六名應徵者，被稻垣氏擺了一道的詭異廣告。果不其然，這位眼光敏銳的犯罪學者，不曾走出書房一步，就已看穿怪人稻垣氏的陰謀。

博士為野崎青年說明這篇廣告為何異常後，接著又指向第四篇三行廣告。

> 出租事務所，有空房，一樓六坪一室，房租六十圓
> 麴町區Y町，關東大樓　請電銀座 一一七一／一一七二／一一七三

一旁註記的日期，是六月二十二日。

「結論就是這間稻垣商店自本月十六日租下關東大樓的一室，在二十一日就退租了，根本不到一週。你不覺得很奇怪嗎？而且，在這短短幾天內二度刊登徵人啟事，其中一則更如我剛才所言，錄用條件和社會常識完全相反。至少這絕非正派商店的做法。在我看來，關東大樓似乎被當作某種詭計了。」

博士望著野崎青年，笑得莫測高深。

「這就是我看報紙的方式，我已經示範給你看了。以我這種看報方式，每天都能發現五、六篇這種程度的怪事，說到這個，你打從之前就一直說你想親身經歷真

正的案件。如何？你要不要查一下這間稻垣美術店的底細？也許只是微不足道的無聊事件，也許會是意外驚人的大案件。總之不管如何，對你來說都不會是無趣的工作。」

於是，野崎青年按照博士的指示打電話向關東大樓查詢，得知自稱稻垣的人付了一個月房租，連屋內擺設都布置好了，卻只到店裡兩天。由於太不尋常，事務所遂寄信至此人的住處，但那封信卻附上「查無此人」的短箋退回。還有，由於登報雇用的這群店員吵嚷不休，也令事務所感到不安，所以他們決定與稻垣氏解除契約，把房間收拾乾淨，暫由事務所保管商品和家具。如果稻垣氏重回大樓，再扣除剩下的房租後交還給他。看來博士的想像果然無誤。

「噢，這下子倒是意外地有趣。」博士一邊喀達喀達地抖動拖鞋中的義肢，略帶亢奮地說，「我也一起去瞧瞧。你快去備車。」

沒想到，就在野崎助手站起來，準備去叫車之際，房門自外開啟，書生通報有客來訪。

「是一位名叫里間絹枝[1]的年輕小姐。這裡有她的介紹信。」

博士自書生手上接過介紹信，匆匆對內容投以一瞥後，考慮了一下，

「也不好趕人家走。你去告訴她，我正要出門所以只能抽出十分鐘，如果不介意的話，我就見她。」

1 在昭和3年的阿姆斯特丹奧運中，獲得日本女性第一名銀牌的選手是，參加八百尺比賽的人見絹枝（明治4年～昭和6年）。

美麗的委託人

之後被帶至博士書房的女子，雖說博士和野崎助手不可能察覺，但她的長相竟然與那晚被稻垣帶到那間空屋的里見芳枝一模一樣。只不過她的年紀比芳枝大了一些，看起來超過二十歲。也因此，她除了有芳枝的美貌，還多了一分更成熟的肉體美。在四目相接時，她的美麗甚至令野崎助手不由得面紅耳赤。

略做寒暄後，畔柳博士語氣急躁地催促：

「我有點趕時間，不好意思，能否請妳盡量簡單扼要地說明來意？」

「我是從寫介紹信的人那裡得知老師的大名，因為亟需您的幫助所以冒昧登門造訪。舍妹在本月十六日中午左右離家，之後就下落不明，我們也報了警，用盡各種方法到處搜尋，卻還是找不到她的人。」

這種委託人偶爾會出現，不過尋人這類小事件，博士以前從未接過。野崎助手暗想，真可憐，這位美麗的小姐肯定會被拒絕吧。沒想到，意外的是，博士不僅沒回絕，甚至還一反常態，熱心地開始提出以下的問題：

「十六日中午，她沒交代要去何處就出門了嗎？」

「對，家母以為她像往常一樣去找朋友玩，壓根沒放在心上。可是，事後我們問遍了她的所有朋友，沒有任何人見過芳枝。她過去也沒交過要好的異性朋友，所以我們已經無處可找。啊，我忘了告訴您，舍妹名叫里見芳枝，今年剛從女子學校畢業，年方十八。」

「恕我冒昧，請問令妹有沒有說過想去找工作，自食其力？」

聽到這裡，野崎助手自顧著點頭說，「原來如此，原來如此。說到十六日，正是稻垣美術店刊登廣告徵求女事務員的那天，難怪老師問得這麼起勁。」

「是的，她的確這麼說過，但家母不贊成，總是嚴厲地斥責她。家父過世得早，家中只有家母和我們姐妹共三人，沒有人嚴格管教，所以舍妹非常任性。」

「如此說來，無法斷言令妹不會瞞著妳們偷偷找工作嘍？」

「是的，這個……」

里見絹枝對於博士何以一再打聽這種事，顯然很不解。

「我想再詳細請教一下芳枝小姐的事，但我現在正要出門，所以麻煩妳若是方便，今晚再來一趟好嗎？事實上，我現在要出門處理的事，看來和令妹的失蹤多少有點關係。不過這純粹只是我個人的直覺。萬一真是如此，今晚妳來時，也許已有一些資訊可以告訴妳。」

絹枝有點錯愕地告辭離去後，博士立刻做好出門的準備，率同野崎助手，前往問題所在的關東大樓。

展示櫃的螞蟻

關東大樓的事務所早已聽說畔柳博士的名聲，因此對他的突然來訪毫不起疑，親切地回答博士的問題。事務員想到這位著名的犯罪學者居然專程來訪，看來十三號房的房客果然和犯罪有關，所以他甚至有幾分得意，滔滔不絕地說起稻垣此人的詭異行動。

「所以你說他在十六日雇用了一名女事務員，那個女孩是怎樣的人？你知道姓名嗎？」

博士手持藤杖，扣扣地敲打義肢（說也奇怪，這是博士很孩子氣的癖好）地直指重點。

「這我不清楚，不過清潔婦說不定知道什麼。要叫她來問問嗎？」

不久，年約四十，膚色黝黑的清潔婦，一邊拿圍裙擦手一邊進來了。事務員向她打聽稻垣美術店的女事務員，幸好她還記得，便回答：

「是個身穿洋裝、年約十七八歲、長得很漂亮的小姐。以她的條件當女事務員簡直是大材小用。我是不知道她叫什麼名字，不過說到長相，我想想該怎麼形容？她有一張這年頭流行的圓臉，應該算是所謂的摩登女郎[1]吧。」

1 morden girl 指1920年代受到西洋文化影響，作風打扮都很洋派的年輕女性。

「是不是大眼睛、雙眼皮，鼻子不怎麼高，人中很短，上唇俏皮地向上噘起……」

博士得意地笑著插嘴說道。毋庸贅言，他形容的是剛剛才見過面的里見絹枝的長相。因為他猜想如果那名女事務員真是絹枝的妹妹，應該長得很像姊姊。

沒想到，博士這個猜測竟然意外地神準。

「天啊，跟您說得分毫不差。先生，您認識那位小姐嗎？」

博士聽到這裡，對身旁的野崎助手使個眼色，開始下一個問題：

「說到這個，那位小姐被雇用後，有沒有什麼奇怪的狀況？」

「這個嘛，先生，還真有奇怪的事呢。」清潔婦喋喋不休地說，「那天下午五點左右，我才剛看那位小姐走出房門朝大馬路走，十三號的老闆就鬼鬼祟祟地隨後出門。我覺得奇怪，就從窗口朝外面的馬路看，只見小姐站在對面的十字路口動也不動，好像在等人。至於那位老闆，急急忙忙地衝進附近的『彌生計程車行』，沒多久就有一輛汽車載著十三號的老闆，靜悄悄地開往那位小姐佇立的地方，緊接著小姐居然也上了同一輛車。我心想才剛雇用人家小姐就勾搭上了，這人還真有一套。呵呵呵。後來怎樣您知道嗎？那輛車就往京橋的方向開走了，從此，那位小姐就再也沒來過這裡。」

「謝謝，那我只要向那家『彌生計程車行』打聽，應該就能知道十三號房的房客去了何處吧?」

「對，司機我也記得，要不然我幫您去問問吧?」

於是根據清潔婦向當時的司機打聽的結果，稻垣氏和那位小姐下車的地方，是在靠近兩國橋那邊的S町。但正如讀者諸君早已知道的，那只是稻垣氏謹慎的欺敵手法，S町這個地點毫無意義。

畔柳博士接著又大略檢視了一下保存在關東大樓地下室倉庫的稻垣商店家具及商品，除了確定那些都是廉價的新商品，沒有任何發現。

博士一行人從地下室回到大樓事務所時，只見門口站著一個身穿不合身的舊西服的青年。事務員一看到他，就微微皺起眉頭。

「你怎麼又來了?」

他說。

「是的，我又來了。稻垣先生還是沒來嗎?他也沒給薪水，這下子我可真的很傷腦筋了。」

青年的態度目中無人。

畔柳博士似乎忽然對這個青年產生興趣。

「你是稻垣美術店雇用的人嗎?」

博士問道。

「對，我是。」

「是推銷員嗎？」

「對。」

青年一臉不耐煩，以略含敵意的目光毫不客氣地打量這位陌生的紳士。他的態度似乎令博士益發產生興趣。

「真是太巧了。那就問問看這個人吧。」博士先對事務員招呼一聲，然後對青年說道：

「小兄弟，如果不趕時間，我想請教你關於稻垣商店的事，能否陪我去附近的咖啡店坐坐？」

讀者想必已發現，這個青年，就是稻垣氏雇用的推銷員之一，把石膏像轉賣給神田裱框店的不良青年平田東一。他看了畔柳氏的儀容裝扮，猜想八成又可撈到一點油水，於是在三言兩語後，就答應了博士的邀請。

於是博士和野崎助手及平田青年離開大樓事務所，走進附近的咖啡店，進行了種種問答。但若逐一交代內容未免冗長所以在此略過，總之，最後博士從平田青年的口中得知，稻垣氏雇用了六名平庸青年當推銷員，命六人各拿一件石膏像，免費贈送給中學校；但平田青年並未聽命行事，偷偷將石膏像賣給神田某裱框店。不過，為了讓他說出這些，博士不得不付給平田青年大筆零花錢。

聽完之後，畔柳氏不知有何打算，竟然決定要去那間神田的裱框店瞧瞧。三人當下坐上博士的汽車，前往神田。

裱框店的展示架和數日前一樣布滿灰塵，十分寒酸。約有一間寬的玻璃櫥窗中，隨處可見的複製畫黯然褪色地排放著。其中，唯獨那件單手石膏模型，雪白地發出光輝。

用不著平田青年說，博士早已注意到那件石膏模型，他拖著跛足走近櫥窗，把額頭貼在玻璃上，仔細觀察那件物品。

「太精采了。我從未見過做得這麼精緻的石膏像，而且構圖也別具匠心。」

博士打量半晌後，如此感嘆。

「的確。這個形狀好特別。尤其是上面的肌肉，簡直栩栩如生。就像女人的手臂一樣。」

野崎助手也附和道。

「當然是女人的，而且是年輕女人。這隻手臂的主人，肯定是美女。」

美女這個字眼令野崎倏然想起之前見過的里見絹枝美麗的容顏。然後，他暗忖伊人是否也有如此美麗的藕臂，連他都對自己的想入非非有點臉紅。

好一陣子，博士就這麼文風不動地凝視石膏手臂的某處，突然他開口道：

「喂，你看一下。這是怎麼回事？看來不太對勁。」

說著，他輕觸野崎的手臂。因為博士的聲音異樣低沉，所以野崎和平田青年反而赫然一驚，隨著他的眼神望向那個地方。

那是石膏的手腕之處，仔細一看，自展示架的木板到手腕之間，竟然出現細小的螞蟻隊伍。上面又不可能沾有砂糖，螞蟻緊巴著石膏像不放，這未免太奇怪了。

再凝目細看，螞蟻大軍分為二列，隊伍前端停在手腕之處。一到那裡，螞蟻就不再前進，全都折返了。

「啊，我懂了。石膏有小洞。對吧，你瞧。螞蟻鑽進那裡了。」

平田青年眼尖地發現後大叫。

「原來是有肉眼難辨的小洞啊。不過如果只是因為有洞，會聚集那麼多螞蟻形成長龍嗎？」

三人無法理解這奇異的現象，沉默了半晌。最後畔柳博士不知有何盤算，走進店內，向老闆詢問石膏像的價錢，對於老闆的獅子大開口也沒討價還價，當下便要求對方包起來。

老闆用報紙包好後，博士小心翼翼地把它夾在腋下，催促兩人動身，急忙趕往汽車等候的街角。

即便在車上，博士仍把大型石膏像小心放在膝上，臉色鐵青地保持沉默。另外兩人，似乎被博士奇異的態度所震懾，並且萌生一股莫名詭異、猶如惡鬼上身的惡寒，因此兩人也同樣不發一語。

車子抵達博士家時，天色已暗，三人下車時，甚至看不清彼此的表情。

「啊，我還有話想問你，如果不礙事，請你也一起進來。」

博士對平田青年說完，就率先邁步朝玄關走進去。

石膏像的真相

水晶吊燈照耀的書房內，桌上放著已拆開包裝紙的石膏手臂，博士、野崎、平田青年三人圍繞著那個面面相覷。

「平田君。」博士打破沉默說道，「你剛才說，除了你之外還雇用了五名推銷員，是吧。那五人拿去中學的石膏像，全都跟這個一樣嗎？」

「不，好像不一樣。有人拿到的是頭部塑像，有的好像沒頭也沒手腳只有一截身體，也有人拿到的好像是腿。不過我不記得詳情了。」

「我就知道。」博士逕自點頭，「真是太可怕了。如果我的想像無誤，這是一樁令人難以置信的可怕犯罪事件，不過在這裡瞎猜也沒用。就直接來確認我的想像是真是假吧！野崎，不好意思，麻煩你去找個鐵鎚來，好嗎？」

「啊？找鐵鎚？」

野崎助手聽了，大吃一驚地反問。

「對，鐵鎚。除此之外，沒別的東西能夠解決我這惡夢般的疑問。」

野崎前腳才剛走出書房去找鐵鎚，書生緊接著就進來，通報里見絹枝來訪。她按照約定，再次造訪博士家。

不久絹枝美麗的身影，和去找鐵鎚的野崎一同現身書房，她彬彬有禮地致意，但博士卻毫不理會，直接問她：

「令妹跟妳很像吧？」

「呃，您是指什麼？」

絹枝錯愕地反問。

「我是說長相。妳們的長相。」

「對，長得非常相像。雖然我們自己不覺得，但別人都說簡直像一個模子刻出來的。」

「說到這裡，我要問個奇怪的問題，令妹的右臂有沒有什麼印記？我是說單看手臂就能認出令妹的那種印記。」

「右臂嗎？」

絹枝被這莫名其妙的問題，弄得益發錯愕，一時之間竟答不上來。事態太過詭異，令她捉摸不透博士的真意。

「對，就是右臂。妳記得有什麼黑痣或傷痕嗎？」

「是，的確有。我妹妹從小就頑皮，右手手心曾被嚴重割傷，至今仍留著清晰疤痕。不過，您為什麼要問這種事呢？啊，該不會是……」

絹枝似乎終於理解博士問題的意義，說到這裡，倏然噤口。只見她的臉色愈來愈慘白，失去血色的雙唇開始微微顫抖。

「不，妳用不著那麼驚慌，這只是我的假設。再怎麼說，也不可能有那麼荒謬的事。」

但是，這番話只有博士自己才明白，絹枝完全不解其意。因為就連博士的助手野崎都難以相信，博士竟然是在說眼前放在桌上的那件石膏像。

說到這裡，必須先請讀者稍微注意的是，就在大家如此專心討論之際，不良青年平田東一，曾幾何時竟已溜出書房，不知消失到哪去了。

他是顧慮里見絹枝的來訪，所以主動迴避嗎？不、不、不，平田可不是那麼謹慎有禮的青年。如此說來，還有什麼別的理由嗎？正如之前所言，他是個偷竊慣犯，所以該不會是看到博士家的氣派裝潢，又起了歹念吧？

不管怎樣，這時平田青年逕自離開書房一事，和日後的發展大有關係，因此不得不請各位讀者先記住此事。

此事姑且先按下不提，總之畔柳博士終於下定決心握住鐵鎚，但他驀地警覺道：

「里見小姐，妳暫時迴避一下或許比較好。萬一（真的只是萬一）讓妳不舒服就不好了。」

「不，沒關係。」絹枝隱約察覺博士的言下之意，如此答道，「真的沒關係。別看我這樣，我自認還算堅強，所以無論發生任何事我都不會給您添麻煩。」

「是嗎？我想只是我自己多心，應該沒什麼。」

話才說完，博士已舉起鐵鎚，朝桌上的石膏像狠狠砸下。

白色碎片猛然飛散，台座上的指尖部分，徹底粉碎，從其間赫然露出彷彿鉛色布塊之物。

博士的猜想果然無誤。石膏像中隱藏著足以令舉世驚恐的重大犯罪證據。這座石膏像之所以令博士和野崎助手發出驚嘆，絕非製作的工匠手藝過於巧妙。而是因為在一層薄薄的石膏包裹下，裡面的人肉本身具備的肌理勻稱之美。

博士與野崎助手固然驚愕，里見絹枝本人的震驚更是令人不忍卒睹。有那麼一會兒工夫，她還沒理出頭緒，只是茫然望著粉碎的指尖。之後，當她理解那東西的意義時，她倒抽一口冷氣反射性地後退，但也許是意識到他人的眼光，她緊咬嘴唇乃至雙唇泛白，用力站穩雙腳，杏眼圓睜，凝視著可怕的腐肉。

博士已無暇顧及絹枝，急忙將手腕自台座拉開，檢視手掌心，那裡即便已經腐爛仍可辨認出有道清晰巨大的割痕。這正是里見芳枝的手臂，已再無懷疑餘地。

「啊，老師，里見小姐她！」

野崎驚訝的叫聲，令博士大吃一驚轉過身，只見可憐的絹枝已失去意識倒向野崎的懷中。

青年消失

里見絹枝由於過度震驚與恐懼暫時昏了過去，在博士和野崎的照料下，不久便清醒了。然後當她理解令她昏倒的事情，不是作夢也不是幻覺，而是無可挽回的事實後，失去心愛胞妹這種忽忽欲狂的悲痛，令她不知所措，當場哭倒在地。

「我很同情妳。這實在太淒慘了。我處理犯罪事件多年以來，還是頭一次碰上這麼殘酷的傢伙。不過現在還用不著失望。從前後經過來看，縱使手上的傷痕可能屬於令妹，但目前還不能斷言就是如此。必須再做進一步檢查，確認究竟是不是令妹。現在不是哭泣的時候，妳必須振作起來。」

博士輕拍著絹枝頹然垂落的肩膀，不停地安慰她。但是不久，他似乎驀地察覺某事，轉頭對野崎助手說：

「奇怪，那個青年到哪去了？我記得他叫平田。該不會是走了吧？」

「不知道，剛才好像還在，但我後來注意力全都轉移到這邊了。」

「這人還真怪。」

就在他如此說道之際，宅內某處，忽然傳來「啊」的一聲異樣尖叫。是男人的聲音，而且顯然是非常驚愕、非常恐懼的叫聲。

「這會是誰？」

野崎助手說著，仰起慘白的臉，豎耳靜聽。

博士起初文風不動地佇立原地，但是過了一會後，他十萬火急地按下桌上的呼叫鈴。

「你剛才有沒有大叫？」

書生一進來，博士劈頭就問。

「沒有，我待在玄關旁的房間，一直在看書。」

書生一頭霧水地回答。

「果然沒錯。」博士猛然朝另一邊的門走去，一邊說道：

「我去看一下，你們留在這裡照顧里見小姐。」

博士的身影在門外消失後不久，自鄰室傳來「野崎！野崎！」的驚人叫聲。

野崎助手衝過去一看，博士大為激動地在房間裡不停走來走去，大吼：

「平田青年不見了！剛才的叫聲的確是從這邊傳來，可是我找遍每個房間都沒找到人。鞋子，鞋子，你快替我去檢查玄關的鞋子！」

野崎急忙趕往玄關，只見印象中那名青年穿來的鞋子還好端端地擺著，其他鞋子也沒少。他如此報告後，博士又說：

「你也幫我一起找。既然有鞋子，他應該還在這屋裡。」

說完，自己率先帶路，拖著跛足在每個房間四處搜尋。

怪事發生了。聽到叫聲後，僅僅過了兩三分鐘，一個大活人居然就這麼憑空消失。雖然找遍了人類能夠藏身的地方，最後還是沒找到平田青年。

「難道他真的走了嗎？可是，他為何非得光著腳離開呢？」

博士繞了一圈，與助手碰面時，稍微止步，如此咕噥，但他立刻又匆匆朝走廊的反方向走去。

過了一陣子，這次自朝向大門的房間，再次傳來博士的吼聲：

「野崎！野崎！這扇窗戶是你打開的嗎？」

野崎過去一看，向來緊閉的客房窗戶，這時卻有一扇是開著的。

窗外隔著鋪滿碎石的停車空地可以看見大門。

「怪了。這當然不是我開的。」

「是嗎?那麼,去問問書生和女傭好了。」

一看博士拖著不良於行的腳又要邁步,野崎慌忙阻止他,自己衝到走廊上,大聲叫喚眾人過來。

不久,書生、司機、和三名女傭,通通到那間客房集合。眾人身後還可窺見里見絹枝慘白的臉孔。

調查之後發現,沒人開過那扇窗戶,其中一名女傭還清楚記得傍晚打掃時明明關得好好的。如此說來,是平田這個小混混像小偷一樣,從這扇窗戶逃走嗎?窗外鋪滿碎石,所以看不出腳印,但這顯然是唯一的可能。不過,他為何要採取這麼麻煩的方式離去?難道他從宅內偷走了什麼東西?博士當然早就想到這點,在逐一搜尋每個房間時便已特別留意過了,但是並沒有任何東西失竊。況且,最奇怪的就是之前那詭異的叫聲。總覺得有些細節令人無法相信平田青年是出於自願從這扇窗口逃走。

「你說你剛才待在玄關旁的房間,那你都沒發現有人從這裡悄悄離開嗎?」

博士詢問書生。

「沒有,因為我離窗邊很遠,正在專心看書。」

書生一無所知。司機那時正巧也去了廚房,所以誰也沒注意到大門口。

於是,博士命書生到大門外看看,但門外馬路上也沒有可疑人影。

結果，除了平田青年就這麼無緣無故地自宅內如煙消失之外，沒查出任何線索。他八成是從那間客房的窗口離開的，但是也沒發現令他非得從那種地方偷偷溜走不可的特殊理由。

「是不是該假設有第三者？」

野崎助手打破沉默，窺探著博士的臉色說道。

「說得好。除此之外別無可能。你想像中那個第三者是什麼人？」

「我想是那個自稱稻垣的男人。這種假設或許太像小說情節，但我總覺得是他。他也許打從一開始就跟在我們後頭。他是個深不可測的惡棍，是把殺害的屍體當成商品出售的瘋子。是個毫無理由、只因一時氣憤、就可以面不改色殺人的傢伙。」

「如此說來，你認為是他殺死了那名青年？」

「目前沒證據，但是我想應該是這樣。要不是那個平田多嘴，他的罪行本來應該不會這麼快被發現。都是平田害的，想到這裡他勃然大怒，腦袋也許就這麼瘋狂了。我甚至猜想之前那聲尖叫，也許是平田被掐住喉嚨，在痛苦掙扎下發出的哀號。」

「先把人掐死再將屍體夾在腋下，從這扇窗戶逃走。是這樣嗎？哈哈哈哈哈！你是個不錯的小說家。照你這個說法，也許明天，平田青年的屍體也會成為某家商店的櫥窗裝飾品吧。」

博士雖然如此開玩笑，但他倒也沒有完全否定野崎助手的推論。

過了一會回到書房後，博士便打電話到警視廳，找他認識的刑事部搜查課波越警部❖1。說到波越警部，可是被人讚美為警視廳首席名偵探的招牌人物。他以前曾經來徵詢博士的意見，從此義肢犯罪學者和魔鬼警部波越，只要一有機會就會大談犯罪話題，是彼此最佳的聊天對象。

波越聽了博士的報告後，非常吃驚。就連老練的他也是頭一次碰上包石膏的手臂這種玩意兒。他立刻表示要來找博士請教詳情，接著就掛斷電話。

放下話筒，博士轉身面對里見絹枝說：

「里見小姐，如果這是令妹的遺體，那麼我實在不知道該如何表達之意。現在警方馬上就會有人過來，我打算跟他一起詳細調查。妳待在這裡也幫不上忙，而且恐怕還會令妳不舒服，所以我看妳不如還是先回去吧。」

然後他又補上一句「野崎，你幫我把小姐安全送回家。」

接二連三的怪事，早已嚇壞了絹枝。門外的黑暗中，殺害妹妹的惡魔彷彿仍徘徊不去，她實在沒勇氣獨自返家。雖然覺得這樣不合禮教，但是面對表示「我送妳回去吧。」的野崎，她也只能接受這番好意。

野崎命司機備妥汽車，兩人在狹窄的車座上並肩而坐。

絹枝的家位於巢鴨，路途頗遠，但對野崎青年來說，與絹枝同車的時間感覺上

1 亂步作品中頻繁出現的警部，在《獵奇的結果》（昭和5年）、《魔術師》（昭和5～6年）、《黃金假面》（昭和5～6年）等書中也大為活躍。後來由恒川警部、中村警部取而代之。

極為短暫。

絹枝縮在座位角落，垂首不語。

野崎一邊為兩人的膝蓋相碰而惶恐不安，同時雖然有點僵硬，但他仍努力試著找話安慰她。他忽然莫名在意起對方是如何看待自己。

起初，絹枝對於他的好言慰問，只是一逕點頭，什麼話也不回答，不久，她終於斷斷續續地開口，甚至提及她們寂寞冷清、無人可依靠的家庭背景。

「如果令妹真的出了事，以後就只剩下妳和令堂相依為命了。」

「是啊，真的是很寂寞的生活。我現在就已經開始一個勁兒地擔心，回去之後該怎麼向我母親解釋了。」

「在確定真相之前，也許最好先別提這事。不過現在這種情況，有沒有什麼親戚或是知交好友可以替妳拿點主意呢？家裡都是婦道人家，想必會很不安吧。」

野崎說完後暗忖，我開始問奇怪的問題了。因為這也等於是在暗中探聽絹枝身邊有沒有類似情人的對象。

「我家在東京雖然有一戶親戚，但我父親生前有點與眾不同，關係非常疏遠。至於說知交好友，我們在鄉下居住多年，所以身邊也沒有在這種時候可以幫忙的人。否則我一個女孩子家，也不會親自去拜訪老師了。」

野崎聽到這裡，心中不由得湧起一股帶著卑劣的竊喜。

「是嗎？那一定很傷腦筋吧。」

他故作超然地說，接著便陷入沉默，但是實際上，「請放心。既然已有幸與妳相識，我一定會盡力幫妳。」這句話都已湧到他的喉頭了。然而他又遲疑地暗想，說出這種話，是否太過唐突。

而絹枝眼見野崎倏然緘默不語，也不免暗自懷疑自己的說話態度是否太過親暱，亦或是聽起來像是在主動向他求助。她懷抱著這種不像現代女孩、毫不自戀的想法，一個人在那羞窘地反省。

於是，就在這尷尬卻又令人心跳急促的沉默中，開得過快的汽車抵達了目的地。

「我送妳進家門吧。」

野崎終於找到該說的話，她窺看著絹枝的臉色。

「不了，這樣反而不太好。」

絹枝下車後如此說著，鄭重行禮致意。

「說得也是。令堂現在還不知情，這樣反而奇怪。」野崎慌亂失措地說，「那我就告辭了，如果有什麼事，請別客氣，立刻打電話到老師家。我隨時都待在那裡。」

野崎直到最後才以最笨拙的方式說出，一直想說的話，他僵硬地鞠個躬，再次鑽入車中。

「謝謝你。請代我向老師致意。」

車子發動離去時，絹枝再次行禮，抬起的眼睛一直凝視著野崎。

野崎在車上故意沒回頭，可是心裡除了剛分手的絹枝什麼也無法想。他的心猶如小鹿亂撞地專心試著解讀她那最後一瞥的意味。

第二件石膏像

畔柳博士發現石膏像的秘密後，過了一整天第二天的報紙上，刊登了左邊的女事務員慘死命案的後續消息，大標題在社會版的上段占了整整四段版面。

> 再次出現一條活生生的女人玉腿
> 於D中學繪畫教室發現
> 是人是鬼？令人驚愕的殺人魔暴行
>
> 之前報導的關東大樓女事務員謀殺案，在畔柳博士的明察秋毫下，發現了里見芳枝慘遭殺害的遺體右臂，被當作石膏像陳列在神田區O町某裱框店櫥窗。而本日竟在D中學的繪畫教室發現了芳枝遺體的第二部分。犯人似乎是將

被害者分屍後裹上石膏，當成寫生標本四處販售。警視廳方面有鑒於這種毫無意義又膽大包天的行為，研判犯人可能是某種可怕的精神病患，目前正多方調查，但眼下尚未發現任何線索。

石膏像的缺口出現人肉

一名學生的失誤帶來意外發現

昨日D中學第十六號教室內，二年A班正在上第三堂課，學生E不慎碰撞寫生用的石膏像，導致這尊仿造女腿的石膏像自台座上掉落破裂。E慌忙試圖撿起，但他才弓身趨近石膏像，旋即發出尖叫飛快躲開，引得眾人靠近一探究竟，卻見石膏裂縫中，赫然出現腐爛的人肉。繪畫老師G氏大吃一驚連忙將其送至醫務室，與同僚一同檢視後發現，此物看似石膏像，實為自人身上割下腿部再裹上石膏。警視廳接獲急報後，立刻派遣鑑識課S警部及負責偵辦女事務員命案的波越警部等人趕往現場，帶回問題石膏像，委由帝大的F博士進行鑑定。另一方面也針對奉自稱稻垣的犯人之命將上述石膏像送至D中學的推銷員展開調查，至於D中學方面不得不暫時停課，清潔教室，掀起一陣大亂。

以為是布屑

E同學渾身哆嗦地描述

「因為上課時我有點問題想請教老師，於是打算走向講台，經過石膏像旁邊時，袖子掃到石膏像，導致塑像發出巨響砰然落地。我心想糟了，連忙打算撿起，卻發現石膏像的膝頭部分撞出一道大裂縫，從中露出鼠灰色物體。起先我以為是石膏像內部填塞了髒布條，但再仔細一看，並非如此。我沒發覺那是人肉，只是覺得好噁心，所以才會大叫一聲連忙跳開。這是我長這麼大頭一次看到那麼噁心的東西。今天我大概連飯也吃不下去了。」

前所未聞的怪異事件

畔柳醫學博士訪談

記者走訪了最早發現里見芳枝慘死命案的畔柳博士，博士一邊扣扣敲著他那出名的義肢，一邊發表了以下這段驚人的意見。

「我早就料到屍塊應該會很快出現，我想今後還會繼續出現。根據外國的案例，殺人兇手為了便於搬運屍體而分屍時，通常會切割成六塊。也就是頭、身體、雙手、雙腳這六部分，這次的案子恐怕也是六塊。所以還有四塊，應該還留在某幾間學校。我認為這實在是前所未聞的奇案。我之所以這麼說，是基於兇手把屍體做成石膏像分送各校的心態，不能以世間常識加以判斷的。從各種跡象看來，這個兇手非常聰明。石膏像破裂會令裡面的東西曝光，這點他應該早已料到。可是他還是做出這種等同讓屍體暴露在眾人眼前的行為，這是因為兇手打從一開始就無意隱藏屍體。他反而玩弄屍體，揶揄世人。他刻意炫耀他的殘虐，想讓世人大吃一驚。這種心態在外國犯罪者中並非毫無先例，但是做成石膏像送給中學校這種想法實在前所未聞。正如警方所言，兇手肯定是某種精神病患，但他並非那種喪失思考能力的瘋子。對於做壞事，他必然擁有超越一般人的敏銳理智。以下純屬我的猜想，我認為這名兇手殺害的不只里見芳枝一人。之前貴報也曾報導，平田東一已遭到他的毒手，除此之外我想恐怕還有許多女性被害者。這下子真的出現了一個可怕的狂徒。我衷心祈求警方能早日找到真兇。我也會忝盡薄力，用我自己的方法試著找出兇手。」

報紙邊上沾到了熱水，已變得濕軟，閱報者將之揉成一團，隨手扔向角落。

這是一間格局小巧，但是相當奢華的西式浴室。鋪著仿大理石磁磚的地板上，有個長方形凹槽，放滿水波蕩漾的乳白色熱水。整間浴室內，瀰漫著蒸氣和某種芳香，畔柳博士全身隱沒在乳白色熱水中，唯有腦袋露在水面上。剛才，他正在閱讀刊登自己談話的晚報。

前面說過畔柳博士個性古怪，這種入浴方式也是他的怪癖之一。他幾乎每天都要在這個浴缸泡上一次，並且習慣在水中讀書或沉思冥想。他在浴缸中的陶醉時光，有時甚至長達兩三個小時，其間他會把浴室的門自內鎖上，有急事時他會利用放在浴缸書架上的室內電話，連絡書生或助手。如有來客，書生也會主動打電話通知博士。

這裡堪稱博士的夢想殿堂。恕筆者舉個大不敬的例子，正如古代聖德太子將吾國國政奠基於夢想殿堂的冥想，畔柳博士也是透過浴室的沉思，捕捉學問上或偵查犯人的奇思妙想。

之所以要鎖門，固然是為了避免有人打擾他冥想，另一方面也是不願別人看到他醜陋的殘肢。用乳白色藥湯泡澡，也是基於同樣的理由。

博士扔開報紙，浸在熱水中，閉緊雙眼動也不動。十分鐘、二十分鐘過去了，博士的表情如同安眠般地沉靜。

這時，低微的電鈴聲吱吱傳來，是書生打來的電話。

博士自水中探出上半身，拿起書架上的話筒，語帶憤怒地說：「什麼事？」

「波越先生來訪。他說有急事。」

書生的聲音畏畏縮縮。因為博士在泡澡時，總是特別易怒。

「帶他去會客室。」

博士放下話筒，再次將全身浸入浴缸。

藍鬍子

不久，隔著會客室的圓桌，浴後身穿睡袍的畔柳博士，和警視廳搜查課的波越警部相對而坐。這是警部在案件發生後的二度造訪。

「你的預言成真了。看了今早的報紙，各間中學校和女子學校一陣大亂。他們深怕自己的學校該不會也有包裹屍體的石膏像。沒想到，剩下的部分，也就是頭和身體以及左手左腳，全都找齊了。分別送給麻布的S中學、神田的T女子學校、同區內的O畫塾、青山的B中學這四所學校。今天都已送至警視廳，所以我立刻送到大學，請F博士檢驗是否屬於同一人的遺體。不過，即便是外行人也看得出來，如果把六個切口合在一起，想必正好可以拼成一個女人。」

波越氏那不符其魔鬼外號的柔和臉龐上，綻放出了笑容，就像在談生意似地若無其事地說著。

「實在太誇張了。此人簡直是膽大包天不知死活，再不然，就是瘋子幹的。對了，調查方面有進展了嗎？」

博士比起對方也毫不遜色，面無表情地以公事化口吻說道。

「我們當然已通知各警署，在關東大樓調查到的稻垣某人的特徵，市內也針對各車行發布通緝，尋找那天自兩國橋附近搭載稻垣與芳枝的車輛。他們在兩國橋下車，唯一的可能就是為了避免讓人發現去向，所以要換一輛車搭乘。兩國橋附近的S町，我們已徹底找遍了，並未找到任何線索。」

「那倒是發現了一個很好的偵查方向。結果呢？」

「還沒消息。此外，稻垣租借關東大樓的房間時，購入家具和商品的店家我們也查過了。但他實在設想周到，每間店都是打電話訂貨，甚至沒露過面。當然也是他頭一次交易，沒有一家之前就知道。我們為了謹慎起見也查過稻垣的住處還有稻垣在關東大樓登記的住址，正如您所知，那個地址根本沒這號人物居住。全是瞎掰的。」

「然後呢？」

「就這樣。我們束手無策。甚至可以說，在沒找到從兩國橋搭載他們的車子之前，調查毫無希望。不過這案子非同小可，報紙也已沒日沒夜地報導，所以高層意見很多，最後全找上我這裡，害我都快瘋了。其實我現在有點不安，所以又來拜訪，想借重您的智慧。」

「目前我也沒有任何想法。只是在等待。」

「等什麼？」

「等待犯人主動接近我。」

「您指的主動接近是？」

「他知道我是他的敵人。想必很恨我，說不定也很怕我，沒有人會對敵人置之不理。你等著瞧吧。他一定會監視我，可能還會跟蹤我，並且刺探我的想法，試圖搶先我一步。這麼可怕的惡棍絕對不會逃離敵人，不如說他會反過來接近敵人。因為那才是真正安全的方法。」

「是這樣嗎？」

波越警部的表情有點不滿。

「我就是現成的例子，那傢伙打從我開始插手這件案子，不就已經接近我了嗎？他那天一直跟在我們後頭，否則絕對無法從我家擄走平田青年。總之你等著看吧。兩三天之內，他一定會出現在我身邊。那時便我與他的對決正式展開了。到時恐怕還得仰賴你的支援呢。」

畔柳博士的語氣似乎有什麼令他深信不疑的根據。波越警部總覺得博士的這種自信背後好像還有什麼不能對他坦白的理由。

「如你所言，這個案子除了找出汽車，以及憑著犯人肖像尋找嫌疑犯之外，別無方法。不過我想比起那些方法，我的消極做法可能會比較快。」

博士說著，不知怎地詭異地笑了，但他倏然臉色一轉正色說道：

「說到這裡，之前我拜託你的東西，你帶來了嗎？」

「我差點忘了。我帶來了。是離家出走女子的照片對吧？」

「是的。我想要收集這一兩個月之內，下落不明、有報警備案的年輕女子照片。」

「我已經試著盡量收集了。還有很多案例沒照片，不過光是這些我就找到了大約五十張。」

「很好。」

博士接下照片，一張一張檢視，最後他從五十幾張中抽出三張，並排放在桌上。

「這三人，你不覺得哪裡有點相似嗎？」

「這個嘛……被您這麼一說，好像的確有相像之處。」

警部詫異地回答。

「說到這裡，在你印象當中，最近可曾見過與這照片上的三人相像之人？」

波越一臉莫名其妙地想了半晌，赫然察覺某事，驚愕地大叫：

「里見絹枝嗎？」

「很像吧？縱使沒有像到宛如姐妹花，至少同樣都是美女卻鼻子很塌、人中極短，這點非常相似吧？絹枝小姐和死掉的芳枝小姐是姊妹，而且據我所聞，她們長得非常相像。也就是說被害者芳枝小姐與照片上這三個女孩，擁有特徵相似的五官。」

「我還是不明白您的意思。」

波越對於博士迂迴曲折的說法，內心頗為不耐。

「這只是我個人的假設。在心理學上雖然頗有根據，但就一般人的想法，被稱為假設也莫可奈何。總之，我認為這次的兇手也許是類似西洋人所謂的藍鬍子[1]那種變態。『藍鬍子』是個概括的統稱，有些人，比方說像藍道爾[2]，目的是女人的財產，但這次的兇手似乎並非如此。他只是一個接一個和女人發生關係後加以殺害。他是個不殺人不行、非常殘虐的變態色情狂。所以，我猜想這也許不是他頭一次殺人，說不定過去已有多人受害，只是沒被發現而已。」

「這話怎麼說？」

「因為他面對一個無冤無仇、只是登報雇用來的女孩，就把對方分屍，還加工分送各地。如果這是他頭一次殺人，除非他是瘋子，否則未免也太大膽了。也許起初他只是殺人，但是漸漸地已無法滿足他。於是殘酷的程度愈演愈烈，終於演變至將死者分屍，在市內各地陳列的想法。換言之，將殺害芳枝視為他不知第幾次的殺人行動豈非理所當然？」

「也不是不能這麼想。」

「我對這個假設深信不疑。另外，我也思考過他登報招募犧牲者的意義何在。

1 法國詩人查爾路·貝羅（Charles Perrault）根據民間傳說寫成的《貝羅童話集》（1697）中出現的殺人魔，殺死六個妻子後，被第七個妻子發現。在《蜘蛛男》中，犯人在信上自稱「藍鬍子」，從未自稱「蜘蛛男」，而報紙也沒有這麼稱呼過。不知「蜘蛛男」這個綽號究竟是從何而來。

2 Henri Degire Landru（1869～1922），引誘多名女性、帶至別墅後奪財殺人將遺體焚燒滅跡的強盜殺人犯。受害者據說多達兩百人以上。1919年遭到逮捕，判處死刑。因其犯案手法而有「藍鬍子」之稱。

首先當然是為了不留下線索，因為再沒有比殺害毫不相干的人更安全了。第二，這樣可以選出最合乎他喜好的女人。就選中芳枝小姐這個結果看來，芳枝小姐的長相肯定是兇手的理想類型。可是芳枝小姐其實有個很明顯的特徵，那就是塌鼻子，以及人中極短。於是，我當下連想到的，就是失蹤少女的照片。說了這麼多，我想你應該也明白了，我現在選出的這三張照片中的少女，如果重新確認她們當初失蹤時的狀況，說不定可以間接查出兇手的身分。這雖然是假設，反正現在也沒有其他明確的線索，所以我認為在這方面，試著付出與尋找那輛搭載犯人的車子同等的努力，應該也不是壞事。」

「我明白了。現在只能死馬當作活馬醫。就算是假設，橫豎也不費太大工夫，我會遵照您的意見試試。謝謝，來拜訪您果然沒白跑一趟。您還說什麼想法也沒有，這不是已經架構出相當完整的推理了嗎。哈哈哈哈哈！」

波越警部說著露出笑容，但他心裡，似乎不怎麼相信博士的假設。

毒蜘蛛絲

博士的助手野崎三郎，這兩三天來好像有點魂不守舍。雖然坐在桌前工作，往往卻在不知不覺中停下手，虛無的雙眼定定凝視某處。博士發現後，甚至關心過他的健康問題。

自從那晚他送里見絹枝返家，他的腦中就只有一個念頭。夜裡也好不到哪去，他輾轉反側，為某種幻覺所苦，白天完全無心工作。

「難道我們就此各分東西了嗎？再也沒有見面與說話的機會了嗎？」

他生來並非內向的人，但不知怎地，碰上這種事卻變得極度內向。只見過一面的人，居然會帶給他如此煩惱，甚至會感到不可思議。

「乾脆主動去見她好了，反正也不愁找不到藉口。」

他每天都會不斷想上無數次這種念頭。最後，他終於下定決心採取行動，於是在前一章波越警部造訪博士的翌日午後四點左右，他沒向博士報備便悄悄離宅。當時博士正好又在泡他那例行長澡，所以讓他逮到這個好機會。

即便已抵達目的地的門前，他還是躊躇良久，不知該不該進去。最後他鼓起勇氣拉開格子拉門，站在一看就像女人住處、收拾得非常整齊的一坪大的玄關口。

道聲打擾後，只見紙門徐徐拉開，出現一位高雅的束髮老婦。

「我是畔柳博士身邊的人，請問里見絹枝小姐在嗎？」

「哎呀，這樣嗎？前幾天絹枝好像登門給各位添了不少麻煩，真不好意思。之前來找絹枝的該不會就是您吧？」

老婦人雖因芳枝的不幸飽受打擊，但基於傳統教養，似乎正盡量克制著不顯露出來。

「不，不是的。」

野崎的心情忐忑。

於是，老婦人面露詫異，說出奇怪的話：

「咦，那麼您是一直待在府上嗎？事實上就在剛才，有人拿著老師寫的信來接人，所以絹枝就搭那人的車子去府上了。」

「去博士家嗎？」

「對，沒有錯。」

「這就怪了，大約幾點？」

「已經快一個小時了吧。」

一個小時前，博士已經窩在浴室裡。野崎離開時，汽車好端端地停在車庫中。想到此事非同小可，他不禁心跳加快。

「那封信還在嗎？好像有點不對勁。」

「信還留著。請等一下。」

不久老婦人把信拿來，打開一看，信上說臨時有事，因此派車來接人，內容簡單，但和博士的筆跡截然不同。

「糟了。這是偽造的信。」
「啊？偽造的信？那麼，我家絹枝也被壞人拐走了嗎？」
老婦人匆匆站起，驚慌地說道。
「有可能。不管怎樣，我得先回去一趟。留下您一人或許很孤單，但我很快就會派家中的人過來，請暫時忍耐一下。」
野崎留下可憐的老婦人，也顧不得道別，在大馬路攔下計程車，立刻趕回博士家。
向書生一問，博士還在浴室中，但這可不是客氣的時候，他立刻抄起室內電話，按下按鍵。
「什麼事？」
話筒彼端，終於照例傳來不悅的聲音。
「老師可曾派人送信給里見絹枝小姐，請她過來一趟？」
「不，我沒做那種事。」
「那麼，信果然是偽造的。有人冒用老師之名，把絹枝小姐找出去。大約是在一個小時前。我正巧去絹枝小姐家，所以才得知此事。」
野崎已經顧不得害羞。
「笨蛋！」

博士大聲怒吼，野崎還以為是在罵他因此嚇得臉色發白，但他旋即發現博士是在自言自語。

「我真是個大笨蛋。居然沒想到。……但是現在也沒辦法了。事到如今就算驚慌失措也於事無補。野崎，你馬上打電話給波越先生，向他報告一聲，然後替我再跑一趟絹枝小姐家。剩下老人家一個人一定很不安。然後，可以的話，幫我調查一下附近有沒有人見過那輛車。同時，如果能問出車子的車牌號碼、駛離的方向、司機的外貌，波越先生一定會很高興。我也會隨後趕到。」

之後，他狠狠掛上電話。

水族館[1]的美人魚

畔柳博士與野崎助手及波越警部一行人，那晚趕赴巢鴨的里見家會合後，在附近展開地毯式搜索，可惜毫無所獲。惡魔如魅影出沒，除了唯一的線索，也就是那封信之外，連一根頭髮都沒留下。

然而，翌日，又再次發生令東京都的報紙讀者大吃一驚的事件。

自湘南片瀨的海岸越過長長的木板橋進入江之島後，有個小型水族館。現在避暑還嫌早，因此來這間水族館的人，頂多也只有外地的觀光客，整體而言就像淡季的觀光風景區，令人感到有點冷清。尤其是早上，幾乎沒有任何客人，只見售票亭的售票員，和負責打掃的老人慢條斯理地打著呵欠閒聊。

到了十點左右，終於有一個客人買下這天第一張門票。那是來寫生旅行的年輕西畫家。他在入口的木柵欄把票交給看門的老頭子後，就大步走入昏暗、悄然無聲的展場內。

暗如黃昏的場內，寬約一間的水槽彷彿商品展示櫥窗，在兩側一字排開。光線透過水槽暗青色的水和厚重的玻璃板，將室內整體宛如海底一般，照得幽微清冷。

青年畫家把臉貼在玻璃板上，逐一仔細觀察。

有的水槽養了一群伊勢龍蝦，宛如水中的巨型蜘蛛，在黑黝黝的岩塊之間，詭譎地四處爬行。有的水槽養著大章魚，八隻腳牢牢吸附在玻璃板上，正面展示它那令人作嘔的無數吸盤。方形身體的河豚就像怒氣沖沖的頑固老頭，急匆匆地四處泅泳。形似豐麗舞孃的縞鯛，炫耀著五彩光輝的巨軀，悠然游過。還有的水槽中罕見的海蛇，正放出燐光，瘋狂扭動。

但是，這是怎麼回事呢？青年畫家走到某個水槽前，就像觸電似地猛然跳開一間遠，然後又戰戰兢兢地靠近玻璃板，彎下腰定睛窺視水槽的上半部。那裡，到底住著什麼樣的怪魚？

1 現在江之島的新江之島水族館，是昭和二十七年（1952）才開幕的，在文中的當時，江之島尚無水族館。

就這麼看著看著，青年的臉色愈來愈慘白，最後變得很僵硬。

「人魚，人魚……」

他就像要甩開什麼幻影般地舞動雙手，狂亂呢喃著，最後，才看他身形晃動腳步踉蹌，下一秒他已哇地大叫，像瘋子一樣衝向入口。

入口的木柵欄那邊，剛才的老頭正在慢悠悠地握著鉈豆煙管[1]吞雲吐霧。從場內奔出的青年畫家一把拽住老頭的袖子，一聲不吭，就把他拉向那個水槽。老頭被這意外之舉弄得目瞪口呆，甚至無暇抗議。

「你看那個！你看那個！」

青年把老頭的臉用力推到玻璃板上，驚慌失措地大喊。

老頭起先好像還沒搞清楚這是怎麼回事，後來往水槽上半部一看，也跟青年一樣「哇」地發出尖叫跳開。

那裡，自水面上死了一具俯臥身體、半沉入水中的巨大美人魚。

只見她的黑髮如海草亂漂，低垂的美麗臉龐因苦悶而扭曲，雙乳猶如鐘乳石垂向水中，被折進狹小水槽中的雙足，形成奇怪的曲線，塞滿水槽的空間。同時，她的左乳下方，有一個兀自開口的慘白傷口，從那裡，猶在緩緩流出血水，微微染紅了水槽暗青色的水。

青年畫家與老頭，由於事情太離奇，先不說他們根本沒看出那是可怕殺人命案

1 金屬製的扁平煙管，便於隨身攜帶。

的被害者，甚至一時之間都沒領悟那是人類的屍體。但想必讀者已經知道這個水槽中的美人魚，正是遭到可惡的殺人魔染指的里見絹枝的美麗遺體。

第三號犧牲者

在第二起殺人命案中，犯人同樣沒有留下任何線索。只知道被害者是第一起命案的被害者芳枝的姐姐，在前一天遭人冒用畔柳博士之名以偽造信函拐騙上車帶往某處。除了她的遺體遭人以利刃挖出心臟，以及死亡時間約為前晚十二點左右之外，沒有任何可供調查的線索。

此外，住在片瀨的某名漁夫，告訴當天趕往該地的波越警部：

他在友人家待到前晚二點左右才返家，途經自片瀨通往江之島的長橋下方時，被橋上急急趕往江之島的突兀人影嚇到。由於是暗夜他只看到剪影，總之是兩個看似穿西服的男人，一前一後抬著一個大袋子。

調查之後發現，在那附近沒有任何人曾在那個時間抬著東西過橋。

根據以上十分不充足的資料，得以推定犯罪經過如下：

犯人八成又將被害者帶往那間空屋[1]，目的得逞後便加以殺害。然後把屍體

1 在這個時點，波越警部等人應該還不知道里見芳枝的遇害地點才對。

裝入袋中抬上汽車，沿著深夜的國道一路開往片瀨，在車子無法通行的長橋上，與同夥一起抬著袋子抵達水族館，再從水槽外取下上方玻璃板，將屍體扔進水槽。行凶時間約在十二點左右，他們經過長橋是深夜二點，所以其間的兩個小時相當於自東京至片瀨的搬運時間。

　畔柳博士接獲波越警部的電話通知後也趕往現場，但就連博士也只能贊嘆犯人乾淨利落的犯案手法，無法找出任何線索。

　那天晚報的社會版幾乎全被水族館命案占據。每家報紙都一樣，絹枝的照片不消說，甚至還附上芳枝的照片、水族館的全景，以及姊妹倆母親的含淚泣訴、畔柳博士的訪談等等。

　東京市民得知這重大慘案後，受到極大的衝擊。過去從來不曾發生過令市民如此驚恐的犯罪事件。尤其，第一位犧牲者芳枝，是自許多應徵者中選出來的，第二位犧牲者，是與芳枝容貌酷似的親姐姐。而且在畔柳博士的提議下，波越警部還自警方接獲的失蹤女子報案資料中，挑出與芳枝貌似的女子，探查離家當時的狀況（這點也被報社記者精明地報導出來了），由此可知犯人對犧牲者的容貌有一定偏好，因此在年輕婦女之間引起極大恐慌。

「這次的犯罪沒有任何動機和理由。只是符合犯人喜好的女性，被他隨手選為犧牲者。」

這實在是令人戰慄的事實。而且，大家完全不知道這個可怕的犯人是什麼樣的男人，現在躲在何處。這真是個恐怖的時代。

凡是年輕女子聚集之處，眾人必然開始談論「藍鬍子」。「妳長得有點像里見芳枝喔。」一聽到別人這麼說的女孩，當下便嘴唇發青渾身哆嗦，聽說禁止女兒單獨出門且親自接送上下學的家庭也日益增多。

警視廳成了眾矢之的，天天召開幹部協商會議，可憐的波越警部不得不站出來接眾人的質問。

水族館命案發生後的第三天，波越警部已用盡方法。為了至少心裡能好過一點，他再次造訪畔柳博士。在博士家的會客室，身為主人的博士與野崎助手和來訪的波越相向而坐。

野崎自絹枝慘死以來，一直臉色蒼白，也難得開口。

「我按照您的假設，調查了貌似芳枝與絹枝的那幾個失蹤女子，昨天終於收齊報告。可惜，那方面也毫無線索。」

警部自暴自棄地說。

「查出她們當時離家的狀況了嗎？」

博士一如往常，面無表情。

「幾乎毫無線索，不過三人倒有一個共通點。」

「噢？那我倒要洗耳恭聽。」

「不，其實也不是什麼大事。每個女孩都是出門訪友或辦事後就一去不回，但這幾個女孩的家境都很好，像這種時候，據說都習慣在附近大馬路搭乘一圓車❖1。三人在這點奇妙地一致。」

「又是汽車嗎？從這個事件的一開始就一直出現汽車。犯人先是與芳枝小姐在兩國橋附近換乘另一輛汽車。第二，用偽造信函將絹枝小姐帶走的汽車。第三，把絹枝小姐的屍體運往江之島的汽車。而現在，這些下落不明的女孩案情中又出現汽車。這到底說明了什麼呢？」

「原來如此，聽您這麼一說，這些案子和汽車還真有不可思議的緣分。」

「這該不會表示犯人擁有自用汽車吧？過去，會動手殺人的罪犯多半家境貧窮，不可能擁有什麼汽車❖2。但是，這次的傢伙從他開設美術藝品店也可看出，他應該相當富裕。如果他自己有車，那可是絕佳的武器。他可以當作自用車也可自由偽裝成計程車。犯人自己也可假扮成一圓計程車的司機，等著他鎖定的女孩上車。況且只要不斷更換車牌號碼，恐怕也很難逮到他。」

「但是，只要知道犯人有車，至少可以擬定一些調查方針吧。」

「不，我反而認為這會拖延調查進度。剛才說他帶著芳枝小姐中途換車、把絹枝小姐騙出家門、前往江之島棄屍，這些情況都得冒著很大的風險，所以犯人肯定

1 一圓計程車的簡稱。市內無論去哪，計程車費都是一圓的收費方式。始自大正13年的大阪，15年引進東京，繼而推展至全國。由於車數增加及經濟不景氣，也會讓客人殺價打折。昭和12年起改採距離制跳表收費，但唯獨這個名稱還留著。

2 昭和4年當時的東京市汽車總數為11,231輛，其中營業用乘用車（計程車）有6,250輛。至於汽車的價格，例如福特A型新車要價1,500圓。

是用自己的汽車。如此一來，我們日前四處調查的在兩國橋附近搭載犯人的汽車，自然不可能有結果。當時的司機到現在還沒出現，可見我的猜想應該無誤。社會上鬧得這麼大，當天那名司機不可能保持沉默。因為無論是犯人也好，芳枝小姐也好，大家都知道他們的長相了。」

如果博士的猜想是對的，那麼原先還抱著一絲希望的調查線索至此等於全部斷線了。波越警部苦笑地沉默了半晌，最後，他驀地仰起臉說道：

「不過話說回來，我真無法理解犯人的想法。究竟有何必要非得把屍體大老遠送至江之島，而且還選中水族館這種容易招人注目的場所棄屍？我只能說這人已經瘋了。」

「我所謂史無前例的犯罪，就是指這件事。」博士露出奇妙的微笑說，「犯人這是在耀武揚威，像個大明星地炫耀自己。正如獵人把獵物掛在腰上展示，他同樣也在展示獨一無二的殺人手法。他甚至還自以為是偉大的藝術家。把屍體分割做成石膏像示眾固然如此，這次的怪事亦然。他想在水族館的水槽中，創造出驚世駭俗的美人魚。他之所以大老遠把屍體運至江之島，完全是他那古怪的藝術家心態作祟。說到能讓他那樣做的水族館，東京附近的也只有江之島的水族館。因為上野和淺草的水族館不是水槽太小，就是太熱鬧，不適合他做那種事。」

博士的語氣聽來就像贊美犯人的行為，令波越相當不服氣。

「我是不知道什麼藝不藝術，但是任由這種藝術家囂張橫行，我可看不下去。」

他語帶諷刺地說。

「唉，這是我的壞習慣。一看到厲害的犯罪手法，就忍不住想贊美。不過，這次的傢伙才真正夠資格當我的對手。我會與你們一同傾力作戰，這真是令我感到愉快。老實說，這些年來我一直期待著這樣的對手出現。」

「可是就算要作戰，我們到頭來連對手是誰都不知道。我記得您曾說過，您在等待犯人主動接近，請問那究竟要等到何年何月？」

警部的諷刺變本加厲。

「他已經接近了，你看這個。」

博士說著，自西裝內袋取出一個西式信封，遞給警部。

「這不是電影試映會的邀請卡嗎？」

波越一頭霧水地看著博士。

「你再仔細看看。你不認識主演的女演員嗎？」

「富士洋子，好像常在報上看到。不過，那又怎麼樣？」

「說到富士洋子，她可是松竹公司K片廠[1]的大明星，號稱電影王國的女王，是日本首屈一指的大紅人。在《電影時代》[2]這本雜誌舉辦的人氣票選活動中，她的票數高居第一。片酬想必也是K片廠最高的。」

1 正確名稱是松竹株式會社，乃明治28年創業之戲劇電影製作、配給、放映公司。大正9年，松竹進軍電影製作業，擁有京都的下加茂片廠、東京的蒲田片廠、以及後來的大船片廠。文中的K片廠應是指蒲田片廠。

2 大正13年至昭和5年間由文藝春秋社發行、古川綠波編輯的電影月刊。昭和5年轉讓給綠波，但在那年便停刊了。

波越警部好像已經目瞪口呆，只是痴望著博士不停張合的嘴巴。

「哈哈哈哈哈！你很驚訝嗎？老實說我對電影是一竅不通，這些都是野崎剛剛才告訴我的新知識。」

「我不太明白您說的意思。」

警部終於忍不住插嘴。

「看樣子，你好像不太清楚那位知名女星的長相。野崎，你把剛才那本電影雜誌拿來。」

野崎自書房取來《電影與演藝》[1]這本精美的大型雜誌，翻開某一頁，放在警部面前。

「這就是富士洋子。」

雜誌以整版彩色頁面，刊出洋子的半身照。

「你明白了嗎？就算把富士洋子這幾個字拿掉，換成里見絹枝，也不會有人懷疑，因為她們長得實在太像了。我剛才乍看之下也嚇了一跳。」

「如此說來，您是認為，這個女明星已經被那傢伙盯上了？」

「這是唯一的可能，她就是第三號犧牲者。」

「可是，就算長相酷似，也不見得一定會被他盯上。」

「那你再看看這個。」

1 朝日新聞社自大正13年至昭和12年間發行的電影月刊。昭和13年起改名為《電影朝日》。

博士說著，又從內袋取出一個日本信封，和邀請卡的信封放在一起。

「無論叫誰來看都會認為這是同一個人的筆跡。對吧？可是，這個日本信封是日前誘騙絹枝小姐時的偽造信。換言之，這個邀請卡就是寫假信的男人——換個說法也就是這次事件的犯人——寄來的。」

「所以呢？」

波越愈聽愈感興趣，不由促膝傾身向前。

「基本上，由於領域不同，我從來沒收到過什麼試映會的邀請卡，偏偏這次卻收到了，所以我覺得奇怪便調查了一下。結果，正如我剛才所言，我發現筆跡和日前那封假信一樣，洋子又長得和芳枝、絹枝姐妹酷似。換言之，這正是犯人向我下的挑戰書。他這次要對富士洋子動手，警告我們也要盡量小心吧。以那傢伙的行事作風，要弄到這種邀請卡是輕而易舉的事。」

「原來如此，的確只能這麼想。不過，這傢伙也未免太無法無天了。」

「他擁有可怕的自信，這個做法根本是預告殺人。如果沒有那種就算事先預告也不會被抓的自信，絕對做不出這種舉動。」

「但是，您好像也有點太高估犯人了吧？」

由於事態太過離奇，警部還是有點不相信博士的說法。

「不然也可能是先把我騙去，再演一場戲。總之不管怎樣，不能對敵人的邀請置之不理，我打算準時赴會。」

「就是明晚吧，那麼，我也一起去，說不定會有意外收獲。」

波越在不知不覺中也認真起來了，他和博士定下明日之約後，匆匆告辭離去。

翌日，畔柳氏比平日在浴室中冥想了更久。其間有兩三人來訪，每次野崎助手都打室內電話通知正在泡澡的博士，但博士一律毫不客氣地回答，「我正在想事情，別吵我。」這種時候，無論什麼情況博士都會一成不變地使用同樣一句話。

劇場的怪事

電影試映會是下午六點開始，於K大劇場舉行。當晚和一般試映會不同，為了宣傳富士洋子領銜主演的所謂超級特製電影，主辦單位廣邀電影相關人士及影評文人，在說明伴奏下進行試映。

畔柳博士偕同野崎助手抵達指定座位時，充作餘興節目的喜劇電影已開始放映，觀眾席一片漆黑，因此無法尋找波越警部。之後電影播畢，場內大放光明，首先吸引博士目光的，是和平日的K劇場截然不同的觀眾。有一群相貌頗為神經質的長髮男子，還有一群身穿非常時髦的西服，卻又不像公司職員的青年。各處也可看到貌似演員的成群男女。但是，看著看著，便發現這些觀眾的臉不停轉向某個固定方向。於是，博士也模仿他們，將視線移向彼方一看，右側高起的包廂中段，有個華麗的區塊，彷彿唯獨那裡特別明亮。坐在那前排的，顯然正是才剛透過照片認識的富士洋子。

「是她吧？」

博士轉向野崎問道，他也正凝視著洋子，想必他正從洋子的身上描繪里見絹枝的幻影。

野崎半晌沒回話，過了一會兒後似乎終於打起精神，這才向博士說明洋子身邊的男男女女的身分。那個是導演N，這個是女星Y，後面那個是天才童星K子等等。向來空蕩蕩的警官席[1]，今天不知怎地，擠滿了五六名制服警員。觀眾之中，也有人竊竊私語這又不是政治演說，警方壓陣未免怪異。不過，其中不見波越警部的人影。「難道他沒來嗎？」博士暗忖地向四方張望，驀地在某個古怪的地方發現警部後，不禁露出微笑。

時值夏季，包廂後面的門，全都敞著，可以清楚看見門外走廊。洋子等人的包廂後方走廊，正巧有一把長椅，上面坐著一位身穿白底藍紋和服外罩絲織夏季單袍的紳士，目不轉睛地凝視洋子的背影，那正是波越警部。他似乎正在等待洋子身邊究竟會發生何事。

1 根據當時的治安警察法，政治集會或雖不涉及政治但判定有妨害安寧秩序之虞時，警察署有權派遣制服警員臨場監督，以便取締講談論議之內容。此時提供的警員座位即為警官席。不過，實際上所有的集會、劇場都有警官在場。

雖然找到波越的蹤影，但另一個人在何處，卻毫無頭緒。洋子的包廂附近，也沒發現特別可疑的人物。

「那傢伙真的已經到場了嗎？」

野崎在博士耳邊囁嚅。

「肯定已經來了。」

博士斬釘截鐵地回答。

「可是我從剛才就一直在找他。」

「你認得那傢伙嗎？」

「他戴著那種圓眼鏡，留著山羊鬍。」

「哈哈哈哈哈！那種東西怎麼能當真。眼鏡與山羊鬍是最簡單的喬裝手段。那傢伙就算再大膽，也不可能以同樣的喬裝來這種地方。」

就在兩人談論的時候，開場的鈴聲響起。場內熄燈後，正面的螢幕上開始了淡青色影子國度的生活。隨著伴奏席傳出的輕妙音樂，旁白者低沉的嗓音徐徐將觀者引入夢幻世界。

這是關鍵人物富士洋子主演的電影。洋子飾演妖嬈美豔、略帶吸血鬼風格的女星，電影以華麗熱鬧的手法拍攝她與環繞她身邊的三名浪蕩男子及一名正經青年展開戀愛遊戲的經過。大概是受到當時引進的《我的巴黎》[1]這齣法國電影的影響，

1 原名《*Mon Paris*》(1927)。法國歌舞電影。昭和4年2月14日於邦樂座、松竹座上映。是Star film製作的著色電影(putty color)，由喬埃．法蘭西斯導演，艾雷娜．阿利葉、安德烈．魯格主演，約瑟芬．貝克等人特別客串。

大量出現五彩繽紛的所謂歌舞諷刺劇（revue）的場景，毫無冷場令觀眾目不暇給。

電影接著放映第二卷和第三卷。

這是洋子休息室的一幕。以尚未換下華麗舞台裝的女主角為中心，她的五六名仰慕者，姿勢各有不同。有人坐在椅上，有人拿起吉他彈奏，有人舉起酒杯，有人在笑，有人大吵大鬧，有人把嘴貼在洋子耳邊，頻頻奉承她。房間一隅，真心愛慕這位當紅女星的青年，落寞地垂頭退守一旁。

洋子對那名青年說了幾句調侃他的話。於是，在場所有的花花公子，全都轟然大笑。粗鄙的笑臉被鏡頭放大，逐一流過畫面，而最後洋子妖豔的笑臉占滿整個銀幕。她的頭上頂著燦爛珠寶綴成的大皇冠，她的臉每次一笑就會微微顫動，使得那頂皇冠如光環閃爍。

她不停地笑了又笑，彷彿很清楚她的嬌笑是如何顛倒眾生，她笑了許久許久。

就在這時，不可思議的事發生了。後便從她那不停嬌笑的臉部特寫的右眼下方，冷不防出現宛如紅星的小污點。

觀眾中的某人，看到那個污點，因可怕的預感而戰慄。

眾人眼看著紅星愈來愈大，逐漸擴散。之後，只見下端如雨滴膨脹，旋即形成鮮紅的液體，滑落洋子光潔的臉頰。

是血，在只有光影的電影螢幕上，湧出鮮紅的血潮。全場觀眾猛吞口水，凝固似地愣在當場。

洋子還在笑。這次從她那宛如珍珠的貝齒之間，滲出鮮紅液體，轉眼之間已溢出雙唇，滴滴答答地沿著下顎滑落。洋子那足有二間見方的巨大臉龐，笑得花枝亂顫卻又不停淌血。那張笑靨愈是妖豔，自嘴唇染紅下顎不斷流淌的血河，便愈發詭譎得令人毛骨悚然。

放映師大吃一驚，急忙停止機器。那一瞬間，洋子血淋淋的嬌笑，在螢幕上倏然定格，深深地烙印在觀眾腦海。同時，場內也變得一片漆黑。

觀眾全都站起來了，四處響起女人的尖叫。

洋子的包廂那邊，掀起一陣騷動，只聽見有人大喊開燈、開燈。

燈一亮，自喧嚷的群眾之間，可以看見N導演抱著癱軟無力的洋子，不知所措。

周遭頓時擠滿黑壓壓的人群。迅速趕到的眾多警員制止群眾，在走廊空出一條路。抱著洋子的N導演在波越警部的陪同下，穿過其間急忙趕往劇場的辦公室。

當畔柳博士與野崎青年排開人潮，抵達辦公室入口時，波越警部正好從裡面出來。

「怎麼樣了？」

博士抓住警部問。

「啊，畔柳先生，果然如您所料，一定是那傢伙幹的。不過，洋子沒事。她只是看到畫面昏過去，現在已經清醒了。」

警部與博士連袂朝人少的地方走去，他怒氣沖沖地四下打量場內群眾，但就連所謂的魔鬼警部，對於肉眼看不見的敵人也束手無策。

警方找來拍攝這部電影的N導演和K劇場負責人調查之後發現，前一天於片廠的小試映室播映時，片子還是好好的。底片是在前一天夜裡送至K劇場，整晚放在播映室中。肯定是有人利用這段期間潛入播映室，做出那種惡作劇。當然播映室的門是鎖著的，但那種鎖，有些人只憑一根鐵絲就能打開。

檢查底片後，發現那個特寫鏡頭遭人巧妙地塗上紅墨水，令它能像流血一樣，徐徐增加分量。

犯人未留下任何線索。沒有腳印也沒有指紋或遺留品。警方也調查過守門人和清潔工及值夜警衛，但是並未發現任何可疑人物。

三十分鐘後，試映會重新開始，但畔柳博士等人並未繼續留下觀賞，提早離開了劇場。波越警部也同行。

「我決定派幾名刑警去K片廠，守在洋子身邊。洋子剛才已經回家了，我也派了部下和她同乘那部車。」

警部徵求博士的贊同般地說道。

「看來你也開始了解那傢伙的心態了。」博士拍著警部肩膀說：

「那傢伙的確是個孩子，不過卻是擁有可怕智慧與力量的孩子。今晚的惡作劇雖然非常孩子氣，但是的確達到他的目的了。他這麼做就像貓捉老鼠，藉著觀賞犧牲者的驚恐模樣來取樂。他真是愈來愈大膽了。過去，他只是把屍體拿來炫耀，這次，卻沒有立刻殺害犧牲者，只是先做預告，這是何等殘酷的預告啊。而且，他還不滿足只對犧牲者預告，他也向我等提出挑戰。彷彿在說：來吧，這次我要對這女人下手，但是你們還是拿我莫可奈何吧。他在玩『來呀來呀，快來捉我！』的遊戲。」

「放心，現在既然已經確定受害者會是誰，縱使得在洋子身邊築起人牆，我也絕對不讓那傢伙碰到她一根手指。」

警部的情緒十分激昂。

「原來如此，原來如此。」博士狀甚愉悅地說。

「撇開那個不提，那傢伙今晚來到劇場了嗎？」

波越忽然想到此事，臉色古怪地問。

「他當然來了，自己辛苦安排的精彩大戲，怎麼可能不來看。」

博士似乎對此深信不疑。

七月五日

個性好強的富士洋子，只在翌日閉門休息一天，隔天便又站在鏡頭前了。為了讓七八月的酷暑好過些，導演和攝影師都很著急，一心只想早點完成手上的工作。這種節骨眼上如果少了主角洋子可就麻煩了。站在公司的立場，也不希望人氣絕頂的她休工。於是，片廠從共用大休息室的強壯男演員中選出幾人守在洋子身邊。洋子來往片廠的路上固然不用說，就連在片廠內，或者拍外景時，他們也緊跟在洋子身邊寸步不離。其中兩人甚至睡在洋子家。

警察這邊也不惶多讓，派出數名便服刑警低調地跟在洋子身旁。這樣一來便是公私雙重戒備。殺人魔縱然再厲害，這下子就連想接近鎖定的犧牲者，看起來也毫無可能。

然而，這又是何等大膽、何等的自信啊。「藍鬍子」對這樣的戒備絲毫不放在眼裡，居然大膽地向畔柳博士發出第二封挑戰信。

某天早上，博士一走進書房，首先映入眼簾的，就是扔在收拾乾淨的大桌上的一張紙片。野崎助手尚未來上班，於是博士把書生叫來詢問。

「是你把這個拿來的嗎？」

「不，我沒看過這個。」

「今早沒人進過這裡吧？」

「是的，打開玄關後，還沒見人進來過。」

「這樣的話，這張紙片是從哪兒冒出來的？窗子昨晚關上後也一直沒打開過。」

博士逐一檢查窗戶，說，「入口的門是我剛剛拿鑰匙打開的，這完全不可能啊？你說是不是？」

博士氣惱地拿起紙片。

那是一張大型書簡，以秀麗的鋼筆字寫著以下的怪異內容：

親愛的畔柳博士，卓越的藝術需要卓越的鑑賞者。我衷心感謝我的藝術，能得到博士這樣的優秀鑑賞者。

殺人是一種藝術。縱使不刻意引用迪昆西[1]所言，我亦如此深信。年輕貌美的女性就是我的藝術材料。我用短劍當畫筆，以鮮血為顏料，帶給她絕對美麗的「死」。啊啊，你可曾見過年輕貌美女性垂死前的舞蹈？在那光怪陸離令人眩惑的美之前，世間一切繪畫、雕刻、詩歌，都只不過是沒有靈魂的泥人土偶。

我對於屍體的藝術化處理有著極深的興趣。在我公開的第一件作品中，我選擇了活人雕刻的方式。在第二件作品中，我創造了玻璃水槽中的負傷人魚之美。兩者

1 Thomas De Quincey, 1785～1859，英國評論家、散文作家。原本過著不務正業的放蕩生活，與英國詩人柯立芝（Samuel Taylor Coleridge）等人結識後步入文壇。他的作品《作為藝術的殺人》影響了亂步。

都成為全市注目的焦點，博得意外好評，令我暗自竊喜不已。

第三件作品，雖然尚未完成，但我已將藝術創意在K劇場的銀幕上稍作發表，現在只剩下最後的一筆。在我著手這件作品的當下，便已決定了完成日期，那就是七月五日。無論有任何狀況，我都不會更改已經擬定的計畫。

謹向閣下，我唯一的藝術知己，預告上述日期，敬請屆時觀賞為荷。

閣下所謂的「藍鬍子」敬上

「說到七月五日不就是明天嗎？」

博士看完信後，嘴裡咕噥著在室內走來走去。

不久，野崎助手來上班了，博士把那張信箋拿給他看，問他在松竹公司K片廠有沒有朋友。

「N導演我倒是見過一兩次。」

野崎如此回答。

「那正好。等N先生上班之後你撥個電話過去。替我介紹一下，因為我有點事想問他。」

「用不著介紹，N君早就知道老師的大名了，不過我還是先打個電話試試。」

十點左右電話打通了。野崎一介紹博士，由於前夜剛發生那種事，對方當下欣然表示樂於回答博士的問題。

「七月五日，也就是明天，富士洋子小姐的拍攝行程已經確定了嗎？」

在電話這頭稍事寒暄後，博士問道。

「她預定和四、五名演員一起去O地山丘高級住宅區的森林中出外景。本來想去遠一點的地方，可是這種非常時刻只好在附近人煙稠密的O地將就一下。我當然也會隨行，另外還有護衛，也請求警方派人隨行保護了。」

他說的O地，是位於京濱鐵道沿線，離K片廠不遠的城市。

「幾點開始？」

「我們決定要趁著天氣還不熱的時候拍，所以早上八點就要從這裡出發。」

聽到這裡，博士道聲謝就掛斷電話。對於殺人預告的事他隻字未提。他接著匆匆準備出門，同時命令野崎助手：

「快去命人備車。我要去一下K片廠。」

博士火速驅車往返K地一趟，三個小時後便回來了，之後他立刻打電話給警視廳的波越警部請他馬上過來。

波越，在下午二點左右趕來。

「約定的時刻終於到了。那傢伙已主動接近，而且給我一個絕佳機會。」

博士把那張信箋拿給波越警部看，摩擦雙掌，喜孜孜地說。

「實在是太過分了！」警部看了信箋，滿臉通紅地怒吼，「不過，您為何說這是絕佳機會？」

「七月五日正是明天。他既然說要動手就一定會做，況且明天富士洋子正好要去○地的森林中出外景，他一定更加方便行事。我當然也會去。這次終於要跟他面對面了。我一定會揪出他的狐狸尾巴給你看。」

「可是，警方和片廠都各自派出數名護衛寸步不離，就算那傢伙再厲害，也沒機會下手吧。因為他不只是要殺人，還得完成另一個目的。」

「他是藝術家，也是魔術師，對魔術師來說沒有不可能的事。」

「可是，假使他真有那個能力在眾人環伺下擄走洋子，明天的外景拍攝工作豈不是很危險？與其明知如此還故意冒險，不如將此事通知片廠，阻止他們拍攝較為妥當吧。」警部不安地說。

「不，一點也不危險。請相信我，這次我一定會和他一決勝負。算清多日來這筆帳的時候到了，我絕不會出錯。好吧，就算多少有點危險，但若因此畏懼不前，豈不是永遠沒機會揪住那傢伙的尾巴。」

「畔柳先生，這可是重大問題。您該不會為了個人的偵探興趣，犧牲一個人的生命吧？」

「請相信我。我自認比任何人都尊重人命。」

「那就一切看您的了。不過我有個條件，明天我也要去O地出差而且我會增加一倍的刑警人數，做好充分戒備，就算有個萬一也不致於造成危險。」

警部根據過去的無數經驗，信任博士的手腕。

「這個隨便你。不過，我必須先嚴正聲明，無論發生任何事，在我沒開口請求支援之前，請別主動採取行動。縱使洋子看起來有危險，或者犯人逃走了，你們也不能擅自出手或是去追趕他。」

「所以明天要讓您擔任全體警員的總指揮，是嗎？」

「可以這麼說。不過，我會喬裝前往，所以屆時可能連你也弄不清我在哪裡。因此，在我尚未出現並親口要求你們行動前，希望你們絕對不要採取任何行動。」

「您這要求還真古怪。不過，雖然每件事都不按牌理出牌，但您作風向來如此，就照您的意思辦吧。對了，犯人這封預告信的事，是否該知會K片廠一聲比較好？」

「不，關於這件事，剛才我已去過K片廠，和廠長K氏單獨談過了。至於其他人，無論是N導演或洋子，都毫不知情，他們不知情對我而言，會比較省事。」

結果波越氏同意了博士的要求，他決定與博士分頭行動，自己帶著數名刑警，前往外景現場。

那天傍晚，野崎助手要回家時，博士告訴他：

「正巧你認識N導演，所以明天你去片廠接近洋子。不過，你的工作可不是保護洋子。你要負責注意刑警和片廠的護衛，就我剛才說的，在我沒下令之前，別讓他們主動採取行動。他們如果想做什麼，你必須極力阻止。懂了嗎？說到這裡，我明天可能天還沒亮就會出門，所以大概見不到你。你就直接去K片廠，從那裡和他們一起去O比較好。」

計中計

翌日上午九點左右，O地山丘住宅區的森林中，K片廠的外景小組一行人正在休息。

所謂的一行人，包括導演N，攝影師S，主演女星富士洋子，男女演員五人（其中三人身兼秘密保鑣）刑警六人，波越警部，野崎助手；另有副導演、攝影助手、司機等，人數多達二十幾人。其中半數是搭電車來的，至於汽車，除了片廠的兩輛，另有警車一輛。

沿著住宅區往裡走，便是蒼鬱的巨木森林。規模雖小卻有山巒起伏，也有小河流過，更有成片松林；有些地方則有遼闊的田地，茅草鋪頂的農家，如畫般零星散布。透過攝影技巧，可以充分營造出深山與偏僻鄉下的感覺。

波越警部與N導演坐在某片樹蔭下，聊得很起勁。

「昨天畔柳博士打電話來，今天你們也來了。該不會是盯上了什麼人吧？」

導演略顯不安地問。

「不，那倒不是，只是因為在野外拍攝，所以戒備不得不更加森嚴。」

波越氏遵守他與博士的約定，沒說出真相。

「如果可以，我也想停止拍攝外景，可是片中有一幕非得讓汽車奔馳不可，所以才會來這種地方。不過，主要鏡頭只要三十分鐘就能拍完。剩下的我打算利用布景湊和。」

「如此說來，洋子要坐那輛車嗎？」

警部的表情有點為難。

「放心，只要開個一町左右的距離就好。而且一直負責保護她的男演員也會一起上車，所以一點也不用擔心。」

「我還是安排部下守在汽車行駛的路上吧。畢竟小心駛得萬年船。」

「沒問題。不過，請這些刑警先生盡量躲在樹蔭還是其他東西後面，別被鏡頭拍到。另外，為了怕您出錯我先說明一下情節，這是一齣惡棍劇，一開始在那棵大松樹附近，洋子扮演的女孩正和一名紳士散步。洋子是來某個溫泉地療養的，這位紳士以甜言蜜語哄騙她，把她帶到附近山中。紳士其實是惡棍頭子。另一方面，在那樹叢邊有一輛汽車，紳士手下的惡棍會蒙面登場，暗中偷窺兩人，待機行動。這時紳士臨時有事，離開現場。剩下洋子一人被蒙面男子捉住，綑綁手腳推上汽車，男子開了車就逃離現場。然後，那邊不是有個稍有高度的山崖嗎？鏡頭會帶到那背後拐彎處，之後就是汽車追逐的場面。不過那是從遠處拍攝，所以不用洋子小姐上場，會另找女演員當替身。」

「原來如此，這是常見的情節。那麼，我就把部下安排在那個山崖背面，汽車停下的地方。這樣就不用擔心了。還有，為了預防萬一，能否先讓我看一下和洋子演對手戲的男演員？」

「沒問題。」

於是N導演叫來兩名男演員，介紹給警部認識。其中一人扮成體面的中年紳士，另一人穿著工作服，裝成惡棍的模樣，手上還拿著蒙面的黑頭套。

兩人都是長年待在K片廠的男人，沒有任何疑點。

過了一會兒攝影開始。

在洋子與扮成中年紳士的男演員，以及導演、攝影師的外圍，布下了嚴密的層層警戒線。

波越警部和野崎青年並肩站在攝影機旁，男女演員及司機等人則各據四方，另一方面，在汽車行駛的道路上，凡是汽車會停下的地方都有刑警分頭站崗，做好戒備。

稍遠處的樹叢，停著一輛汽車（那是K片廠的車），扮成惡棍的男演員，正在車中等待上場。

「不知道畔柳先生在哪裡。」

波越警部小聲對野崎青年說。

「我在這麼多人當中沒看到他。不過以老師的作風，他也許躲在令人難以預料之處，畢竟這裡可是森林。」

「既然畔柳先生能夠躲起來，那個怪人說不定也躲在某處。不過，不要緊，有這麼多人守著。」

警部看來是強作鎮定，努力讓自己安心。

不久，當劇情進展到某個階段後，在遠處汽車中待命的惡棍，走出車子，朝攝影機走來，他已戴上黑頭套。他越過警戒線，按照導演的指令走近洋子兩人身後的樹蔭，在那裡蹲下。

中年紳士這時離開。

洋子的特寫鏡頭，蒙面惡棍的特寫鏡頭。

導演一聲令下，惡棍跳出，猛然撲向洋子。格鬥！

「漂亮！就是那樣。」

導演十分滿意地喊道。

格鬥一下子就結束了，兩個演員默契極佳，使得那一幕相當逼真。尤其洋子恐懼的表情更是精彩。她為了逃離惡棍之手，拚命大叫掙扎，表現得非常好。然後洋子當場倒下，嘴裡被塞了東西，手腳被捆綁。惡棍站在一旁滿足地打量他的犧牲者，最後他抱起她，走向汽車。

移動攝影。

隨著鏡頭移動，警戒線也移向樹叢那頭的汽車。

洋子被扔進車中。車門砰地關上。惡棍跳上駕駛座。汽車朝著已經決定好的路線猛然駛去。從絕塵而去的汽車背後，攝影機喀答喀答地轉動。只見汽車漸去漸遠。

沿路，自樹叢間隱約可見刑警的身影。車子駛過其間，在那個山崖處拐彎後，便再也看不見了。山崖那一頭，有兩名刑警守著。

手搖式攝影機的轉軸聲，戛然而止。

「好，這下子拍完了。」

N導演向戒慎恐懼的眾人說。

所有人如釋重負。有人當場席地而坐，也有人開始互相交談。

就在這時，只見兩名便衣刑警從剛才汽車消失的山崖彼端，大聲叫嚷地朝這邊跑來。眾人起初還以為他們在開玩笑，但是當兩人漸漸靠近後，才知並非如此。他們的眼神極不尋常。

「什麼事？到底怎麼了？」

波越警部驚訝站起，拔腿就朝他們跑去，如此吼道。

「汽車不肯停！」

「車子朝對面那頭全速開走了！」

兩名刑警爭相高喊。

「那麼剛才的是誰？」

N導演難以置信地說。

「那人根本不是演員！」

其中一人扯高嗓門。

「怎麼可能，那分明就是B君。」

導演依然堅持己見。

野崎三郎驀然察覺某件事，他走向起初停放汽車的樹叢，撥開樹枝探頭查看。果然只見一名男子，身上剩下一件襯衫，像死人似地倒在地上。那正是男演員B。由於警戒都集中在洋子周圍，誰也沒發現就在稍遠的樹叢背後，真正的惡棍打昏B，搶走他的衣服，扮演了B的替身。

野崎的叫聲令眾人全都圍過來，所有演員連忙照料起他們的同事。

另一方面，波越警部與導演還有N刑警們，正坐上警車打算追趕之前那輛車。

野崎青年一看，連忙衝過去，提醒波越：

「老師還沒露面。他說過在他出現前不能採取行動。」

警部怒氣沖沖地朝他大吼：

「混蛋！這個節骨眼誰還管得了那個！司機，開車、開車，全速前進。」

車子如矢飛去。

彎過山崖，是兩三町筆直的道路，但前方早已不見汽車蹤影。路再次沿著森林急轉。又開了一陣子，來到一處岔路口。

「喂，大叔，剛才有汽車經過吧？」

波越氏朝一名正在整修田壟的農民喊道。時值夏季，那一帶別無人影。

「噢，有喔。」

農夫的回答慢吞吞地響起。

「車子往哪條路走？」

「右邊喔。」

「右邊，右邊。」

車上眾人異口同聲地高喊。

汽車拐向右邊的路。

「看到了，看到了。就是那輛車沒錯。再加把勁就追上了。司機，不能再快一點嗎？」

筆直的道路，綿延直至遠方。兩三町外，正有一輛車行駛。

「咦，怎麼回事？那輛車，怎麼速度那麼慢？而且就像喝醉酒，開得歪歪扭扭。」

一名刑警說。

眼看兩車之間的距離逐漸縮短，最後警車終於追上惡棍的車子，並排行駛。

「糟了。犯人逃走了，這輛車上根本沒人駕駛。」

一看之下，駕駛座果然空空如也，只有後座躺著昏迷的洋子。

一名刑警從警車跳到另一輛車上，停下猶如醉漢的車子。以警部為首，眾人一同下車包圍那輛可疑的汽車。

洋子獲救了。雖然她失去意識不省人事，但是似乎未受到傷害。

「趕緊追來果然是對的。雖然讓犯人溜了，至少保住這位小姐的命。」

波越辯解般說道。

「咦，奇怪了，你們看那個，那個椅墊怎麼會動！」

一名刑警忽然驚叫。

「椅墊下面藏著人。別讓他逃了！」

某人怒吼。

椅墊立刻被一點一點搬開，果然有個可疑的傢伙從裡面爬出來。原來椅墊底下動過手腳，空間足以容納一人。

「上！」兩三人異口同聲地撲上去。怪人當下被捕，定睛一看是個看似工人的骯髒男子。

「說！你是什麼人！」

警部一把拽起那人的衣服前襟，揮舞著拳頭怒吼。

「笨蛋！」

男人聲如雷鳴，劈頭朝警部大吼。波越嚇得連手都鬆開了。

「波越先生，讓那傢伙溜掉的就是你。」

男人再次怒吼。他竟然知道警部的名字。

眾人目瞪口呆，茫然望著這個怪男人。不久，波越漸漸理解來龍去脈。

「如此說來，你，該不會是——」

「還有什麼該不會的！就是我。」

男人摘下鍋型帽子，抹去臉上污垢。

「畔柳博士。」

「沒錯，我就是畔柳。昨天我去見K片廠的廠長，打聽過今天外景拍攝的劇內容。在如此森嚴的戒備中，唯一能讓他耍花招的部份，就只有這輛汽車。因此，我與廠長商量，在今天使用的車子上動手腳，打從一開始就躲在椅墊下。身體不好的我，還真是累壞了。」博士摩挲著義肢說。

「這樣一來，縱使他駕駛這輛車逃走，我也能一路跟隨他到目的地。沒想到，你竟然無視我們的約定，把計畫搞砸了。不過他應該還沒跑遠，你在路上遇到過什麼人嗎？」

「沒遇到呀。」

「這就怪了，汽車是自一兩町外開始古怪搖晃的，之前應該還是他在開車。你們真的一個人影也沒看到嗎？」

「我們只向農民問過路。除此之外……」

「問農民？在哪裡？」

「就在前面那個轉角過去。」

「那傢伙有問題。」

博士拖著行走不便的腳，二話不說，就想朝來時路折返，但是雖然心急如焚，義肢卻不聽使喚，只見他猛然倒下。

烏雲密布

眾人扶起博士，回到之前遇到農民的地方，但這時候，已找不到那個農民了。他們分頭行動，去附近農家仔細搜查，可惜毫無收獲。只要穿過田地與森林，道路可以通向四面八方。事到如今就算大張旗鼓地調查，也已遲了一步。

於是，眾人只好一邊照料洋子，一邊垂頭喪氣地返回原處。但在分頭找犯人的過程中，野崎助手也不見了。他是先回去了？還是仍在仔細搜索？這點無人知曉，不過應該不至於發生令人擔心的事。現在更要緊的是照顧洋子，因此三輛汽車逕自出發了。放心，就算沒搭上車，徒步二十分鐘也能抵達O地的火車站。

被眾人撇下的野崎三郎，到底做什麼去了？一連串的怪事已令他的腦筋有點糊塗。再加上，化為江之島水族館美人魚的里見絹枝也令他永難忘懷。心上人變成了美人魚。自美人魚美麗的胸口，湧出鮮紅的血潮。下手的人宛如惡魔，明明就在眼前，卻不見蹤影。野崎胡思亂想著這些，在近午的酷暑下不停往前走，他漸漸感到腦袋好像變得一片空白。

田中的泥水咕嚕咕嚕如滾水沸騰。蜿蜒其間的鄉間小路，像水泥一樣乾硬，遙遠彼端的農家白牆，以及神社的旗幟，在陽炎下氤氳蒸騰。酷暑使得路上不見行人。

野崎似乎也不知道已和同伴走散，沒頭沒腦地沿著那條路一直走。

道路兩旁不時像是想起什麼似地矗立著零星農家。狗伸出長長的舌頭，像中暑一樣癱在地上。雞群懶洋洋地啄食飼料。

野崎驀地一看，在可以隔著低矮樹籬望見馬路的某間破舊農家倉庫中，蹲著一名男子。

野崎當下一驚呆立原地。因為那人顯然正是剛才他們在車上問路的農民。他竟在偶然中發現了凶賊藏匿的巢穴。

野崎青年宛如被蛇盯上的青蛙，不僅動彈不得，連眼睛都無法轉開。他就這麼不由自主地定定睨視那個農民的臉孔。

至於農民，也依舊蹲在昏暗的倉庫深處，猶如詭異的假人，文風不動，定睛凝視野崎。他的眼珠彷彿玻璃，雙眼眨也不眨。

兩人就像狹路相逢的兩隻猛獸，一直互相瞪視，好似誰先動誰就輸了。

就這樣僵持一陣子後，野崎自腹部深處湧起一種難以言喻的恐懼。暈頭轉向的他眼前開始發黑。當他感到再也無法忍受時，只見農民正冷冷地奸笑。……

半町外有一間灰撲撲的雜貨店。野崎衝向那裡，劈頭就向看店的阿婆發話：

「我想請問一下。那頭不是可以看見一戶有樹籬的人家嗎？您認識站在那間倉庫前，正在朝這邊張望的那個男人嗎？」

「啊？你說什麼？」

阿婆嚇了一跳，朝野崎全身上下打量半晌後，終於理解了他的意思，答腔道：

「啊，你問那個老爹啊，他叫阿作。我當然認識，他跟我是親戚。你找阿作有什麼事嗎？」

「我是說那個男的喔。就是現在走到樹籬邊，正瞪著我這邊的那個。」野崎再次強調。

「噢，那個人啊，他就是那間房子的屋主呀。」阿婆回答。

野崎覺得不對勁，再次打量，但是無論是條紋花色的短外褂，還是細腰帶的顏色，更別說他的長相，不管怎麼看，分明就是剛才在整理田壟的農民。

「那個人，一直住在那間房子嗎？」

「那當然，他家打從三代之前就住在那裡了。老爹又闖了什麼禍得罪您嗎？別看他那樣，工作起來能幹得很，就是有點不近人情。他老婆可辛苦了。」

這意外的事實，令野崎愈聽愈心慌。但他還是試著打聽自稱稻垣的男子在關東大樓現身的那天，以及里見絹枝被假信誘騙出門的那天，這個名叫阿作的農民人在何處，結果證實了阿作在這一個月內沒有出過村子一步。

不過話說回來，剛才那人從倉庫中瞪視他的那種眼神，又是怎麼回事？

「我是不知您有什麼事，不過與其問我，何不直接去問阿作呢？」

「說得也是。」

野崎茫然失措，還來不及釐清思緒，阿婆就已自以為機靈地朝站在樹籬邊往這看的阿作招手大喊。

農民不知何故磨蹭了半天，最後好像終於鼓起勇氣，轉身返回倉庫內一會兒後抓著一團烏漆抹黑的東西，跨過樹籬，慢吞吞地朝這邊走來。

「這位先生說他找你有事呢。」

當他來到雜貨店前時，阿婆說道。

「抱歉。我本來以為這是人家不要的東西，應該沒關係。您是來找這個的吧？」

阿作劈頭就這麼說著，把手上的東西遞給野崎。那是沾滿污泥、皺巴巴的黑色西服。野崎接過來一檢查，沒錯，這正是之前拍外景時，惡棍身上穿的戲服。最有力的證據就是，連那個黑頭套都在。此外，還有一樣東西——雖然之前沒見過這玩意兒——一份用舊的東京地圖。

「如此說來，你撿到這個卻藏了起來是嗎？」

「唉，人真的不能幹壞事。剛才我家門前，有兩三個穿西服的先生打轉，我心想該不會是來討這個的，所以提心吊膽地一直縮在家裡不敢動。其實這東西根本不值得我如此費盡心思掩藏。拿去，還給你。你收下吧。」

「不，那倒是不必了。如果你想要這衣服，就留下吧。不過我倒是有事想問你。你或許不記得了，之前你在整理田壟時，有一輛坐滿乘客的汽車經過，向你打聽前一輛車子往哪裡走。我當時就在車上。其實前一輛車子上面坐著殺人兇手，我們正在追捕他。你懂了嗎？這件事非常重要，請你仔細回想清楚再回答我。前一輛車子經過你身旁時，駕駛座上有人嗎？你記得嗎？」

「當然有。沒人駕駛，車子怎麼會動？」

「理論上是這樣沒錯，但你真的親眼看到駕駛嗎？」

「當然看到了，後來，車子開到兩、三間遠時，這套衣服就冷不防掉到田中了。」

「是被扔掉的吧。」

「我也是這麼想，所以才覺得可惜就把衣服撿回來了。」

「那倒是沒關係。不過，你的確是看著那輛車子開遠嗎？」

「嗯，我一直看著車子不見為止。」

「這段時間裡，沒人從車上跳下來嗎？」

「沒有，根本沒人跳下來。」

到此已沒什麼可問的了。

過了一會兒，野崎走出雜貨店，再次頂著大太陽踽踽走在鄉間道路上。衣服留給那個叫做阿作的農民，他只取回東京地圖，放進口袋。
關於衣服，倒是沒什麼疑點。殺人魔先是奪走和洋子演對手戲的人穿的戲服，假扮演員把洋子拐到車上逃走。之後，在半路上脫下衣服扔到路旁，大概是怕警方根據衣服循線找到他。
但是，令人費解的是，阿作這個農民並未看到惡棍自汽車跳下。二町之外有座小山丘，從阿作站的位置的確看不到過了那座山丘的地方。但是之後車子前進的距離只有一町，在這之間並無容人躲藏之處。如果他跳車，不可能不被隨後追來的野崎一行人發現。像是畔柳博士之所以懷疑農民阿作，正是因為除此之外放眼所見沒有任何人影。
無論是地形或是時間，惡棍要想躲過追捕者的眼睛逃之夭夭，都是不可能的，除非惡棍偽裝成阿作這個農民。
可是，不管怎麼看，阿作都只是個有點愚蠢的農民。況且，那個雜貨店的阿婆聲稱阿作在這一個月以來寸步未出村子，她總不可能也是殺人魔的同黨吧？
「所以呢？所以呢？」
野崎忍不住脫口而出。他無力破解這個難題，但是在思考的過程中，忽然有種難以形容的恐懼向他襲來。萬里無雲的蔚藍晴空，眼看著在轉眼之間烏雲密布，耳朵深處彷彿也傳來隆隆遠雷，這是場白晝的惡夢。

有生以來，他從未遭遇過這種發自內心最深處的恐懼。而且正因無法清楚掌握這種恐懼來自何處，使得恐懼更為強烈。他已無力思考，只想就這樣一路逃到很遠很遠的地方。他不願回到畔柳博士的事務所報告這可怕的事實，甚至開始畏懼偵探事務所這種地方。

第二封挑戰信

翌日，波越警部與博士照例在畔柳家的會客室，進行密談。博士家位於波越自警視廳返家的路線上，因此只要搭乘省線[1]中途下車，不費吹灰之力便可順路經過，所以波越在返家途中，總忍不住一再造訪博士家。

關於前一天發生的事，博士對計畫觸礁深感扼腕，警部當下辯解自己在那種情況下不可能不追趕犯人。大致談完此事後，博士將野崎助手帶回的新事實——亦即昨天那名農民絕非可疑人物的事告訴他，主客兩人側首不解，那麼惡棍究竟逃往何處？又是怎麼脫逃的？

「唯一的可能就是那傢伙的身體是玻璃做的。這樣的話，在野外從汽車上消失，對他來說根本是小事一樁。就像上次那封挑戰信，他不就神出鬼沒地送到我密閉的

1 大正9年至昭和24年間，國有鐵路由中央的鐵道省及運輸省管理經營時期的電車及列車名稱，主要相當於現在的東京JR線。

書房了嗎？」博士說。

「他簡直是怪物。我幹了這麼多年警察，還是頭一次碰上這種怪物。哎，我連想都無法想像。」警部附和道。

「說到怪物，野崎還真的被嚇到了。他昨晚回來報告完那件事後，就說要退出我這間事務所。我問他是怎麼了，他說他忽然感到十分害怕。對他來說這是有生以來頭一次的經驗，也難怪他會害怕。結果今天，野崎也沒來上班。」

「我能體會他的心情。就連我這種老江湖，對這次的犯人都有點毛骨悚然。老實說，有時連我都挺害怕的。」

波越在博士面前脫下矜持的外衣，坦然吐露內心的軟弱。

「哈哈哈哈哈！你說出這種話可麻煩了。戰鬥今後才要開始呢。」博士笑著說，但旋即話題一轉，

「這份地圖據說是那個叫阿作的農民和衣服一起撿到，被野崎要回來的，你認為這是什麼？」

博士在桌上攤開那份東京地圖。地圖上橫亙各區，被人拿紅墨水畫上點點×印，每個記號分別標上從一至四十九的編號。換言之，東京各地總共有四十九個地方被打上×。

「這還真怪。我們警方常做這種地圖，但這份並非警用地圖。」

「我想也是。可是，這也不是扮演惡棍的演員放在戲服口袋的東西，我已打電話向他本人確認過。如此說來，這份地圖應是『那傢伙』把無用的衣服自車上扔掉時，不小心一起扔出來的。也就是說，這顯然是屬於『那傢伙』的物品。」

「所以？」

「這樣的話，這張看起來毫不特別的舊地圖，就具有極為重大的意義了。這張地圖屬於那個藍鬍子，如果這上面的記號也是那傢伙畫上去的——」

「原來如此。如果這張地圖代表了他的計畫，那就的確很重要了。不過，這四十九個記號究竟意味著什麼呢？」

「這個我也不明白。不過，我倒是可以想像一番。如果你容許我做出如此可怕的想像的話。」

「您這話是什麼意思？」

「你看。這個記號並非一次畫上去的，而是一個接一個，在不同的日子依序標上。墨水的顏色也深淺不同，有些在磨擦之下號碼都有點糢糊了，可是也有些就像剛畫上去一樣色彩鮮明。肯定是那傢伙每當發現什麼時，就在地圖上添加記號。那麼究竟是每當發現什麼呢？我大膽想像到的，是那傢伙偏好的那一型女人，這是他的被害人候選名單。每當他發現一個新獵物，就在這張地圖上標明他喜歡的女人住在哪一區哪一町幾丁目。想必是在他招募關東大樓的女事務員之後，才開始做這種事吧。這上面沒有里見芳枝與絹枝的住址，富士洋子的住址也不在地圖上，所以洋子也是個例外。」

「有道理。您這個推論似乎最貼切。」

「以他的行事作風，要做出這種程度的事也不是不可能。不過，如果我的想像無誤，這真是令人極度戰慄的殺人名單。假使警方無力遏止，等於他今後還要殺害四十九人。」

「哈哈哈哈哈！再怎麼說，也不可能吧。」

「不，你這種輕敵態度犯了大忌。不信的話，你看看他之前的犯案手法。你以為『再怎麼說也不可能』的膽大包天、奇想天外的行為，他不是已經輕而易舉地一一做到了嗎？」

博士以深信四十九人殺人計畫的凝重語氣說道。聽到這裡，波越警部也覺得這話不是出自博士口中，而是直接聽到藍鬍子那傢伙親口說出，不禁倏然陷入沉默。

沉默持續了一陣子。在沉默之間，隱形強敵的可怕之處似乎緊迫盯人地漸漸壓迫兩人胸口。

畔柳博士思考著，同時漫不經心地把玩波越警部放在桌上的警帽。上面的金絲鑲邊和金絲徽章發出美麗的光輝，亮如鏡面的帽簷映出小小的房間半景。

博士漫不經心地把帽子翻過來，翻開裡面的吸汗襯裡檢視。於是，自襯裡之間，有張折得小小的紙條突然掉出來。

「抱歉，我想得太專心了。」

博士一邊道歉，一邊試圖把紙條放回原處，但警部卻制止他說：

「讓我看一下。我不記得在那種地方塞過東西。」

警部接過紙條打開一看，那果然是一張他從未見過的信箋。他才投以一瞥，就已不由自主地跳起來高喊：

「被他耍了！又是那傢伙下的挑戰信！」

內容如下：

親愛的畔柳博士，我必須對閣下的明察秋毫致上敬意。你成功地看穿了我的計畫。我因警察的追趕扔下汽車，現在回想起來實感幸運。否則，如果就那樣把車開進我的秘密宅邸，現在恐怕已失去我唯一的據守要塞。

可敬的對手畔柳博士，我不會因為這點小事便沮喪。我已精神百倍地展開第二階段計畫，即將著手實行。我極有勝算，這次，就算是再厲害的強敵也不足為懼。

來吧！畔柳博士，明天，也就是七日，正是兩雄相爭之日。地點將依富士洋子的落腳之處而定，總之我絕不會延期。來吧，可敬的對手。

藍鬍子敬上

「可惡。居然把我的帽子當成信箱，用來跟你通信。真是太過分了。」

波越警部氣得滿臉通紅。犯人此舉可謂一石二鳥。因為這奇怪的通信方式，一方面是愚弄博士，同時也把號稱魔鬼警部的波越，當成送信小廝使喚，著實侮蔑了警部。

「不過，這傢伙到底是用什麼方法、趁什麼時候、把這種東西放進我帽子裡的？」

警部終於注意到這點，大驚失色地說。他試著回想今早到現在的行動，照理來說凶賊應該絕無接觸到他帽子的機會才是。

「真的像魔術師一樣呢。」

博士不知為何一邊冷笑，一邊低聲說道。

攝影中止

七月七日，K片廠門口的警衛大清早便一直被陌生的來訪者嚇到。

那些人混在來上班的演員及技師、道具人員之間，彷彿他們本來便是電影王國的一員，絡繹不絕地上門。他們經過門口柵欄時，還拿著廠長K氏的名片給警衛看，名片上的確有所長親筆寫的「准許入內」，甚至還蓋了章。

警衛前一天便已接到廠長通知「凡是拿這種名片來的人都讓他進來。」所以對此並不訝異，但是一來就來了這麼多人，完全超乎他的想像，因此還是被嚇到了。細數之下，來客超過三十人。

不用說這些人都是富士洋子的保鑣。博士與波越警部前一天在畔柳宅商議之後，決定採用這個方法。由於已有五日事件的前車之鑒，警部堅持保鑣的人數必須加倍。如果派制服警察來，反而可能令凶賊提高警覺，不如全數喬裝成電影相關人士進片廠——博士如此提議。博士和警部都穿著便服，兩人之前商議過，如果有機會不如索性偽裝成道具工。

因此，門口的警衛壓根不知道，拿著廠長名片通行的這群人之中，也夾雜著大名鼎鼎的畔柳博士和波越警部。

個性好強的富士洋子，昨天只休息了一天，今天就已站在鏡頭前。得知畔柳博士收到了挑戰信後，包括廠長在內，所有人都勸她至少今天先休息一天別拍戲。但洋子宣稱，「碰上那種像惡魔一樣的傢伙，橫豎在哪都同樣危險，不如在大家面前工作至少比較不寂寞。況且，如果今天休息，就等於向敵人示弱，那樣我會很不甘心。」堅持繼續拍攝工作。

上午十點左右，片廠玻璃棚[1]的一隅。唯有拍攝範圍內，特別花俏華麗。其他的地方，隨意擺放著壞掉的椅子和小道具，背景布幕或橫或直地擺放著，還有看起來非常冷清空洞、沒有天花板也沒其他東西、某種奇怪的西式大食堂的道具背景。導演和攝影師和演員也全數到齊，正要開始拍攝。

「小洋，妳行嗎？這一幕的表情必須格外開朗，但這種節骨眼上可能太勉強妳了。不然改日再拍也行。」

N導演比當事人還更加憂心地說。

「沒問題。我早做好心理準備了，敢殺我就來殺我吧。有機會的話，我甚至想跟那傢伙面對面聊聊呢。」

洋子泰然自若地開玩笑。

「況且，今天未免也把我保護得太嚴密了吧。」

她小聲說著，朝正在舞台後面打轉的肥胖道具工投以一瞥。

那個肥胖道具工，正是波越警部喬裝而成。他為了不妨礙拍片，便一邊在大道具後面漫無目的地走來走去，一邊和另一個（此人的裝扮看似導演助手）男人窸窸窣窣地咬耳朵。

「我還以為，你已經退出博士的事務所了。」

胖胖的道具工說。

1 Glass stage，利用太陽的光線，把屋頂和牆壁裝上整面玻璃的攝影棚。早期拍電影都是用這個。相較之下，擋住戶外光線的攝影棚則稱為黑棚（dark stage）。

「是的，之前我好像變得不大正常，甚至還出現了誇張的可怕妄想，我當時非常害怕那傢伙。可是，一旦回到家裡坐著不動，我又開始無法忍受。我渴望看一些可怕的東西，所以我終於還是又來了。」

如此回答波越警部的人，是野崎三郎。連日來，他深受曖昧不明、縹緲如霧的恐懼所苦。

「老師在哪裡？我們本來是一起來的。」

野崎從剛才就一直在找博士。

「直到方才他還在門口守著，現在八成又拖著不便的腿，在片廠各個角落四處檢查吧。」

將近三十名刑警滴水不漏地配置在遼闊片廠內的各個重要據點，戒備森嚴得連螞蟻都無縫可鑽。但是，他們混在片廠的眾多員工之間，從外人眼中根本看不出刑警在哪裡。其間，畔柳博士一副編劇的派頭，用力撐著手杖遲緩地走來走去。

劇組已經開始拍攝。

此刻拍攝的是大型宴會的場景。無數的桌椅、純白的桌布、芳香的花飾，在沒有天花板的情況下懸空垂吊的水晶吊燈，身穿燕尾服、大禮服、晚禮服、和服，扮成各種紳士淑女的眾多演員，正穿梭其間舉杯歡談。

攝影機不斷變換位置，燈光架搬來搬去，攝影流暢地進行著。

好了，來到富士洋子扮演的女主角的特寫鏡頭。

扮成服務生的演員自她身後送上葡萄酒瓶，在她的杯中倒滿紫色液體後，一襲純白晚禮服袒胸露乳的洋子，一邊與身旁紳士談笑風生，一邊舉杯就口。

偽裝成道具工的波越警部，這時正與野崎青年及另外兩三名刑警站在攝影機旁，遠遠守望著洋子。看到她把杯子拿到嘴邊，波越當下臉色一變，小聲問導演：

「那是真的喝下去嗎？」

「對，會拍到杯中液體減少一半。放心，那不是酒，只是有顏色的開水。」

導演一臉不在意地回答。

「可是，那個——」

警部還想再提醒什麼之際，洋子已大口吞下那杯液體。

「好酒量、好酒量。」一旁的中老年紳士特寫鏡頭。

接著攝影機略微退後，鏡頭轉向別桌的一對男女。

這是常有的場面，用不著導演出聲指示，只要以眼神示意再努努下巴，攝影師就心領神會地轉換場景。所有演員們彷彿被某種不知名的存在壓迫似地沉默安分，沒人說話，這是齣真正的默劇。唯有搖動攝影機的聲音，機械式地操縱那群黃色面孔的沉默演員，喀答喀答地單調作響。

「不對！快停止！停止攝影！」

此時波越警部忽然像是命令演說中止似地大吼。

眾人赫然一驚，導演、攝影師、演員、助手、喬裝刑警，所有的臉孔全都轉向警部。攝影機停止轉動。唯有一人沒看警部，兀自定睛凝視虛無的空間，那就是富士洋子。

她的雙肘撐在桌上，神色恍惚地凝視某處。上了妝的黃色臉孔，漸漸轉為土色，眼神也很不尋常。

當眾人察覺到這點，將視線移向她時，洋子眼睛一閉，才見她腦袋頹然搖晃，下一秒已猛然倒在桌下。

默劇在一瞬間轉為混亂、騷動的場面。人們七嘴八舌地叫嚷地圍攏到洋子四周。坐在她鄰座扮演中年紳士的演員（是I這位電影界的大前輩）搖著洋子肩膀大吼：

「小洋，小洋，妳怎麼了？啊？妳怎麼了？」

但是不管怎麼搖晃洋子，她的身體就像水母一樣軟綿綿得毫無反應。

波越警部立刻衝進場景中，一把拽住剛才替洋子斟酒的男Ｂｏｙ[1]。

「喂，你的酒是從哪拿來的？」

男演員不停辯解。一旁的兩、三名演員也跟著幫腔：

「這個人不是什麼可疑人物。他從以前就跟我們一起工作。」

1 為了和意指女服務生的女Boy區別，自明治時代開始使用男Boy這種稱呼。

警部最後找到把酒瓶交給那個演員的小道具工，帶著兩人急忙前往餐廳（瓶中液體就是在那裡備妥的）。不用說，這當然是為了調查是否有人在液體中攙入毒藥。

另一方面，N導演把洋子托付I照顧，自己趕往廠長辦公室，拽住K廠長的袖子慌張地報告這起突發事故。

「毒藥嗎？」廠長的嘴唇也失去血色，「不過我們不能絕望。醫生呢？醫生呢？」

「要打電話給H醫院嗎？」

「那當然，這是最重要的。」

廠長喝斥。N導演當下抓起桌上電話，朝接線生吼道：

「快接H醫院！有人中毒了，請他們快點過來！」

白髮老醫生

不久，有輛汽車抵達K片廠門前，一名白髮白鬍的醫師走下車。等候已久的助理導演立刻拉著老醫生的手，奔向洋子倒臥的拍攝現場。由於事發至今不到五分鐘，還來不及把洋子抱進房間。

老醫生彎著腰，寬鬆的西裝凹凸起伏，他一邊任由風吹白鬍，一邊步履蹣跚地努力奔跑。

在拍攝現場，圍繞著洋子的演員和道具工形成一道黑壓壓的人牆。看到醫師出現，一干刑警連忙排開群眾，讓他們離開洋子身邊。

老醫生不發一語，從手提包取出各種器具藥品，仔細替洋子診斷。大約過了十分鐘後，

「好像是麻醉藥，應該可以保住一命吧。」白髮老人透過大大的老花眼鏡，仰視廠長與N導演，「不過，還需要做進一步檢查，也需要治療，這裡不太方便，可以把她送去醫院嗎？」

「請務必這麼做。」廠長K氏回答，「不過，要怎麼送去？」

「很簡單。醫院的車子還在門口等著，只要請哪位替我把人抬到那邊就行了。」

「那好，快點，你們誰來抬一下洋子。不快點送醫不行。」

廠長慌忙對著圍觀的眾多青年員工大喊。三名青年立刻來到倒臥的洋子身邊，各自捧著她的頭部、身體和雙腿，安靜地將她抬起。

然而，就在這時，怪事發生了。

有一陣子沒露面的野崎三郎，依舊一身導演助手的打扮，只見他突然湊到N導演的身邊，像要討論拍攝進度，唧唧咕咕地低聲耳語。

「啊？你說什麼？」

N導演的表情眼看著愈來愈驚愕，他不由自主地大聲反問。

是什麼事令導演如此吃驚？野崎青年究竟向他耳語了什麼？這箇中經過必須稍做交代。

野崎三郎早在洋子昏倒時，心中就已產生某種疑問。藍鬍子尚未達到目的之前，不可能毒殺重要的洋子。這如果是他幹的，八成只是用麻醉藥令洋子暫時昏迷而已。但是，問題在於讓她昏迷要做什麼？該不會是想趁著一陣混亂中，把昏迷的她從這裡偷出去吧。那麼，他會採取什麼手段？

由於擔心這件事，他也無暇去找畔柳博士，一直守在洋子身邊監視。

這時，白髮老醫生趕到。白髮、白鬍、大大的老花眼鏡，不知為何那竟令他赫然一驚。他急中生智，悄悄輕拍站在他附近的某位老牌演員肩膀打聽：

「那位的確是H醫院的醫生嗎？」

對方一臉詫異地回答：

「那當然，不過我沒見過這位醫生。」

「你最近才在H醫院住過院吧？我在報上看過這則新聞。」

「對，不過我住院期間沒遇到過那位醫生。」

聽到這裡，野崎突然衝進辦公室，向在場的人說明事情原委後打電話到H醫院。

「我們這邊沒派人過去。」醫院的事務員在電話那端回答，「本來你們打過一次電話來，我們已經準備要趕去了，可是你們不是隨即又打電話來取消了嗎？」

他立刻回到拍攝現場，低聲告訴N導演這段經過，請導演暫時留住老醫生後，為了尋找畔柳博士和波越警部，他再次不動聲色地離開。

N導演雖然半信半疑，還是姑且聽從野崎的請求，向白髮老醫生說道：

「醫生，我有點事想請教。」

站在抬洋子的三名員工前方，已經往外走了兩三間遠的老醫生，被他這麼一喊倏然回頭。

「什麼事？」

他透過圓眼鏡冷然地望著導演的臉。導演想不出下一句該說什麼，有點遲疑。在短短五、六秒中，兩人之間橫亙著異樣沉默，互相睨視。

導演的表情，在不經意中已道盡一切。老醫生……那個歷代罕見的殺人魔，不可能看不懂他的表情。

眼見有危險，老人本來弓著的腰瞬間挺直了。他挺起垮下的肩膀，白髮白鬍的大臉，在寬厚的肩上筆直地注視正前方。原本老朽衰弱的老人已不知去向，一名筋骨強健的陌生男子傲然佇立於導演眼前。

一轉眼間，犯人已衝了出去。他的長腿以肉眼難辨的飛快速度踢起塵土。眼看著他的身影，就這麼遁入聳立在玻璃棚和大門之間的暗棚，也是這個片廠最大的建築物。

總算理解了事情經過的所有喬裝刑警大聲叫嚷地拔腿朝犯人追去，血氣方剛的演員和道具工也尾隨在後。

暗棚內部即使是白天也一片昏暗，還有各種大小道具，就像戲院的舞台後方一樣，密密麻麻排放在一起。總而言之，就是個宛如大型倉庫的場所。不，不僅如此。為了準備攝影，裡頭甚至還搭出一條小型街道。只有門面的假房屋在兩側綿延，形成曲折迂迴的巷弄。只見林立的布景之間，矗立著假的自動電話亭，下一瞬間又看到漂浮著模型軍艦的大水槽中，積滿烏黑的死水。要找出一個躲進這裡的人，猶如在叢林中找一隻小蟲。

追擊隊一行人杵在暗棚門口，不知所措。因為他們對犯人遁入哪個角落毫無頭緒，更重要的是，這視線不良宛如黑夜的建築物，令他們有點毛骨悚然。

就在眾人踟躕不前之際，波越警部和野崎青年以及另外十幾名刑警趕來了。追擊隊當下士氣大振，一窩蜂湧入建築物中。眾人分頭行動，每四、五人為一組，分別自左右兩頭及中央出發，在迷宮般的大道具之間穿梭前行。奉警部之命，每個出入口各有兩、三名刑警站崗。

「他終於淪為袋中之鼠了，這次一定要把他揪出來。縱使他再怎麼像魔術師，也不可能逃出這樣的包圍。」

波越警部堅守第一個出入口，舔著嘴唇，看起來志得意滿。

袋中之鼠

然而，這場逮捕行動並不如警部以為的那麼簡單。

搜索隊中有人沿著剛才提到的假街道兩側巨細靡遺地搜索，愈走愈深入。愈是往前進，重重豎立的大道具遮蔽了光線，變得愈來愈暗。自天花板零星垂下沾滿蜘蛛網的寒酸電燈，反而形成了鬼氣森森的陰影。

起初看起來非常勇敢的運動青年型演員頭一個打退堂鼓，就連專業刑警都開始覺得有點心驚膽跳。到處都有大道具與大道具重疊形成的黑暗角落。膽戰心驚的眾人，每當走到那種角落，便會覺得在黑暗之中好像有東西蠢蠢欲動，又好像有一雙眼睛從那裡炯炯發出異光，朝這邊瞪視，嚇得他們腿都軟了。

正當他們戰戰兢兢地走在漆黑的迷宮之間，突然身後射來異樣光線，把眾人的巨大影子投射到前方的大道具上。

大家吃了一驚，轉身回顧，閃爍的刺眼光線後方傳來人聲。

「你們不用驚訝。是我、是我。」

那是耳熟的攝影助手的聲音。他正好看到有接上電源的聚光燈，所以機靈地扭開開關。

除了這盞聚光燈之外，棚內還有為各種攝影而準備的燈光。由於一個小助手的靈機一動，其他搜索隊的人這才注意到可以開燈。因此到處都亮起或青白或紫色的詭異燈光。這下子只要有人轉動攝影機，就可以立刻拍起異常逼真的現代版官兵捉強盜的電影了。

攝影助手對他的神來一筆相當得意，為了更加發揮光線的偉大力量，他不停旋轉聚光燈的燈頭，就像探照燈一樣，盡量照到四方。

只見他照向正面，照向右方，照向左方，接著徐徐將燈光往上，照到天花板時，突然響起尖銳的叫聲。

「啊！在那裡……」

只見那邊的天花板，為了讓攝影機掛在上頭自上方移動攝影架設了軌道。從那個軌道（是鐵板組合而成的，寬達一尺）上，可以看到之前那個老醫生的白髮。雖然他已盡量縮小身子，還是無法藏住全身。

出自軍隊向來把捉賊視為看家本領的某名刑警，說著「好，看我來逮他。」地奔向支撐軌道的鐵柱，轉眼之間已如猴子般敏捷地爬上去。

白髮怪物躊躇了一會，似乎不知該沿著軌道上面逃走，還是跳下去。可是在軌道另一頭的柱子，已有另一隊人馬聚集等著逮人，如果跳下去，又等於直接跌入追捕隊伍的中央。

進退維谷的殺人魔最後大膽地留在原地，準備和爬上來的刑警來場殊死戰。

這真是猶如空中走鋼索的危險逮捕行動。

爬到柱頂的刑警面對極度瘋狂的怪物擺出的應戰姿勢，不免有點手足無措，但他隨即大叫一聲「去你的！」接著便在軌道上朝著怪物猛然衝去。

怪物緩緩後退，刑警以相撲的架勢步步進逼。兩人的身影隱沒在大道具的另一側，一開始的搜索隊伍已看不見他們。反而是另一支搜索隊從大道具另一邊，猛吞口水地凝望著天花板。

軌道上展開了一場危險的肉搏戰。在這種時候，比力氣更重要的，是如何保持身體平衡。擅長器械體操的刑警靈巧地扭轉身體，努力試圖將對方從軌道推落。但是，犯人在玩特技這方面比刑警更厲害。

他故意裝出做往下摔落的動作，卻用雙腿勾住軌道懸在空中。而一心認定對方也會跌落的刑警卻毫無準備，放開了手腳，掉進位在正下方的模型海戰用大水槽中。發出巨響，濺起滿天水花。

等到刑警渾身濕透地爬出水槽時，白髮怪物早已從軌道縱身一躍跳到屋頂夾層的某根橫梁上。
他就像飛鳥走獸沿著一根又一根的梁柱，逐漸移向建築物角落。底下的追捕隊伍只能手足無措地乾著急。天花板上沒有任何障礙物，底下卻到處豎立著布景和大道具。犯人前進一尺，底下眾人卻得大繞遠路，跑上十間乃至二十間的距離❖1。
然而，不管怎麼說追捕隊畢竟人多勢眾。再加上四面入口都有人守著，因此大家安心地認定犯人絕對逃不出這座建築物。他們不約而同地耐心等待犯人精疲力盡。波越警部和野崎青年，如今也加入自下方追逐天花板上犯人的隊伍。
十分鐘、二十分鐘過去了，屋頂上的怪物，就像被追捕的老鼠，繼續他悲慘的努力，不知是否終於力氣用盡，只見他鬆開抓住梁柱的手，倏然跌落在距離追捕者不遠處的地上，就這麼失去意識般動也不動。
波越警部欣喜若狂，現在正是討伐敵人的時候。
「把他捆起來！」
一名刑警領命上前，隻手拿著繩子靠近怪物，騎在他身上，正要拿繩子捆住他時，忽聞「砰！」的奇妙聲音響起，騎在怪物身上的刑警，就像被甩開的布偶往後一倒，四下忽然瀰漫白煙，火藥味衝進眾人鼻子。
定睛一看，怪物抖動白髯，在煙幕後方咯咯大笑。他的手上有把小型手槍在發

1 一間等於六尺。

光。

刑警被擊中肩頭，已經昏厥了。

看到手槍，眾人不禁倒退三步。

怪物為了不讓任何人靠近身邊，小心翼翼地把槍口對著眾人，緩緩走向對面角落的陰暗處。

「這種時候，大家應該高舉雙手才合乎禮儀喔。」

他刻意彬彬有禮地說完，又冷冷奸笑。

眾人只好不甘不願地舉起手。

犯人趁隙鑽入背景大道具豎立的夾縫間，從中拖出一張大布景，拿那個東西當屏風藏身。但是，詭異的是，從布景和布景重合之處，仍定定伸出槍口[1]，只見槍口還在冒著淡淡青煙。

「只要你們稍微輕舉妄動，這個槍口就會冒煙喔。」

布景後面傳來怪物鄭重其事的威脅。

追捕者束手無策，也打不起精神照料受傷刑警，就這麼一同高舉雙手杵在原地許久。犯人也謹慎地按兵不動。良久，那支令人毛骨悚然的槍口，仍舊鎖定眾人。

就在僵持之際，眾人等候多時的畔柳博士終於自人群後方出現了。一看到他，躲在眾人後方陰暗處的波越警部總算稍微振作精神，但他還是保持高舉雙手的姿

1 在亂步日後的作品中也經常使用這個障眼法。

勢，向博士低語：

「終於把那傢伙逼到那片布景的後面了。不過，畔柳先生，你也看到了吧？你看，他正從那縫隙之間伸出槍口。我們如果貿然出手會很危險。」

「我知道。」博士也盡量保持身體靜止，低聲說道，「我聽說你們已包圍犯人，所以衝到大門口，想抓他坐的那輛汽車的司機，可惜連個人影都沒看到。司機早就察覺不妙溜之大吉了。」

警部一心只顧著抓犯人，壓根沒想到汽車。他暗自佩服博士果然精明。

「說到我為何會姍姍來遲，」雖然眼下情況危急，博士還是用那種沒把犯人放在眼中的語氣繼續說，「我被那傢伙擺了一道，我上了他無聊的當，被關進對面的空房間。那房門可牢固了，害我費了好大的工夫才破門而出。」

難怪之前沒看到博士的人影。

「這個待會再說。」警部很急躁，「現在最要緊的，是眼前的重犯。如果讓這傢伙跑了後果難以挽救。偏偏他手上有槍很棘手。您有沒有什麼好主意？」

「放心，區區幾顆子彈，只要稍微留意便不會中槍。不過這麼多人擠在一塊很危險，你們再退後一點。」

博士慢吞吞地說著，接著撥開人群，朝犯人的槍口走去。

只見博士伸脖縮腰，拄著手杖拖著行動不便的義肢，在亂七八糟的小道具之間穿梭，他那步步走近敵人的身影，就像準備獵捕青蛙的蛇。

苦等許久的時刻終於到了。一再結仇的殺人魔此刻就在博士眼前數尺之處，文風不動地蹲著。博士的眼中燃起歡喜之火，他的手因戰鬥的預感而顫抖。

沒有人試圖阻止博士的莽撞之舉，大家都被他的大膽行為嚇得目瞪口呆，只能暗自在手心捏把冷汗。

只能用莊嚴二字形容的深刻沉默持續著。

躲在布景後面的凶賊，看著他所謂的可敬對手出現，究竟作何感想？詭異的是，他只是一逕保持沉默，蹲踞在黑暗中。

彷彿可以聽見博士「哈、哈」的呼吸聲。

鎖定青蛙的蛇在尚無把握能夠一舉逮到敵人之前，會以看不出究竟有沒有移動的速度緩緩逼近，可當他到達他認定的最佳時機，就會在電光火石的瞬間，迅速撲向對方頭部。

博士正是如此。只見他弓腰屏息逼近到某個地點後，便以他健康的那隻腿，迅如箭矢般衝向敵人躲藏之處。

直到最後一秒

那一瞬間眾人都以為聽見槍聲，看到博士被擊倒的身影，然而那只不過是一剎那的幻聽與幻覺。

雖然聲音很大，但那其實是凶賊躲藏的紙糊大道具破裂倒下的聲音。出乎意料的是手槍並未發射，博士還活著。他活生生地大吼：

「糟了！各位，快去找，他應該還沒逃出去。」

大家定睛一看，大道具後面早已人去樓空。問題是，直到前一刻還拿著手槍嚇阻眾人的他，為何能夠如此迅速地逃走呢？

「就是這個。你們都上了他的當了。」

博士把用繩子掛在大道具邊上的無主白朗寧手槍，拎在指尖晃給大家看。凶賊就這樣自大道具的夾縫間伸出槍口，假裝他正持槍瞄準眾人，趁大家驚慌失措之際，偷偷自後方溜走了。

不過，各個出入口都已布下嚴密防守。他不可能出得去。這傢伙肯定還躲在棚內的某個角落，所以大家再次分頭搜索。二十幾名刑警加上年輕的片廠員工，手上各持棍棒之類的武器，分頭行動敲遍每一個角落。

至於畔柳博士與波越警部兩人則留在原地，調查凶賊原先藏身之處，這時蹲在陰暗角落的博士發現了什麼大叫：

「那傢伙是變裝之後才溜走的！」

博士從角落扯出的，是凶賊原先穿戴的寬鬆西裝、白色假髮、白色眉毛、假鬍子、大眼鏡。

博士與警部對看了一會，陷入沉默。許久，博士終於表情古怪，慢吞吞地開口：

「我們又上當了嗎？」

他說。

「您是指什麼？」

警部不解其意當下反問。

「我是說他也許已經跑了。」

「什麼？跑到外面嗎？」

「是的。總之先查查看吧。」

話還沒說完，博士已用力拄著手杖，大步走向出入口。警部也隨後跟上。

他們急急趕往四個出入口打聽。第一和第二個出入口都沒有異狀，但在靠近第三個出入口也就是一號門的地方，終於打聽到了。

「沒有人從這裡出去吧？」

被博士這麼一問，看守的刑警回答：

「是的，沒有可疑的人物。」

「你的意思是，有別的人離去嘍？」

「對，有一個看來像道具工的人跑出去。」

「你記得他的長相嗎？」

「我沒有特別注意，而且他跑得非常快。呃，我記得他腋下還夾著看似西服外套的東西，我頂多只記得他的背影。」

「你為何沒攔下他？」

警部怒吼。

「可是，那是道具工。」

刑警嚇了一跳，認真地看著警部。

「這個人以為只要不讓白髮醫生溜掉就行了。」

博士諷刺地說。

「笨蛋！你們不知道那個凶賊是喬裝高手嗎！你以為那傢伙連偽裝成道具工的本領都沒有嗎？」

在警部痛罵部下的時候，博士已拖著跛足奔向大門口。

在博士急如星火的連串詢問下，門房眨巴著眼不明所以。片廠占地將近一萬坪，從暗棚到大門口，足足有半町距離，所以門房好像還不知道之前那場騷動。

「剛才是有兩三個人從這裡走出去。不過，他們說是來這個片廠參觀的人。」

「其中，有沒有工人？比方說看起來很像這裡的道具工。」

「沒有，全都是穿西服的紳士。……啊，對了、對了，被您這麼一說，最後一個離開的人戴著鴨舌帽，打扮的確有點不太稱頭……那個人還留下一封信，叫我轉交給一位畔柳博士，您該不會認識那位博士吧？」

「什麼？信？快給我看。我就是畔柳。」

雖說是信，其實只是隨手撕下一張便條紙折成三折，打開一看，上面用鉛筆草草寫就，內容如左：

> 約定就是約定。說是七月七日就是七月七日。賭上我的名聲，我是絕不會食言的。直到今天最後一秒為止，請你切勿大意。
>
> 藍鬍子

凶賊偽裝成道具工逃出暗棚後，八成又在逃到大門口的這段路上穿上外套戴上鴨舌帽，換了一身裝扮。

「可惡！果然如此。」從旁伸頭看信的警部大叫。

「那傢伙是什麼時候出去的？」

「大約十分鐘前，不過，他走得很急，現在去追已經來不及了。……」
門房隱約察覺不對勁地如此說道。
但是，波越警部還是姑且召集部下，自片廠至停車場的沿路固然不用說，甚至還令部下分頭朝四面八方打探凶賊的行蹤。不過，如果凶賊的汽車事先就在某處等候他然後開車逃逸，調查行動自然注定得是徒勞一場。
此外，由於博士認為片廠內部或許還潛伏著凶賊的黨羽，所以也展開仔細搜索，但是隨後便發現這場搜索同樣毫無收獲。
目送刑警們離去，警部懊惱地說：
『賭上我的名聲』？這傢伙太目中無人了。不過，這封信，肯定只是死鴨子嘴硬。如果他真的打算再度襲擊，不可能寫出這麼荒謬的內容。」
「不，他的做法和一般人的常識背道而馳。」畔柳氏語氣嚴肅地回答，「唯獨對他，我們絕不能以常規判斷。他對自己的犯罪行為非常自豪，甚至自以為是英雄。先提出這種莽撞預告，讓敵人事先充分戒備，再當著敵人面前達成目的，是他的虛榮心的表現，也是他的心願。最好的證據就是前天和今天，他不是都先送了警告信來，然後才下手嗎？」
「如此說來，您是說他今天還會再來擄走洋子？」
「那當然。他說會來就一定會來，我對此深信不疑。」

「您可真崇拜他。」

警部諷刺地說。

「哈哈哈哈哈！怎麼可能有那麼荒謬的事？我只是自認很了解他的心理狀態罷了。」

「唉，總之不管怎樣，小心駛得萬年船。縱使這封信只是嚇唬人的，我們也得充分保護洋子的安全。說到洋子，她現在不知怎麼樣了？」

「那倒不用擔心。她早已被抬進房間，有廠長、N導演和女演員休息室的人照顧她，說不定已經清醒了。說到這裡，關於戒備的方法，我們今天的表現非常失敗。我之所以這麼說，是因為警備人數雖然過多，但是讓刑警諸君偽裝成技師、道具工卻是一大失策。他們和真正的演員、技師、道具工混在一起追賊，導致追捕者彼此之間互不認識。凶賊因此才能趁虛而入假扮道具工，順利逃走。如果這次只有刑警，或者只有片廠員工去追賊，我想應該不會犯下那種失誤。還有，由於刑警過多，即使我上了凶賊的當被關在空房間裡，但是人數太多導致少了一個人也沒人發現。如果只有兩、三個人，彼此一定會互相注意，也就不至於發生這種離譜的事情了。」

「原來如此，您說得的確有理。那麼多雜七雜八的人冒出來確實只會礙事。」

「所以，我認為這次不妨完全改變方針。」

「此話怎講？」

「就你我兩人負責保護洋子。既然凶賊的目標是洋子，那麼只要盯著她就萬無一失。況且凶賊又不是一大群人，有我們兩個就綽綽有餘了。由我們出馬，總不可能像那些刑警一樣被凶賊騙過吧。」

「說得也是。放心，就算他帶上一群幫手來，我也照樣穩如泰山。」

警部摩挲著劍道二段的手腕，豪邁地放聲大笑。

鬼屋

洋子（終於恢復意識了）刻意避開醫院，被送往距離片廠不遠的廠長K氏家中；被凶賊槍傷的刑警，則火速送往H醫院。不過幸好那並非危及性命的重傷。載著洋子的汽車坐了病人和廠長K氏、N導演、以及負責駕駛的刑警後就已客滿了，所以博士和波越警部、野崎三郎只好另叫一輛車，稍遲一步前往K氏宅邸。

K氏的宅邸最近才剛落成，是棟氣派的西式建築，在K町是僅次於H醫院的大建築。K氏將樓上的客房暫時作為洋子的病房。

H醫院的院長親自出診。K氏和N導演以前就與院長見過面，而且還特地用K

氏的私家轎車去接院長過來，所以這次應該不會再出錯。

院長留下與他一同前來的醫院護士就先回去了，至於這名護士，院長保證絕無問題。

病房內除了K氏、K氏夫人、N導演、S女星、畔柳博士、波越警部及前述護士七人之外，禁止任何人進入。

K氏的宅邸有高聳的水泥牆環繞，牆頭甚至遍植碎玻璃。警部命令三名可堪信任的刑警分別守在正門和後門口。而野崎三郎也和博士商量後，加入站崗陣容。最後，正門和後門各有兩人看守。

在洋子的病房中，她埋在大床的純白被單中，唯有蒼白的臉孔露了出來，打著瞌睡。枕畔的小桌上放著剛從醫院送來的藥瓶和杯子及裝有清水的水瓶，另一張小桌放著大銅盆，盆中豎立巨大如柱的冰塊，前面有電風扇緩緩轉動。面向寬敞後院的二扇窗子大大地敞開，可以看見青翠的樹林。

得知洋子的身體狀況不足為慮後，安心的K氏與N導演遂返回片廠，剩下五人也心情一輕，開始閒聊。

「剛才您說，上了凶賊的當，被關進空房間，是吧？之前還沒空聽您敘述呢。」警部向畔柳問道。

「沒什麼，只是無聊的把戲。不過那傢伙實在很懂得掌握人心，那是我這種男人一定會上當的計謀。而他很明白這點，真是個可怕的傢伙。」

博士這句聽來引人入勝的話題，使得眾人停止閒談紛紛豎起耳朵。就連病床上的洋子也不時睜眼，似乎聽得非常入神。

「那時，我心想片廠內或許藏著什麼惡賊的陰謀，所以正忙著走遍各個角落檢查。結果，在很後方的角落，專門用來拷貝底片或顯影的技術部門建築的外面，我發現塗了藍油漆的板子上，有人用白粉筆畫了一個小箭頭。那個箭頭非常小，若不是像我這樣的人絕對不會注意到，其他人就算注意到想必也不會放在心上，在那個箭頭下方還寫了三這個數字。我心想這也許是惡棍同黨的暗號，於是繼續在那附近打轉調查，結果發現在廁所外牆和片廠內的電線桿、樹幹上這類不引人注目的地方，畫了許多同樣的記號。記號下方全都標有數字。我按著一、二、三的順序走去，發現那的確指向某個一定的方向，絕非胡亂塗鴉。記號共有十三個。自一至十三。但是十三的地方沒有箭頭，畫的是個圓圈，那分明暗示此地就是目的地。你們猜那個記號畫在什麼地方？」

博士說到這裡暫且打住，環視眾人臉孔。

「事後我問N先生才知道，那是K片廠內著名鬼屋的門。那棟建築本來是演員休息室，後來有人自殺傳出鬧鬼的謠言後，大家都嚇得不敢靠近，整棟建築只好拿來當倉庫。尤其是畫有記號的那間鬼屋，根本和廢屋一樣，據說這幾年來連門都沒打開過。」

「天啊，那個房間嗎？我們的同事之中甚至有人在那裡真的見過鬼呢。」

S女星一臉認真地搭腔。

「那時我要是先跟誰說一聲再進去就好了。可是我壓根沒想到會被關在裡面，所以我毫不在意地打開門，走進那間鬼屋。裡面堆滿了各種道具，就在我調查有無可疑之處時，身後的房門砰地關上了。我覺得奇怪，轉身想開門，卻發現不知幾時已被人從外面鎖住了。我心裡暗喊不妙，想從窗戶爬出去，可是窗前放著一些大型機器，靠我一個人的力氣根本搬不動。無奈之下，我只好試著敲門大聲呼救，但那棟建築沒人住，自然也不可能有人來救我。於是，我只好在屋內就地取材找到棍棒，硬是打破門板才出來，費了我好大的力氣。」

「如此說來，除了那個白髮凶賊，他的同黨也潛入片廠嘍？」

聽到波越警部這麼說，博士點點頭，

「那當然。要不然，不可能有辦法在那酒中放入麻醉藥，所以，我才會請那些刑警在片廠內搜索。」

「那是當然。」警部的表情有點不自在，「不過說到麻醉藥，我仔細調查過了，結果查不出是誰幹的。我稍後再告訴您詳情。」

警部基於天生的官僚氣質，似乎不願當著K夫人和S女星這些老百姓的面談論犯罪調查的話題。

魔術師的怪技

夜晚平靜地度過。

S女星已返家，K夫人也去了別室。K氏自片廠回來後，在病房待了一會，不久也去了起居室。

洋子臉朝另一邊睡得正熟。無事可做的護士小姐端坐在椅子上，不時打起瞌睡。桌上的鐘指著十一點。房間角落的蚊香冒出細細青煙。

「喂，小姐，如果有事我會叫妳起來，妳先去隔壁房間睡吧。」

畔柳博士看不下去，拍拍打瞌睡的護士小姐肩膀。她很不好意思，遲遲不敢離去，但是聽到博士說「明天還要工作。」終於去隔壁房間了。在那裡，K夫人替護士小姐準備了一張床。

「看來那傢伙是不會履行約定了。」

波越警部咕噥著，百無聊賴地起身，伸個大懶腰後走到敞開的窗邊，把頭伸到黑暗中朝外眺望半晌，

「從底下根本爬不上這扇窗子，沒有任何東西可以抓。排水管也很遠，這方面應該不需擔心。……如此說來，唯一的通路就是那扇門了，但是門內有我們的手槍等著。畔柳先生，這樣你還堅持那傢伙一定能遵守他以名聲做賭注的約定嗎？」

警部拍著口袋中的手槍，語帶輕蔑地說。這槍是在博士的提醒下，自K町警局調來，在兩人身上各藏一把。

「距離約定時間還有一個小時。」

博士不客氣地回答。

誠如波越警部所言，因為他們片刻不離房間，凶賊完全不可能侵入。為了打發無聊時間，兩人都猛灌K夫人特地準備的冷飲，所以不時得下樓上廁所，但就連那短暫時間，博士與警部也必然輪流去，絲毫不敢大意。

過了一會兒，警部說「我又要去一下了，」笑著起身後，「我順便繞過去看看守門的先生們。」說完他就下樓去洗手間了。

洗手間位於樓下的另一端，必須走過長長的走廊。警部上完廁所，打開玄關的門鎖，朝大門走去。夜晚的空氣沁涼，相當舒適。

忠誠的刑警蹲在門外樹蔭下，一邊餵蚊子一邊執行勤務。

「野崎呢？」

警部問，刑警站起來，

「剛才他說要去巡視一下後面的圍牆外，朝那頭走過去了。」他回答。

警部暗自感佩眾人的熱誠，一邊繞過牆角，朝後門走去。那裡，也有兩名刑警忠實地執行勤務。

警部直接走回病房，向博士報告此事。博士滿意地點頭，

「不過，碰上那傢伙，再怎麼小心都不為過。」他回答。

警部在心底有點瞧不起博士這種態度，但是他嘴上什麼也沒說。

無聊透頂的警部感到時鐘指針的前進速度格外緩慢，終於到了十一點五十分。

「還剩十分鐘就十二點了，我就不相信他能在這十分鐘之內前來偷走洋子。」

警部打著呵欠說。

「你太小看那傢伙了，你並未真正理解他的本質。他哪一次未曾遵守過他的約定？」

博士對警部的呵欠似乎很惱火。

「那是因為之前我們太大意了。況且，之前是發生在野外或片廠那種人數眾多的開放式空間，狀況截然不同。今晚他絕對不可能得逞。我們就在距離洋子病床不到一間的地方，全副武裝地盯著絕對不讓陌生人入侵。這樣他哪還有機可趁？不可能，絕對不可能。」

警部硬是要逼自己如此相信。

「真的不可能嗎？」

博士凝視對方的雙眼，像要刻意動搖他似地說。

警部默然不語。博士的態度令他感到某種不動如山的信念，令他有點失去自信。

「你不妨回憶一下惡賊的挑戰信。其中一次是在密閉的房間中，在絕對無法潛入的房間中，發現了信。另一次，你也很清楚，信是夾在警視廳警部的威嚴警帽內面襯裡之間。兩次都是以一般常識而言，絕對不可能的事。然而，那傢伙不就輕而易舉地達成這不可能的任務了嗎？還有，你看看他對洋子小姐做了什麼？他先發出預告，接著在我們面前演出了那麼驚人的魔術。他可以千變萬化。時為演員，時為白髮老醫生。而且由於他的手法超乎常識，出人意表，我們不就傻傻上當了嗎？今晚也一樣，很難說他不會使出什麼意外手段。」

博士彷彿要勸誡警部的輕敵，苦口婆心地說。

「看來，您好像深信凶賊一定會來。」

警部感到一絲莫名恐懼，望著漆黑的窗外說。

「我不得不信。」

博士語氣嚴肅地斷言。

「縱使只剩五分鐘？」

「在十二點整之前片刻都不能大意。」

警部不由得凝視洋子的睡姿。她依然窩在純白的床單中，只露出後腦杓，動也不動。

時鐘秒針移動的聲音清楚傳來，由此可見今夜有多安靜。

一分鐘過去了。

警部感到腋下滲出冷汗，剩下的四分鐘，令他度日如年。

他失常地驚慌起來。他起身走過去，關上兩扇窗，上了栓鍊。這樣還無法安心，又走到門口，轉動插在門上鑰匙孔的鑰匙，從內側上鎖。這麼一來除非打破門，否則誰也進不了房間。

雖然警部事後感到非常丟臉，但在這一刻，他異常認真地進行這種孩子氣的戒備。

對於他的舉動，博士倒也未表異議只是默默守望。

緊閉的門窗，使得室內頓時悶熱起來。悶熱和緊張令兩人汗水不停滲出。

還有三分鐘。

還有二分鐘。

博士與警部任由鼻頭冒汗，目不轉睛地凝視床上。這種緊張如果再持續個一、三十分鐘，兩人說不定都會發瘋。

不過，幸好，什麼事也沒發生，十二點到了。

「啊，總算解脫了。」

放鬆下來的警部率先站起來說。能夠安然度過今天晚上，彷彿是一種不可能的僥倖。

他驀地警覺某事，當下心頭一跳，因為他怕桌上這個鐘可能已被凶賊動過手腳。他懷疑凶賊也許故意調快時鐘的時間，好讓他們以為十二點已過便放鬆戒備，然後再展開行動。

他掏出懷錶檢視。正好十二點。

「該不會是那傢伙自己的錶慢了吧？」

警部終於安心，心情一放鬆，甚至可以開起玩笑了。

然而，不可思議的是，畔柳博士絲毫沒有放鬆的樣子。他以更加嚴肅的語氣說：

「你相信那傢伙會不守約定嗎？」

警部聽到這裡，愣愣凝視博士的雙眼。後者的眼中似乎蘊含著，某種他所不理解的奇特意義。

兩人就這麼互相睨視許久，那真是詭異莫名的數秒鐘。

洋子睡在床上，約定的十二點已過，凶賊沒有履行約定不是很明顯的事實嗎？

博士到底還在怕什麼？

然而，警部也逐漸隱隱感到某種不對勁。「該不會，該不會……」冷如寒冰的預感悚然爬上他的背脊。

他戰戰兢兢地看向床鋪，結結巴巴地低語：

「那個，該不會是洋子的屍體吧？」

他沒有走近床邊確認洋子生死的勇氣。

在他的「目的未達成前，應該不可能殺死她。但是……」

博士說到一半，大步繞到床的另一頭，湊近確認洋子的睡臉。

接下來的一瞬間，非常怪異的事發生了。這是怎麼回事？只見博士忽然高叫「可惡！」地拽著洋子的肩頭，把她從被窩中拖出，輕輕一甩，洋子就被甩到地板上。

警部的臉都綠了，他以為博士瘋了。他衝到博士身邊，從博士身後抱住他。

「怎麼了？怎麼了？」

他驚慌地說。

「你自己看！洋子被偷走了！」

博士過於氣憤，用力拍開警部的手，放聲大吼。

波越走近倒在地上的婦人，確認那張臉孔。

「啊，這不是假人嗎！」

地上躺著一個女性假人的頭顱。由於洋子一直背對著他們睡覺，因此這麼長的時間他們竟然都沒發現那是假人。撿起來一看，假人沒有身體，自頭部以下全是白布。被窩裡面，用墊被捲成一團，偽裝成人體睡覺的姿勢。

「我們竟然守著假人，守了這麼久。」

畔柳博士情緒平靜下來後，頹然倒在原先坐的椅子上失望地說。

警部立刻扭開門鎖，衝出房間敲遍每一扇房門，叫起整棟屋子的人，接著一路衝向門前的部下那邊。

意外人物

說到這裡，故事得回到前頭，稍微記述一下野崎三郎那晚的行動。

在深夜之前，他本來與刑警閒聊，忠實看門。但是他也和畔柳博士一樣，充分相信凶賊的實力，因此隨著七月七日剩下的時間越來越少，他開始萌生無法按捺的不安。

「縱使博士與波越警部再怎麼嚴密監視，那傢伙就像魔法師一樣，肯定還是能使出某種手段帶走洋子。」

野崎青年對此深信不疑。

「會有某人進門吧。應該會是某個令站崗刑警毫不起疑的人物，若無其事地走過這道門吧。看起來一點也不可疑的人，也許就是凶賊。會是郵差？H醫院派來的人？來拜訪K氏的客人？或者，是K警局的刑警？總之不管是什麼人，只要踏進這門內一步，就得把他視為凶賊。」

他基於從偵探小說得到的知識，做出這樣的假設，並且根據這個假設嚴陣以對。對於守後門的刑警，他也如此提醒對方不管對方是什麼人，縱使是K氏家中的女傭也一樣，只要有人經過門口，一定要通知他。

白天，有兩三位客人自正門進來，但是由於主人不在（那是K氏去片廠時的事情）因此到了玄關就折返了。他在門前一直看著，並沒有任何疑點。

此外，醫院曾派人送來洋子的藥，這也是在玄關交給女傭後，立刻就走了。

至於郵差，將信件投入門前信箱後，壓根沒有進門的意思。

後門那邊，女傭曾二度外出，有一名刑警尾隨監視，但女傭一次是去冰店，一次是去食品行買東西，都很正常地回來了。冰店的小伙子送了大冰塊來，但也同樣只送到廚房就走了。

入夜之後，由於K宅地點僻靜，所以沒有來客，也無人外出。於是，到了十點、十一點……眼看著夜色漸深。

野崎漸漸開始煩躁。一想到這時凶賊會不會正躡足潛入洋子房間，那幅情景便鮮明地自黑暗中浮現。

後門不會有事吧，高聳的水泥牆上甚至還遍植碎玻璃。那人不會是從那種麻煩地方潛入的普通毛賊。他的做法更加大膽更出人意表。雖然如此深信，但正門和後門都沒人出入未免太古怪。說不定——想到這裡，野崎再也忍不下去了。

「我去後面巡邏一下。」

他向刑警如此報備後，決定繞著牆外巡視一圈。

從正門右轉就是後門，但他朝反方向走。那一帶最近才剛把水田填平準備蓋住宅區，所以K宅周遭是一整片雜草叢生的遼闊空地。雖是暗夜，但猶如漆器表面點點金粉的星星，閃爍著美麗光輝，令夏天的夜空隱約有點泛白，還不至於暗得看不見腳下。

高牆內，自樹叢的葉縫之間，隱約可見洋房二樓的燈光。

「洋子的房間八成就在那一邊吧。」

他如此暗忖地繼續往前走。

再拐個彎，就到了宅邸的正後方，那一帶也同樣是遼闊空地。他凝神注視前方，緩緩步行。

走了一會，他忽然愣怔駐足，因為他發現前方有怪異的東西。

起初，他以為那是小屋，但再仔細一看並非小屋，而是一輛汽車。車頭燈和其他燈都沒開。

「這種時間把車停在這種地方，未免太奇怪了。」

他暗忖，在原地站了一會，這次又在另一個地方，發現更奇怪的東西。

離汽車不遠的圍牆上有某種物體蠢動著，而且那可不是野貓，分明是人類。

野崎立刻趴在地上，小心不讓對方發現，定睛窺視那蠢動之物。

由於視角變低，牆上的人物襯著後方的星空清晰浮現。那人在腋下夾著形似繩索的物品，才見他站在牆上，下一秒已悄無聲息地倏然跳落地面，他跳下來後，牆上還留著一團高高隆起的物體。

「那該不會是洋子吧？」

野崎瞪大雙眼，只見黑影般的人物，手持棒狀之物，自下方將牆上的東西推落。只聽嘣地一聲，東西落到牆下這頭，黑影吃力地抱起那個，朝汽車走去。

我懂了。原來如此，果然是妙計啊，剛才那個東西原來是大型沙袋。此人把它放在牆上，用來避免被碎玻璃割傷。如果撥開玻璃會發出聲音可是直接爬上去又會弄傷手腳。所以那個人肯定是因此才想出使用沙袋，當小偷的人還真會動腦筋。

雖未看到洋子，但是她說不定早已被抱進車中。而剛才凶賊也許是回去收拾他潛入洋子房間時使用的工具。沙袋也是工具，另外還有那團看似繩子的東西……對了，那一定是繩梯。因為洋子的房間在二樓。

就在野崎這麼暗忖之際，可疑人物已準備鑽進汽車駕駛座。要撲上去抓住他嗎？可是，野崎根本不是對手。凶賊的力氣看他白天在片廠暗棚內的表現就知道，野崎毫無勝算。況且對方說不定身上又帶著槍。他可不想白白送命。那麼，要叫宅子裡的人過來嗎？那也不行。就算聲音可以從這裡傳進宅中，打草驚蛇讓凶賊跑了豈不是沒戲唱，對方可是有車的。

唯一的方法，就是攀附在車子後面，雖然不知會開多遠，總之一定要找到他的去處。野崎經常在電影上看到這種畫面。

如此下定決心後，他在地上匍匐前進，匆匆靠近汽車，趕在車子發動的那一刻，總算成功抵達車尾。

車頭燈幽微亮起，方向盤前的小燈也亮了。野崎撲向車尾之前，曾從旁邊的車窗瞄了車內一眼，座位上，的確有一個人，而且看似年輕女性，頹然倒臥在後座。

車子如矢駛出，野崎就像肉瘤一樣攀附在車尾。

車子專挑暗處行駛，最後開上京濱國道的寬闊大馬路。路上幾無行人，頂多偶爾有汽車錯身而過。到品川的這段路大約費時三十分鐘。途中經過兩個派出所，但不知該說是幸或不幸，並未被攔下盤查。因為時值深夜，不可能看出車內有異，就連車尾的肉瘤也是，只要不注意看絕對不會發現。可是話說回來，如果野崎主動向巡查呼喊求援，在他說明原委的時候，凶賊一定會趁機溜走。總之現在只要能確認凶賊的去處就該滿足了。

不過，進入東京市區後，車子專挑人煙稀少的巷弄，好像刻意避免行經派出所前。車速也稍微放慢了。

雖說是深夜，但這裡畢竟是市區，不可能完全沒遇到人，難保不會有人對野崎的怪異姿勢起疑。到時候，如果有別輛車追上這輛車就好了。

那樣倒也是個辦法，問題是野崎經過數十分鐘的特技表演，早已手腳麻痺，現在不只是痛苦，根本是失去知覺了。他甚至覺得什麼凶賊都不重要了，只想離開車子長長地睡上一覺。

就在他覺得自己再也撐不下去時，一個偶然擦身而過的路人發現了野崎。

「喂！車子後面有人哪！」

那個男人一邊大吼，一邊追著車子跑了五六間距離。

聽到吼叫聲，凶賊也不知是怎麼想的，竟然開始全力加速逃走。彎過街角時，野崎差點就被甩落。

之後，車子在行人絕跡的地方停下後，凶賊好像下了駕駛座。野崎跳到地上，不假思索地擺出戒備姿勢，可惜地點不佳。這是在大工廠的牆外，另一邊是河川。

恐怕無人可以助他一臂之力。

這時，他在情急之下，只好聽天由命，像扁平的蜘蛛一樣鑽進汽車底下。然後大氣也不敢出。

「咦，明明什麼也沒有嘛。難道剛才是我聽錯了嗎？」

凶賊繞著車子走了一圈，彷彿覺得很不可思議似地自言自語，最後，只見他回到駕駛座，車子引擎開始震動。

野崎心想要是動作太慢可糟了，連忙自車底鑽出，又貼上原先攀附的地方。之後，再也沒出狀況。車子就這麼抵達目的地。

由於停車的動作非常自然，野崎當下明白這裡就是目的地了。他急忙離開車子。那是個不大的巷子，他只好躲在對面的簷下。凶賊在停車後，要下車還有一段時間，所以跟蹤者非常輕鬆。

事後才知，原來那裡是麴町區R町。野崎當然不知情，但讀者諸君想必還記得。一開始，凶賊雇用里見芳枝當事務員，那晚帶她去的目的地同樣也是R町。不僅如此，現在汽車停的地方，正是那晚凶賊與芳枝走進的那棟門面小巧的空屋。終於讓野崎找到凶賊的巢穴了。

對方還不知野崎就躲在對面的屋簷下，下了駕駛座後打開後座車門，自車中拖出女人身體，雙手抱著她繞過車子，就這麼消失在那棟屋子的門內。

大亂步

日本推理小說史上最偉大的教父。

推理小說的世界彷彿由不同的拼圖組合而成：本格、變格、社會派、密室殺人……以及宮部美幸、東野圭吾、伊坂幸太郎、乙一……其中最不可或缺的重量級拼圖，即是──

推理小說是文學的一種切面，在這橫切面上，佇立著無

江戸川亂步

伊坂幸太郎　櫻庭一樹　京極夏彥　土屋隆夫　東野圭吾　松本清張　橫山秀夫

獨步文化
APEX PRESS

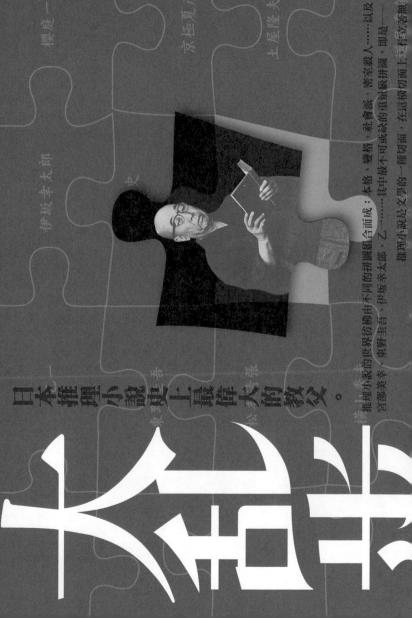

江戸川乱步 EDOGAWA RANPO

日本推理小說發展的原點

獨步文化 APEX PRESS

1890 小酒井不木出生

1894 江戶川亂步出生

1902 橫溝正史出生

1909 松本清張出生

1917 土屋隆夫出生

1888 黑岩淚香在《今日新聞》上連載日本推理小說史上第一篇翻譯改寫自歐美作品的《法庭美人》，意外地引起廣大迴響，自此進入日本偵探小說的黎明期。

須藤南翠發表日本推理小說史上第一篇本土創作〈殺人犯〉，同年淚香也發表了第一篇創作〈悽慘〉。

1909 亞森羅蘋系列的翻譯改寫小說〈巴黎偵探奇談　小偷中的小偷〉刊載於雜誌上，羅蘋小說首度和日本讀者見面。

1915 江戶川執筆完成偵探小說處女作〈火繩槍〉，但生前從未發表。

1920 日本戰前偵探小說發展最重要的根據地《**新青年**》創刊，開啟了日本推理小說發展的全新時代。

1921 橫溝正史投稿《新青年》徵文比賽，作品〈恐怖的愚人節〉獲得一等獎，正式登上日本偵探小說文壇。

1922

1923

1923 江戶川亂步的短篇作品受到《新青年》總編森下雨村，以及提攜後輩不遺餘力的小酒井不木大為讚賞，出道作〈**兩分銅幣**〉刊登於四月出版的雜誌，帶給當時的偵探小說文壇巨大字，即取自江戶川亂步。故事裡的怪盜基德，即是以「怪人二十面相」為原型而創造出來。

江戶川亂步百年冥誕，日本媒體、藝文界，以特別企畫報導及出版、書展的方式來紀念這位日本推理文學教父。

2000 本格推理作家俱樂部成立，綾辻行人等人為發起人，首任會長為有栖川有栖，2005年起由北村薰擔任會長。

2001 根據江戶川亂步作品〈盲獸〉與〈一寸法師〉改編的電影《盲獸VS.一寸法師》上映，《東京鐵塔》作者Lily Franky亦參與演出。

2003 「江戶川亂步展」於東京盛大展出，吸引了無數觀展者。亂步長年居住的豐島區東京池袋一地，對青少年問題著力甚深的池袋西口扶輪社也致贈了亂步作品給豐島區內的中小學學生，並舉辦亂步作品讀後感的徵文比賽。

2005 根據江戶川亂步的〈火星運河〉、〈鏡地獄〉、〈芋虫〉與〈虫〉四篇小說結合改編而成的電影《亂步地獄》，由四位日本導演共同執導上映。

2008 第31屆江戶川亂步獎獲獎人**東野圭吾**的作品在這一年大放異彩、風靡全亞洲。由《偵探伽利略》所改編的日劇《破案天才伽利略》大受歡迎，2008年底《嫌疑犯X的獻身》的同名電影締造全年票房第三名的好成績。

2009 在神奈川近代文學館館長、著名評論家紀田順一郎，以及高橋克彥、戶川安宣、藤井淑禎等重量級專業人士的催生和協助下，於神奈川縣立文學館舉辦的「**大亂步展**」在日本文化出版界長期的一片不景氣低迷氛圍中，堂堂登場。

由金城武主演的《K20：怪人二十面相》，即改編自亂步的名偵探系列。

亂步早期短篇作品中的詭計多半是利用一人分飾兩角與暗號。對於在一般推理小說中占有極大比例的密室和如何瓦解不在場證明，亂步顯然不若其他人趨之若鶩，一心一意集中火力在一人兩角的作品，推理文學評論家中島河太郎指出，這種傾向是來自於亂步的雙重人格。亂步在大學時代亦對暗號深感興趣，從英國的Rees's Cyclopædia 暗號史中著手熱心研究暗號法，這些運用暗號的作品中，最經典的自然是〈兩分銅幣〉。

明智小五郎：

日本推理史上第一位名偵探，登場作為《D坂殺人事件》。小五郎年25歲，嚴格說來算是體形偏瘦，走路時有個甩動肩膀的怪習慣，頭髮偏長，蓬亂毛燥、糾結成團，總是穿著棉質和服繫著皺巴巴的腰帶。住在堆滿書本的四疊半斷室的明智，算是沒有固定職業的高級遊民，但他總自稱「正在研究人類」。隨著亂步創作風格的改變，明智後來的形象也出現了相當大的變化。

短篇、長篇、少年推理：

亂步在短篇作品的創作上，比起犯罪本身和企圖找出犯人，顯然對知性好奇心的滿足付出了更多的關心。通俗長篇則多數以驚悚小說為

個性

脫離現實、雙重性格、同性之愛：

連亂步自己都承認他有雙重人格，在他的作品裡，他以一人兩角的故事表達他想脫離自己的身分、企圖擺脫現實疏離感的強烈渴望。除此之外，亂步曾說：「我擁有過的戀情早在我對性事尚感懵懂的少年時代，而且是對同性，就已傾注殆盡。」在亂步的愛情觀中，對於超越性別的精神之愛有著強烈憧憬，在亂步所處的年代，這是現實生活中不可能實現的荒謬之愛，是他身為戀愛失格者的沉痛體驗。

「日本推理之父」當之無愧，影響無遠弗屆

亂步，對日本推理文壇而言，是源頭、是中流砥柱、更是精神領袖，是標竿，且是唯一的依歸。後人談到日本推理，誰能不知道江戶川亂步是無可比擬的「日本推理之父」？

獨步成立之前，在榮譽社長詹宏志先生金頭腦的建議之下，原先取的社名就是一見即知、無須解釋、內行人都明白的「亂步」；遺憾的是，在日本人講究各種禮儀規矩顧忌的考量之下，讓我們這群社內推理迷無法得願。所幸，如今台灣唯一日本推理專業出版社「獨步」，終於在多年千辛萬苦的斡旋之下，徵得亂步長孫、原鐵道雜誌《TRAIN》總編輯平井憲太郎先生的支持與同意，取得作品集十三卷版權，並由資深前輩傅博老師擔任主編，在獨步成立四年之後，隆重推出此一深具意義的系列。

亂步著作等身，有長、短篇小說百餘篇，尤以短篇見長，另有翻案小說、翻譯作品並有隨筆、評論，此次傅博老師與獨步文化規畫之「江戶川亂步作品集」，則將之收攏為短篇、中短及長篇共十二卷，以及隨筆評論集一卷，當然包括名作如〈陰獸〉、《怪人二十面相》、《魔術師》、《黑蜥蜴》等，尤其第二卷，以名偵探明智小五郎為主角的《D坂殺人事件》共收錄八篇中短篇，可說隆重盛宴以饗讀者！

本作品集之誕生，盼我們「獨步」的努力能與此名「亂步」相得益彰，讓日本推理在台灣，在中、港，在有「迷」的地方皆能發熱發光！

●以上文章節錄自獨步文化出版，江戶川亂步作品集中「出版緣起」內文。

江戸川乱步 EDOGAWA RANPO

1894年10月21日～1965年7月28日，跨越了明治、昭和時期。

「亂步」關鍵字： 亂步、獎、正名、協會、暗號、雙重人格、小五郎、怪人二十面相、混血兒、同性……

地位

江戶川亂步（EDOGAWA RANPO）：
本名平井太郎，生於日本三重縣名賀郡名張町。筆名江戶川亂步（えどがわ らんぽ）取自現代推理小說的開山鼻祖、美國小說家艾德格・愛倫・坡（Edgar Allan Poe, 1809-1849）的日語發音エドガー・アラン・ポー（EDOGĀ・WARAN・PŌ）。1923年在《新青年》發表備受高度評價的處女作〈兩分銅幣〉，證明了日本人具創作推理小說的能力，正式宣告進入日本推理小說元年。

江戶川亂步獎：
1954年，60歲的亂步在10月份「偵探作家俱樂部」（1963年改為「日本推理作家協會」）主辦的慶生會上，捐出一百萬日圓給俱樂部，提議以這筆基金設置獎項來獎勵推理小說創作。翌年，根據這項宗旨，第1屆「江戶川亂步

邁向成功的墊腳石。2009年，第51屆獲獎作品為遠藤武文《三十九条の過失》。

「推理小說」正名：
戰前日本推理小說通稱為「偵探小說」，戰後在亂步致力於推理作家的組織化，培養新人作家以及推理文學的推廣倡導下，1959年起為「推理小說」或外來語「MYSTERY」所取代。

「日本推理作家協會」首任理事長：
1963年，原「偵探作家俱樂部」社團法人化後轉為「日本推理作家協會」，江戶川亂步榮膺首任理事長。轉型之後的第16屆「日本推理作家協會獎」得獎作品為土屋隆夫的《影子的告發》。現任理事長為東野圭吾。

主，內容強調的是嚇人的煽情獵奇，代表作如《孤島之鬼》、《蜘蛛男》。1936年，亂步第一次提筆創作少年讀物，亦即同年一月起在《少年俱樂部》連載的〈怪人二十面相〉。這些作品與成人取向的通俗長篇不同，少了獵奇煽情與荒謬無意義的成分，成為帶給少年推理小說夢想的最佳入門書。

混血兒：
亂步對推理小說的定義如下：「推理小說，主要是針對與犯罪有關的難解之謎，有邏輯地、慢慢破解的過程等趣味為主眼的一種文學……推理小說等於是科學與藝術的混血兒，因而成就了推理小說在文學上極為特殊的地位。一般而言，小說大致上可分為純文學和大眾文學這兩大類，推理小說則是有別於這二分法之外，

主義時期

1956

1946 — 推理小說雜誌《LOCK》、《寶石》創刊，大受讀者歡迎。

橫溝正史同時於《寶石》發表日本三大名探之一的金田一耕助系列第一作《本陣殺人事件》及《LOCK》連載《蝴蝶殺人事件》。前作致使「密室殺人」成為戰後推理小說的主流謎團。

1947 — 「**偵探作家俱樂部**」成立，亂步為首任會長。

1948 島田莊司出生

1948 — 第一屆「偵探作家俱樂部」長篇得獎作為橫溝正史的《本陣殺人事件》，短篇得獎作為山田風太郎的〈眼中的惡魔〉及〈虛像淫樂〉。

1951 — 江戶川亂步發表包含戰後海外作品在內的重要評論集《幻影城》。

1954 — 在亂步六十歲生日宴會上，成立了「**江戶川亂步獎**」。亂步發表第二本評論集《續・幻影城》。

1955 — 中島河太郎的《偵探小說辭典》為首屆江戶川亂步獎得主。

鮎川哲也發表《黑色皮箱》，因《黑色皮箱》的影響，自隔年的第三屆起，江戶川亂步獎轉型為新人徵文獎。

1957

寫實主義時期

1986

1957 — 江戶川亂步接任推理雜誌《寶石》主編。

1958 — 松本清張的《**點與線**》與《**眼之壁**》受到熱烈歡迎，開啟了日本推理小說史上的空前風潮，本格推理小說自此進入長達數十年的停滯期。

1960 綾辻行人出生

1960 宮部美幸出生

1959 — 戰前所使用的「偵探小說」的說法，在江戶川亂步等人急呼下，從這年起被「**推理小說**」、或外來語「**mystery**」完全取代。

1962 — 新潮社創辦了短篇推理小說新人獎「ALL讀物推理小說新人獎」，許多重要作家如：赤川次郎、宮部美幸都以此獎出道。

1963 — 「偵探作家俱樂部」轉為「**日本推理作家協會**」，亂步就任首任理事長。轉型之後的第十六屆日本推理作家協會獎得獎作為土屋隆夫的《影子的告發》。現任理事長為東野圭吾。

因為發展太過快速，推理小說的質量開始出現問題，暗示著從松本清張登場以來的極盛發展終將結束。

1965 江戶川亂步去世

1965 — 日本推理小說界的巨人江戶川亂步去世，推理小說的發展陷入瓶頸。

1969 — 講談社出版《江戶川亂步全集》。

1973 — 小峰元的江戶川亂步獎得獎作《阿基米德借刀殺人》熱賣三十萬冊，直到1995年藤原伊織以《恐怖份子的洋傘》得獎為止，保持了三十餘年最賣座的亂步獎得獎作冠軍得主。

1975 — 由台籍評論家島崎博擔任總編的推理小說專門雜誌《幻影城》創刊，為往後再次出發的本格推理奠定了良好基礎。

1981 橫溝正史因結腸癌去世

1981 — 繼江戶川亂步獎之後，第二個長篇推理小說新人獎橫溝正史獎成立。

島田莊司發表御手洗潔系列第一作《占星術殺人事件》，在部分推理小說讀者中造成迴響，但大多數社會大眾都沒有注意到這部作品。

1987

1987 — 綾辻行人以《奪命十角館》出道，令日本的推理小說發展又進入了一個全新的時代，這一年也被稱為「新本格元年」。同年，宮部美幸以短篇作品〈鄰人的犯罪〉獲得「ALL讀物推理小說新人獎」登上推理文壇。

但是，那時凶賊一時疏忽忘記關掉車頭燈，因此當他經過燈光前時，讓野崎看見了被害者的臉孔。雖只是短暫一瞬間，但野崎看得很清楚，那個女人的確就是富士洋子。是嘴裡塞了東西、像死人似地癱軟無力的富士洋子的臉孔。

同時，野崎還有另一個發現。

他一直以為開車的男人就是那個藍鬍子，結果他發現，此人與白天大鬧暗棚的魁梧男子根本不是同一個人。這個人矮多了，而且很瘦小。年紀似乎也很輕。

雖未清楚看見臉孔，但是野崎不僅可以確定他不是藍鬍子本人（如果自稱稻垣的男人和今天出現的白髮老醫生就是藍鬍子本人的話），而且，野崎還記得曾經在某處見過和此人同樣走路姿勢的男人。他的確見過這傢伙。

直到對方遁入屋中，他還一直站在原地，繼續想著「是誰呢？究竟是誰呢？」這個問題。

最後，意外的發現令他驚訝得跳起來。

「我知道了！我知道了！那傢伙就是上次那個不良青年。我記得他叫做平田東一。」

各位讀者應該還記憶猶新吧。當里見芳枝的一隻手被做成石膏像陳列在神田的裱框店時，帶領博士與野崎去店裡的青年，又在同一天留下異樣叫聲自博士家如煙消失的離奇青年。他在這起事件中，究竟扮演了什麼樣的角色？他是自那天起就成為藍鬍子的手下助紂為虐？亦或，他自己正是那個屠殺多名女子，在社會上掀起軒然大波的藍鬍子本人？

畔柳博士的負傷

在這個故事中，由於筆者不喜蕪雜，沒有一一記述因此造成的世間騷動，但那絕非「鬼熊」❖[1]、「說教強盜」❖[2]這種程度的騷動。以上兩人雖是惡棍，倒也不是毫無值得同情之處。因此社會上因他們而掀起的騷動，其實也可稱之為他們的「人氣」。可是蜘蛛男的情況完全相反，他沒有任何地方值得同情。只有令人唾棄的殘虐，令人戰慄的冷酷。他不是人，是身分不明的禽獸。而且，他就像太刀山❖[3]一樣連戰皆捷，從來不曾失手。他是不死之身。

世人的恐懼與憎惡已到達頂點。報紙上的新聞標題一天比一天大，不停報導他那罪大惡極的種種行動。

家有女兒的父母或是有年輕妻子的丈夫，每天唯一擔心的，就是他們的女兒或妻子，會不會長得有點像惡魔偏愛的容貌。至於這些年輕女性自己當然更是惶惶不安。據說當時連銀座最熱鬧的石板步道，都看不到女孩子隻身步行。

1 本名岩淵熊次郎的馬車車夫，大正15年，被小料理屋的酒女吉澤惠欺騙，憤而殺死吉澤及身為吉澤情夫的小料理屋老闆，並在殺傷刑警後逃入山中，歷經四十天逃亡後，自殺身亡。亂步、橫溝正史、甲賀三郎等人都參加了《東京每夕新聞》主辦的熊公合評會這場座談會。

2 本名妻木松吉，自大正15年至昭和4年間，利用深夜潛入東京都中野、大久保一帶的住宅區洗劫財物後，還對該戶居民傳授防盜心得及看門犬的飼養方法，直到清晨第一班電車發車才離去。因此博得這個綽號。警方根據其遺留的指紋將其逮捕，處以無期徒刑，戰後，隨著新憲法的頒布獲得特赦出獄。

3 太刀山峰右衛門（本名老本彌次郎，明治10年～昭和16年），明治末期至大正初期，以怪力無敵著稱的大相撲橫綱選手。

撇開那個不談，凶賊把生病的富士洋子和假人調包，瞞過監視的博士兩人之眼，果然按照約定把真正的洋子偷走了，可是，究竟是在什麼時候把洋子和假人調包的，是個重大的問題。博士和警部及廠長K氏都猜不透這不可思議的幻術真相，為之抱頭苦惱。

失去主人的病房裡，除了博士，被叫起的K氏和K氏夫人及傭也隨即趕來。在呆若木雞的眾人面前，躺在地上的膚色假人頭，彷彿正在嘲笑他們的失策。

「剛才，我已經命令守在外面的刑警們調查宅邸四周——雖然我也知道為時已晚。」

這時滿頭大汗的波越警部回到病房報告。

「那可沒用。洋子老早就已被調包了。我們說不定打從一開始，就一直在拚命盯著背對我們的假人頭髮。」

博士的鼻頭也冒出汗珠，並不只是因為悶熱。

「可是這就奇怪了。把洋子抬進這裡後，房間一秒也沒空過，隨時都有至少一人在盯著。況且，窗外這麼高根本爬不上來，要從入口經過這條走廊把人抱走，更是絕無可能。其中一定有什麼戲法。可我就是想不透。畔柳先生，您認為呢？」

警部皺起眉頭，求助博士的智慧。

「醫院的醫生來過。那是正牌醫生吧？」博士看著K氏夫妻，他們當下點頭表示絕對沒錯。

「而那個醫生離去時，洋子小姐還面朝我們這邊。那時還沒被假人調包。就以這個時間為出發點，試擬一份清單吧。寫出來之後事情往往會意外清楚。」

於是，博士想了又想，在記事本上寫出以下這樣的名單。（讀者啊，請仔細注意這份名單。）

醫師離去至晚餐前	K氏、K夫人、護士小姐、波越、畔柳
波越、畔柳晚餐期間	K氏、護士小姐
晚餐後	波越、護士小姐、畔柳
護士小姐離去至發現洋子被擄前	波越、畔柳

「另外雖然還有片廠的人及洋子的女演員朋友，但他們中途就回去了，所以負責看守者的正確時間表，應該是像名單上這樣。不過這當中波越先生與我輪流去過兩次樓下的洗手間。說到這裡，波越先生。輪到我去上廁所，只剩你單獨在場時，你有沒有因故暫時離開過？」

「絕對沒有。」

警部有點不悅地說。

「我也一樣。縱使稍微離開，要抱走一個活生生的人一定會遭到抵抗，因此也該會有聲音，況且這並非在那麼短的期間就能辦到的。……很遺憾，到頭來只能說這是不解之謎。」

「首先，怎麼把人抱走就已令人想不透了。」警部激動地說，「絕不是從走廊，因為如果經過那裡一定會被人看到，這點可以確定。如此一來，唯一的通路就是面向庭院的窗子，可是窗子這麼高又沒東西可踩，要怎麼爬上來？更何況抱著一個人又要怎麼下去？」

「唯一的可能，就是利用繩梯。」

「你說繩梯？荒唐！」警部火冒三丈，「以我多年來的經驗我很清楚，沒人有這種本領可以從這底下把繩梯的鉤子甩到這上面的窗框順利掛住。縱使做得到，也會發出巨響。這可不是沒人的房間。不可能的。」

的確，警部說得沒錯。但是，讀者早已知道。洋子分明就是被人用繩梯偷走的。那麼，是犯人成功辦到警部所謂的不可能的任務嗎？不不不，就算他是個怪賊，不可能的事還是不可能。警部想錯了。他的思考當中有某個盲點。……不過，那又是後話了。

就在他們進行小田原評定[1]之際，一名刑警衝進來。

1 小田原評定乃戰國大名北條家的重臣會議。豐臣秀吉征伐小田原時，北條方面遲遲無法決定應戰策略，因此後人用之比喻苦無結論的冗長會議。

「怎麼樣？」

警部性急地問，不過到了這個時候，犯人當然不可能還在附近徘徊。

然而，倒也並非全無收獲。刑警是如此報告的：

「野崎先生不見了。之前他說要去後面巡視就再也沒回來。剛才我們去後面看過，也沒找到他的人影。所以，我們怕有萬一便拿手電筒檢視屋後地面，結果在奇怪的地方發現新留下的汽車輪胎印。那該不會是犯人的車，而野崎先生，就是發現車子去追賊了吧？亦或，說不定……」

「難不成你想說，連野崎都被那個混蛋擄走了？」

波越今晚的脾氣特別火爆。

眾人決定還是先去現場看看再說，於是博士、警部及K氏，除了手電筒之外還準備了燈籠，在剛才這名刑警的帶路下，前往宅邸後方。

去了一看果然有輪胎清楚的痕跡。也有鞋印。除了刑警們的腳印之外，沿著圍牆從正門過來的應該是野崎的腳印，另一種腳印好像在汽車與後方圍牆之間往返。

「犯人果然是爬牆進去的。」

警部看了之後如此判斷。在他的命令下，一名刑警自正門繞過來，檢查庭院內部，但院子裡鋪了草皮，很遺憾地看不出腳印。

「野崎如果已被犯人擄走，那我們就更不能坐視不管了。縱使會是徒勞一場，還是盡可能地追蹤一下這個輪胎印吧。」

博士並不是特別對誰這麼說，他一手拄杖一手拎著燈籠，彎腰駝背地邁步走出。從今天一早活動到現在，裝義肢的腿大概很痛吧，只見他一拐一拐地拖著跛足。堅強的博士雖未開口抱怨，但是肯定很痛苦。

「博士一心只想抓賊呢。」

想到這裡，波越忍不住淚水盈眶。

「畔柳先生，您千萬別勉強硬撐。這裡交給我們，您何不先休息一下。」

「不，我好得很。這種時候，身有殘疾實在令人煩躁。」

博士不服輸地嘴硬，並且倔強地往前走。

但是，不說還沒事。一說完才走了兩、三步，他忽然小聲「啊」了一下，竟然跌倒了。由於是荒地，到處都有意外的凹洞。博士就是踩進其中之一，猛然摔倒，燈籠也飛出去熄滅了。

警部等人連忙跑過來，打著燈籠一看，博士倒在地上抱著裝義肢的那條腿，咬緊牙關。看起來非常痛苦。

「您還好嗎？有沒有受傷？」

「放心，沒什麼大不了。」

然而，好不容易才站起來的博士，才走一步就受不了疼痛，再次狠狠摔倒，臉色非常糟糕。

於是，眾人只好暫時停止追賊，警部交由部下處理善後，自己不得不和K氏一起照料博士，返回宅邸。

K氏勸他無論如何都得先去醫院，但博士倔強地推辭。

「我好歹也是個醫生，放心，我自己還應付得了自己的腳。只是，很遺憾，我今晚已無法協助搜索了。不好意思，府上的車子請借我一用。」

於是K氏喚來司機，命他備車，不巧的是，汽車輪胎不知幾時居然爆胎了。無奈之下只好自遠地叫來計程車，臨時將就著用。K氏本來還要親自送博士回去，博士卻說「這點小事不勞費神。」地固辭不受。

不過，幸好畔柳氏還是平安返家了。叫來的計程車若是犯人的車，連博士都會遇劫，由此可見犯人也忙得顧不了這邊了。不過，博士雖然未遭賊難，腳傷卻意外嚴重，自翌日起，他不得不臥床靜養。在最關鍵的時刻，失去這有力幫手的波越警部可發愁了。

野崎青年的危難

回到故事主題，找到麴町區R町的賊窩（之前里見芳枝被帶去的空屋），我們勇敢的野崎青年，自那之後又怎樣了呢？關於他，又是一樁奇怪至極的冒險故事。

犯人不是藍鬍子本人，而是之前的不良少年平田東一，這點令他甚感意外。不過仔細想想，凶賊之所以將平田擄走，說不定打從一開始，就打算把這個機靈的小惡徒收為手下。就算不是這樣，以平田的不良作風，一旦發現性命不保，立刻討好凶賊主動要求入夥，這種事對他來說簡直是小事一樁。因為那樣對他來說，想必更有趣，也更能撈到好處。

這麼一想，野崎便恍然大悟。之前抬著絹枝屍體經過江之島那座長橋上的兩人，肯定就是藍鬍子與平田這個新手下。

撇開那個不談，把宛如死屍的富士洋子抱入空屋的怪青年，壓根不知野崎正躲在對面牆腳的暗處偷窺；不久便隻身返回，再度跳上汽車，毫不遲疑地駕車離去。

野崎猶豫了一下，不知是否該再次攀附車尾，繼續跟蹤，但是最重要的洋子已被抱入空屋。平田青年又不是藍鬍子本人，縱使追蹤他也沒用，於是野崎打消念頭留在原地。

「該死的藍鬍子，一定就在這屋中。他想必一直翹首等候平田把洋子帶來。」

這麼一想，他開始非常擔心洋子的安危。一想到這時候，屋內該不會又開始上演那幕垂死前的舞蹈，他就忐忑不安。

野崎青年雖說對於搜查犯人和替絹枝報仇燃起滿腔熱情，卻算不上是非常大膽的男人，因此，要衝進不知有誰潛伏其內的詭異空屋，還是令他不得不躊躇良久。

不料，就在他這麼舉棋不定之際，可能是附近就有停車之處，只見停妥汽車的平田青年，已隻身匆匆返回空屋。

等到平田悄然無聲地拉開格子門，遁入屋內後，野崎青年也按捺不住。他已無暇顧及屋內除了首領之外，再加上平田，對方至少有兩人以上。他一心一意只掛念洋子的安危，在毫無主意下，就這麼莽莽撞撞地尾隨怪青年身後潛入了空屋。

如果這時，他沒有莽撞地隻身闖入敵營，而是先折返附近警署說明原委，乞求警方支援，之後也就不會碰上那麼可怕的遭遇了。然而，R町是麴町區內交通最不便的場所，距離警署頗有距離。如果在他去報警的時候，洋子遭到殺害，他的一片苦心也將化為泡影。雖然當時並沒有思考得如此仔細，但野崎一想到即將遭到凶賊毒牙咬噬的可憐犧牲者，正義感登時沖昏了他的頭，令他無暇再思前想後，當下拔腿衝入敵營。

空屋內一片漆黑，也許是為了謹慎起見，燈全都沒開。只見平田青年走進玄關後，拿出事先準備的手電筒照亮腳下，不停往裡走。野崎也只要盯緊榻榻米上的橢圓形燈光，跟著走就行了。

不知是因為黑暗還是本就如此，這間空屋的入口雖簡陋狹小，屋內似乎非常深。從此屋拐到彼屋，不時還會從看似簷廊的地方走下未鋪木頭地板的水泥地，再走上另一個和室，一點也不像普通住宅。說不定是凶賊買下這間空屋後，根據他做壞事的需要改過屋內格局。

這段時間，野崎很幸運地沒被敵人發現。他一度一不小心發出細微聲響，平田聞聲將手電筒照向身後，但他倏然靜立不動，湊巧光圈沒掃到他，因此對方又繼續往前走。平田大概做夢也沒想到，敵人已逼近至背後不到二間之處吧。

最後平田步向地下，開始走下狹窄的樓梯。下去之後，有扇看似異常堅固的拉門。怪青年吃力地拉開門進去。奇也怪哉，這棟空屋竟然還有地下室。這下子可不能大意，正當野崎這麼暗忖之際，手電筒的光突然消失了。之後只剩漆黑如墨的黑暗與寂靜。

是怪青年把手電筒關掉了嗎？這表示，他們現在已抵達目的地——殘殺洋子的地點了嗎？亦或，手持手電筒的他只是拐到什麼地方背後去了？

這時，野崎正巧站在狹窄樓梯的中段，他只好先走完樓梯，憑雙手摸索著，走向拉門內之前射出光線的方位。

走了五六步時，野崎倏然感到有一團黑風般的東西掠過身旁，朝身後飛奔而去。

他覺得奇怪，才剛止步身後便響起喀拉喀拉的巨響。……是關閉沉重拉門的聲音。

「活該，你這個大蠢蛋。你真以為我連你跟在身後都沒感覺嗎？你還真是笨得可喜可賀。好了，你就在裡面慢慢休息吧，反正那裡也有很多朋友陪你。」

拉門外，傳來的是平田青年的聲音。同時也響起鏗然上鎖的聲音。

他中計了。剛才手電筒向後掃時，野崎雖未被燈光直接照到，但機敏的對手，想必已經警覺到了。於是對方佯裝不知，把他騙到這個地下室，三兩下就把敵人關起來了。

看平田安心地大放厥詞，這裡肯定是只有一個出入口的密室。而且入口的門就像倉庫門一樣厚重堅固，絕非野崎一個人的力量能夠撞破。

「我上當了。」

想到這裡，不習慣冒險的野崎，嘴唇乾涸，心口有種怪異的窒悶。

他就這麼茫然佇立了好一陣子。然後他激勵著自己軟弱的心志，同時思考如何善後。總之屋內這麼暗，根本一籌莫展。既然不用再顧忌任何人，不如在燈光下檢查一下密室吧。他把手伸進口袋一摸，糟糕，沒有手電筒，大概是跳上汽車表演特技時不慎遺落了。

他不抽菸，所以身上也沒準備火柴。

無奈之下，他只好在黑暗中靠雙手摸索，沿著牆邊走著。厚實的牆壁縱使敲擊也文風不動，想必是塗了石灰或水泥。外側大概就是土牆。

野崎猶如沒有視覺的野獸，沿著每一面牆走來走去。室內很寬敞，而且這房間不是方形的，是七角或八角，總之很多角。是個像八角鐘一樣構造奇怪、大得誇張的房間。

「怪了。這種地方居然有這麼寬敞的地下室。我該不會是在做夢吧？」

他感到莫名詭異。

但是，最後他終於弄清是怎麼回事，那只不過是黑暗中的錯覺。失去視覺的人，會把正方形的小房間，當成多達七邊甚至八邊、奇大無比的房間。和繞行善光寺戒壇[1]的錯覺一樣。愛倫坡在〈陷阱與鐘擺〉[2]這篇小說中，便曾巧妙地寫出這種黑暗錯覺的恐怖。熱愛偵探小說的野崎此時不由得想起這篇曾經讀過的小說。

其實這只是一間狹小的普通地下室，應該是倉庫下方的儲藏室。但是入口只有一個，而且以野崎的臂力無法打破，這點倒是和他想像的一樣。就算大聲呼救也不可能有人聽見。啊，難道他終究注定必須在這繁華東京市中心的怪異地下室活活餓

1 位於長野市元善町的寺廟，也就是被稱為善光寺參拜的阿彌陀信仰之靈場。當地最著名的，就是憑藉雙手摸索，繞行琉璃台階下方暗廊一圈的「繞行戒壇」。亂步在隨筆〈某種恐怖〉中提及他曾造訪此地。

2 愛倫坡於1843年發表的短篇小說，原名〈*The Pit and the Pendulum*〉。故事內容描述在西班牙的異端審判所遭到判處死刑的主角，被關進地下監牢，差點掉進那裡的陷阱，又被綁起來面臨上方逐漸降下綁有刀刃的鐘擺，感受到死亡的恐怖。後來他把食物綁在繩子上讓老鼠咬住藉以脫身，但接著又面臨牆壁逼近差點被推落陷阱。這時是法國軍隊出現救了他。

死嗎？

「不過，那是什麼意思呢？」

野崎驀地想到那句話，並且因為內容過於詭異，不禁悚然呆立。不是別的，正是之前平田不屑撂下的那句「反正那裡也有很多朋友陪你。」這話到底是什麼意思？這裡明明沒半個人影。難道說……難道說，在這黑漆漆的房間中，除了野崎之外還潛伏著什麼人？那個人該不會正配合野崎的動作緩緩後退，縮在角落裡，定睛窺視他的舉動吧？那是人類？或是其他的生物？

異樣的恐懼朝他襲來令他呆立不動，那是無光亦無聲的數分鐘。

怪了。連一點細微的動靜都沒有，也聽不見對方的呼吸。

野崎鼓起勇氣，離開牆邊，像盲人一樣雙手向前伸，走到房間中央。

他撞到了某種物體，然而那並非什麼奇怪的東西。一、二、三……共有五個四斗容量的罈子。他一摸之下，濕濕黏黏地沾了滿手鹽巴。懂了懂了，這裡是儲藏泡菜的地窖。打從一開始，他就覺得好像有種奇怪的腐臭味，原來是泡菜的氣味。

「雖說是泡菜，但這裡起碼有吃的，至少不用擔心會餓死。」

野崎倏然閃過這個念頭，這是從冒險小說學到的智慧。

但是，野崎會這麼想，證明他已失去冷靜。這裡又不是泡菜店，而且是間和廢屋沒兩樣的房子，居然會儲藏了整整五大樽四斗罈子的泡菜，這豈不古怪。

話說，平田青年所謂的「朋友」，究竟是多麼「異樣」的朋友，很快就會見分曉。
不過，在那之前還有整整一小時的空檔。利用這段時間，不妨先讓讀者了解一下，這棟空屋的其他房間裡發生了什麼樣的事。

匪夷所思的惡計

當野崎被關進地下室已有三十分鐘時，空屋的內室(就是之前里見芳枝與自稱稻垣的藍鬍子對坐的和室)中，某兩名人物正在低聲交談。

一人是平田青年，另一人是完全沒見過的西服中年男子，毋庸贅言，此人正是怪賊藍鬍子。

「那個大蠢貨還安分嗎？」

藍鬍子低沉的嗓音說。每當說話時就閃閃發光的大眼鏡，覆蓋了半張臉黑得異樣的鬍子，和之前的稻垣氏是同樣的容貌。

「就算不安分，以那小子的力氣也出不了地窖。」

平田青年回答。

「可是他進的地方有點不妙。就在那地窖上面的倉庫中，不是正巧躺著那玩意嗎？萬一上下互相感應聊了起來，那就糟糕了。」

「放心，不會有問題的。洋子還在熟睡，只要趁她清醒前，把她抱到浴室去，就不用操那個心了。」

「就算這樣，還有那泡菜罈子。」

「啊，那個嗎？不過，那小子已經一輩子也逃不出地窖了，他會在那裡餓成人乾。就算他看到又何妨。」

「呵呵呵呵呵。原來如此，原來如此。你打算把野崎在那兒活活餓死啊。呵呵呵呵呵。你最近膽子愈來愈大了。」

「不敢當。這都是因為有老大您的指點。只要能在您身邊，我覺得不管做什麼都不怕，您可別扔下我不管哪。」

「呵呵呵呵呵。你用不著擔心。我啊，打從頭一次見到你，就非常中意你。所以向來不與人合夥的我，才會破例讓你加入，我怎麼可能扔下你。」

藍鬍子笑得詭異，猛拍平田青年尚未完全成熟的單薄肩膀。

「說到這裡，總算把洋子也弄到手了，接下來是最後的重頭戲。我們可是會非常忙碌喔。」

「您是說一網打盡四十九人的計畫吧？真是光用想的就令人緊張激動。在這世上，我還沒見識過如此有趣的事。」

「你那些夥伴沒問題吧？」

「當然沒問題，所謂的不良少年最適合做這種差事了。尤其是我以前擔任團長的貓頭鷹團[1]那票傢伙，各個都是萬中選一的好手。」

「不會被他們察覺真相吧？」

「您說您的身分嗎？請放心。他們從來不會打聽原因或懷疑金主，只會按照命令忠實執行。而且，只要能確實拿到酬金，他們就不會有意見。這正是團長的權威。況且每抓一個人便有百兩酬金。這已經很不賴了。」

照這番對話聽來，正如畔柳博士所料，藍鬍子正打算一口氣綁架四十九名心目中的理想女孩，果然是重頭戲。不過，把四十九名女子一次全數擄來，究竟要做什麼？即便是殘暴的藍鬍子，應該也沒這麼大的精力和殘虐性，能夠在一天之內殺害這麼多人吧？這個計畫豈不是太匪夷所思了嗎？

此外，說到擄人的手段，應該是要利用平田青年以前的部下——貓頭鷹團的不良少年，但就算是精挑細選出來的不良少年，真能順利綁架四十九名女子嗎？這個計畫恐怕太不顧後果，也太冒險吧？

然而，說到耍弄詭計，藍鬍子簡直是深不可測，誰也說不準他會有什麼出人意表的巧妙腹案。

兩人就這樣低聲商議了很久要怎麼幹壞事，最後藍鬍子倏然警覺道：

1 自大正中期起，不良青少年組團鬧事成了一大社會問題。他們恐嚇、竊盜、詐欺、白吃白喝，時髦的青年男女成為受害者。因此於大正11年制定少年法。這種組織有新義團、血櫻團、新闇團、坂本團、三田團、白金團、毒蛇團、三光團等。

「也差不多該去倉庫看看了，她應該醒了。」

於是兩人起身，在空蕩蕩的空屋中，沿著簷廊走向後面的倉庫。

海報美人的眼睛

富士洋子發現細小的蟲子正蠢蠢群集，爬到她的雙腿與雙峰之間，由於過於噁心，她不由放聲尖叫，結果發現那是麻醉造成的夢境，彷彿自惡夢醒來時的感覺，令她倏然睜眼。

然而，四下一片漆黑。她到底睡了多久，這裡又是何處，她一無所知。

試著一摸，身體底下不是之前睡的床鋪，而是冰冷的硬木頭地板，而且好像幾個月都沒打掃過，灰塵很厚。整個房間還充斥著某種腐敗的氣味。

「我該不會還是被藍鬍子擄走了吧？」

這種不舒服的感受，想必是麻醉藥的副作用，但自己是什麼時候服下，為何被帶來這種地方，她毫無印象。

「不過話說回來，這裡究竟是什麼地方？」

正當她躺在黑暗中專心思考之際，不知從哪傳來奇妙的聲音：

「是誰在那邊？」

這個聲音很耳熟，但是她猜不出是誰。她沒吭聲，接著，

「該不會……該不會是富士洋子小姐吧？」

好像不是壞人，但是她不敢隨便回話。聲音似乎是從地板下方傳來的，這裡是二樓？

「你是哪一位？」

「啊，果然沒錯。妳是洋子小姐吧。我是畔柳博士身邊的野崎啊。」

與洋子置身的倉庫隔著一片地板，就是那個地窖。野崎根據洋子自夢中醒來的呻吟，發現她在那裡，所以才出聲招呼。

「這裡到底是什麼地方？」

「這是藍鬍子的巢穴，妳是被那傢伙帶來的。我追著妳來，結果也被關起來了。現在我待的地方是地下室。」

「啊，如此說來我也被關進這裡來了，是吧。」

堅強的洋子聽到這裡，立刻起身，撐著還有點暈眩的身體，在室內胡亂跑來跑去然而卻找不到任何出口。不，就算有出口，也已從外側上鎖，憑洋子的力氣門扉是動也不動。

極度失望下，她頹然躺回原先的位置。

「沒用。根本出不去。不知我會有何下場。」

「妳不能失望，這裡還有我這個戰友。我們來想想看有什麼辦法可以脫身吧。」野崎替她打氣般說道。但是洋子也知道，野崎不可能有什麼好辦法。

過了一會，室內突然大放光明，是頭上的五燭光燈泡亮了。

洋子沒去細想是誰開的燈。她只顧著高興變亮了，不由得四下張望。

室內沒有任何裝飾，這好像是個類似厚牆倉庫的房間。一邊貼著木頭壁板，有一扇門。就木頭切口的新鮮程度看來，似乎只有這面木頭壁板是後來做的，也就是這個倉庫中有著木板隔間。

古怪的是，木板壁面上貼著郵船公司的大幅美女海報。這麼單調的房間，出現美女圖，而且還是印刷海報未免太奇怪。

洋子定睛望著海報上的美女，美女也凝視洋子。

洋子悚然一驚，本來躺著的她這下子不禁坐起。美人的眼睛是活的，而且只有眼睛是活的。

她不假思索地擺出防備架勢，手碰到胸前硬物，那是把短刀。自從接到藍鬍子的預告後，她便把拍片道具用的舊式短刀藏在身上，做為防身之用。刀現在還藏在懷中暗袋。(因為片廠沒有那種可以射擊的手槍。)

一發現短刀，她當下精神一振。她自晚禮服的胸口取出刀，拔出閃閃發亮的傢伙，冷然睨視海報。

然而，美人的眼睛已不再鮮活。無論是她的臉孔或眼睛，都只是平凡無奇的印刷美人而已。

剛才是自己的錯覺嗎？可是美人的確以活生生的眼睛，一直朝我露骨打量，啊，八成是麻醉藥的藥效還沒退。

可是撇開海報不談，想必壞人馬上就會來這裡吧。縱使揮舞這種短刀，也不可能是壞人的對手。到頭來，我也將與那對里見姐妹步上同樣的命運。索性在尚未被那傢伙糟蹋之前，先拿這把短刀自殺算了。

她一邊把玩短刀，一邊這麼盤算之際，喀喳喀喳地響起轉動鑰匙的聲音。敵人終於來襲了。

洋子情急之下把短刀藏在膝下，做好防備。

門無聲開啟，走進兩名男子。洋子當然不知道，那正是藍鬍子和平田青年。

「把危險的玩具交出來。」

較年長的男人走近她，伸出一隻手。

「你是誰？」

洋子堅強地反問。

「我是對妳瞭若指掌的男人。廢話少說，快把玩具交給我。」

「我沒有什麼玩具。」

「哈哈哈哈！妳藏起來也沒用。快把妳剛才把玩的短刀交出來。」

男人執拗地逼近。他又沒看過怎會知道我有短刀呢？啊，我懂了、我懂了。海報美人的眼睛果真是活的。是他在美人眼睛的地方動了手腳，可以自外窺探。行事謹慎的藍鬍子會在不讓對方察覺的情況下，先窺視室內情況後，才會接近犧牲者。在這個房間裡，究竟有多少女人曾被海報美人的眼睛嚇到呢？

「這位小姐，好像挺棘手的。」藍鬍子回頭朝平田青年苦笑，「那我只好這樣。」一邊說著，他已飛撲過來，作勢欲抱緊洋子。

洋子一看，迅速握緊短刀跳開。

接下來的一陣子，他們展開一場貓捉老鼠的殘酷追逐遊戲。對方有兩人，洋子毫無勝算。對藍鬍子而言，這只是半帶逗趣的遊戲。最好的證明就是平田青年根本沒插手，一直站在門口，含笑旁觀。

可是，就在這時，突如其來地冒出異樣聲響。

喀噹一聲似乎有東西掉落，接著「啊！」地響起難以形容的淒厲叫聲。聽到那個，正忙於追逐遊戲的兩人，不禁悚然一驚，甚至愣在原地。

叫聲自地下室響起。說到地下室，那正是囚禁野崎青年的地方。那麼難道是野崎那邊也發生了什麼狀況嗎？我們不得不再度將目光轉向地下室。

滴落的血水

野崎本來在黑暗中與頭頂上的洋子交談。不久，可能是共用一個電燈開關，地下室與洋子的房間同時亮起了五燭光的燈泡。又過了一會兒，好像有人進入洋子的房間，接著和洋子展開對話。換言之，前章記述的經過，他全都聽在耳中。之後追逐遊戲開始，慌亂的腳步聲響起。洋子有危險，必須去救她，但野崎他沒有任何方法。

野崎在地下室四處打轉。最後，也許是想稍微接近上面的房間，他愚蠢地站上那個泡菜罈把手伸向天花板。那是毫無效果、非常愚蠢的舉動。但是，事後我們將會發現，就是他這個無意之間的舉動為這起事件帶來某種重大結果。

撇開那個不談，他站的罈子似乎沒有完全蓋緊蓋子，就在他往上伸手之際，身體的重量偏向一角，令他的一隻腳滑入罈中。

他赫然一驚試圖站直，可惜為時已晚，就這麼一腳踩在罈中，與罈子一起翻倒。

拔出腳時，蓋子順勢掀起，裡面的東西汩汩流出，是溶化的鹽巴。

鹽巴之中有固體，然而那不是白蘿蔔或茄子，是截然不同的東西。

即便是這種節骨眼，但狀況實在太奇怪，他還是忍不住把泡菜拿起來仔細端詳。可是才剛拿起，他就猛然甩開，然後發出前章提到的那種詭異慘叫。

因為那是滑溜溜的固體，還有五根手指，那正是人類已經腐爛的手。

仔細一看還有腿，有腸子，有頭髮。

野崎已經不再尖叫，現在他只想嘔吐，接著閃躲到房間角落。

那是慘遭分屍的鹽漬人體，其他罈子肯定也裝著同樣的東西。五名犧牲者都在這地下室被做成泡菜。平田青年所謂的「有朋友陪你。」的那句話，想必就是指這些鹽漬的女屍吧。這是何等驚人的「朋友」啊。

他忽然想起，之前畔柳博士說過，在里見芳枝之前，一定也有婦女成為藍鬍子的獵物，並且建議波越警部調查失蹤女子的身分。博士的推論是正確的。

然而，這時頭頂上的房間裡的騷動愈演愈烈。砰地傳來有人倒地的聲音，還有呻吟聲和慘叫聲以及乒乒乓乓的瘋狂腳步聲。

之後，突然一切靜止。

那是靜得詭異的數秒鐘。

滴答一聲，有液體自天花板落到豎耳靜聽的野崎臉頰上。

那個液體，宛如淚滴，自他的臉頰滑落下巴。

用手一抹，他的手指染成赤紅。是血。

他不由仰望天花板，只見木板縫隙之間正滲出血水，而且眼看著愈來愈大片。然後，滴滴答答，化為豔紅的雨滴，急促滴落。

「洋子小姐！」

野崎赫然一驚，瘋狂大喊。

啊，她終於還是遇害了。當紅女星富士洋子就此香消玉殞。這溫熱的鮮血，正自那擁有數萬情人、結實緊繃的美麗肉體緩緩溢出。

野崎如此深信不疑。並且對於自己只能眼睜睜看著佳人有難，卻無法出手相助的窩囊深感羞恥。

然而，富士洋子真的被殺害了嗎？

深夜的電話

目送畔柳博士離去後，波越警部在片廠廠長K氏的勸說下，決定與他手下的刑警留在K氏家中過夜。縱使現在去追蹤凶賊的輪胎印也很難得到好結果，況且，夜也深了，大家都很疲憊，所以且把偵查工作留待明朝，先睡一覺再說。

不料就在那晚三點左右，K氏家中的電話尖聲響起。打電話來的是個女人，要求K氏立刻來聽電話。

K氏一接起話筒，

「K先生嗎？我是洋子。」

是富士洋子的聲音。

「洋子小姐嗎？我好擔心妳。妳沒事嗎？妳在哪裡？」

K氏慌忙大聲反問。

他的聲音令波越警部當下從被窩跳起來。於是兩人搶奪話筒，一同聆聽洋子報告。

洋子扼要報告了讀者已知的經過後，又補了以下這段話：

「地下室發出的叫聲轉移了那傢伙的注意力，我就趁機兩眼一閉，抓著短刀，朝對方撞過去。我也不知道刀子戳中哪裡，總之那傢伙大叫一聲就倒下了。趁著年輕男子大吃一驚慌張失措之際，我就從敞開的房門不管三七二十一地拚命逃出來了。也不知是從哪怎麼走的，總之我幸運地出了大門。年輕男子當然追了上來，但是一旦出了大門就不用怕了。我一邊大叫一邊跑，所以對方嚇得躲回去了。

這裡是麴町區K町的自動電話亭，距離那棟空屋只有五六町❖1。請你馬上過來。凶賊受傷倒在那棟屋裡，而且野崎先生還被關在地下室。請你快來救他。我現在要去東京火車站的飯店❖2，我會在那裡等你。」

1 距離單位。1町為60間，約109公尺。

2 現在的東京車站飯店。大正4年於東京車站內由精養軒承包開業，內有56間客房，昭和8年10月改由鐵道省直營，同年12月27日改稱東京鐵道飯店。昭和2年當時的房錢是附有浴室的單人房一晚六圓五十錢，無浴室的一晚三圓五十錢，西式早餐一圓五十錢，午餐二圓五十錢，晚餐三圓，和食二圓五十錢。利用者多半是公務員、議員、軍人。也成為《怪人二十面相》（昭和11年）明智偵探和二十面相初次對決的舞台。

啊，凶賊負傷動彈不得，正在倉庫中呻吟。這是何等驚人的事態。愚弄了以畔柳博士和波越警部為首的全體警察，令市民戰慄的凶賊，最後竟然倒在一名女演員的纖纖玉手之下。富士洋子立了大功。若說令她立功的原因是野崎的叫聲，那麼他站上泡菜罈的愚蠢舉動也絕非徒勞。他以為是來自洋子的鮮血，其實是藍鬍子流的。

波越警部立刻打電話到警視廳，請求派員至洋子指稱的麴町區R町空屋逮人，自己也和部下一同搭乘K氏的汽車趕往現場。K氏的車早已修好。

車子在深夜的京濱國道如矢飛馳。冷風暢快地在警部等人的耳中呼嘯。衝啊衝啊，踏上逮捕凶賊的英勇旅程。

這次再不會出錯。那傢伙已經受傷了，連動都不能動。沒有醫院會讓藍鬍子住院。縱使他能暫時逃出那棟空屋，也可以透過醫院或醫師循線找到他。他連千分之一的脫逃機會都沒有。啊，終於可以看到藍鬍子的臉，苦候多日的時刻到了。

波越警部就像要去見痴心苦戀的心上人，連飛馳的汽車都嫌慢，一股勁地心跳急促。

失望的波越警部

警部帶著數名部下，飛車趕抵那棟問題空屋。由於是自K町過來，就算快馬加鞭，也耗費了五十分鐘。抵達一看，空屋前，已有兩名制服巡查戒備森嚴地站崗。

「逮到了嗎？」

波越警部一跳下車，就向站崗的巡查問道。

「沒有，好像讓他溜了。不過，目前還在屋內進行搜索。」

「讓他溜了？可是他應該已經身負重傷了。」

警部撂下這句話就往門內衝，一上玄關，正巧與自內室出來的警視廳同僚M警部補遇個正著。

「啊，波越先生。真是太不可思議了。流了那麼多血的犯人，為何還能逃走？」

M警部補高聲說道。

「出血那麼嚴重嗎？你派人查詢過附近醫生了嗎？」

「麴町警署的U君替我打電話查詢過了，麴町區內的外科醫院，沒有任何一家收容過疑似嫌犯的傷患。唯一的可能就是被共犯開車載到別處去了。」

這時，一個服裝不整狀似瘋子、臉色鐵青的青年，自裡面踉蹌走出。

「這不是野崎先生嗎！」

波越驚呼。

「啊，波越先生，很遺憾，又讓他逃了。」

「我已聽富士洋子在電話中講過了。你還真倒楣。不過，能夠找到賊窩可是大功一件。」

「我不該貿然深入賊窩的。當時要是查出這裡地址後，立刻向你報告就好了。」

於是，野崎三郎將前章記述的事實（五罈鹽漬屍體、他與洋子的對話、天花板的血滴等等）扼要說明。

「然後，我還以為洋子小姐已經遇害了，心想不管怎樣非逃出地下室不可，於是抓起附近的棒子，朝入口的厚重木板門不管三七二十一地一直亂敲。後來聲音傳入警察耳中，我這才被救出來。」

波越熱心聽取這段驚人的報告，尤其是五個泡菜罈的事，甚至令他發出難受的呻吟。

「凶賊留下了什麼物品嗎？」

波越詢問M警部補。

「完全沒有。他真的非常謹慎。不過，還是請你也去看一下現場吧。」

於是，波越警部再次帶頭進行縝密調查，他們調查了每個房間。尤其是犯案現場的倉庫和地下室更是特別仔細，可惜並未發現任何物品足以說明凶賊的身分。

異國風的奇怪人物

接下來的那一週安然度過。沒有任何凶賊的消息，市內各家醫院也沒發現疑似此人的病患。

藍鬍子還活著嗎？該不會已經死了吧？就連這點都曖昧不明。有家報紙甚至指證歷歷地報導藍鬍子已死。不過，如果他真的死了，那麼屍體在哪裡？共犯平田又到哪去了？這真是難解的闇黑之謎。

那棟空屋的屋主自然遭到調查。調查後得知那棟房子是由某家信託公司代為管理，委託人的姓名住址都登記有案。然而去那個地址一看，委託人的房子早已成為空屋，信託公司也後知後覺地吃了一驚。

警方也清查了五罈鹽漬屍體的死者身分。除了腐爛的肉體以外，連一片衣角都沒有，鑑定起來相當困難。但是根據假牙、髮夾之類所剩無幾的線索，終於判定與之前畔柳博士指出的失蹤女子名單中的五人相符，得以將屍體各自交還給她們的父母。

畔柳博士由於腳傷，那一整個星期都謝絕訪客，窩在寢室裡。現在總算恢復精神，能夠接受野崎助手和波越警部、富士洋子等人的探視了。不過，他還無法下床，只能臉色慘白地勉強對他們的探視致謝，壓根沒那個心思商議如何搜捕蜘蛛男。

就在這樣的某日，畔柳家門前出現一個古怪男子來回打轉。

白色立領麻質西服配上白鞋，雪白的遮陽帽，形狀罕見的手杖，帽子底下是鼻樑高挺曬得黝黑的臉孔；指上戴著寬達一寸的充滿異國風情的大型戒指，上面還有黃豆大的寶石閃閃發亮。由於人高腿長，乍看之下也像是非洲或印度殖民地會看到的英國紳士，又有點像是久居歐洲的印度紳士，其實他是如假包換的日本人。因為剛剛他才用清楚的日語向路過的郵差打聽：「這棟房子是著名的犯罪學家畔柳先生的住處嗎？」

不過，他似乎不打算拜訪博士，只見他時而打量門牌，時而探頭窺視門內，像在等人似地在附近徘徊。

過了一會兒，書生自宅內出來，大概是要上哪跑腿辦事。

「喂，可以麻煩你一下嗎？」

白衣紳士喊道。

「這裡有一位野崎三郎吧？能否麻煩你跟他說有朋友在門口等他，請他來一下。」

書生面露詫異，但是似乎被對方的外貌和態度壓倒，當下折返玄關替他傳達這奇怪的口信去了。不久，野崎助手與書生一同來到門口。

「就是這位。」

書生對野崎如此說道，便匆匆去辦事了。

「您該不會是找錯人了吧？我就是野崎。」

野崎看到等候的紳士，滿臉狐疑地問道。因為他壓根不認識此人。

「貿然來訪不好意思。我絕未找錯人。我是……」

紳士說到這裡，忽然湊近野崎身邊，像要把嘴貼在他耳上般低聲囁語。

「啊？閣下就是？但我聽說您現在不在日本呀。」

野崎助手睜大雙眼反問。

「我剛回來，今早才抵達東京。不過我這人只要一想到什麼事，就恨不得在當天之內解決。所以，其實我有點事想拜託你……」

這次他耳語了五分鐘之久。

聽著聽著，野崎青年的臉上漸漸浮現驚愕，並且，那種神情極為快速地擴大至整張臉。

紳士自口袋取出一個小瓶子交給野崎，「絕對不能讓他發現。知道嗎？」他再三強調後，這才告辭朝著等在對面街角的汽車大步走去。

留在原地的野崎助手看起來十分可憐。他的臉色鐵青、呼吸急促，返回玄關的步伐也蹣跚不穩，彷彿隨時都會倒下。

他走過會客室與書房，最後來到畔柳博士的寢室門前停下腳步，泛白的額頭上冒出無數汗珠。

他輕咳一聲，試圖咳去卡在喉頭的痰，又掏出手帕擦拭額頭。然後，勉強扯動臉部肌肉，咧嘴擠出一個笑容。然而，那絕不是開朗的笑容，簡直像死人斷氣前的笑容。

好了，他終於把手放上房門握把。然後，像小偷一樣地費了足足一分鐘，才打開一條足以讓身體滑入的門縫。他到底打算向畔柳博士說什麼呢？

刑事部長的舊友

正巧這時，在警視廳的總監辦公室正召開逮捕蜘蛛男的秘密會議。

區區一名蜘蛛男就令各大報社的社會新聞組沸騰如鼎，每天的社會版都被他一人的報導攻占大半版面。因此東京都三百萬居民，所見所聞盡是蜘蛛男的傳言。

比起他們過去經歷的大地震和各種天災地變，區區一名蜘蛛男更令人不寒而慄。

指責警方無能的說法，如同不祥的地鳴瀰漫整個東京都。在野黨逮住機會，拿這個當作攻擊政府的最佳武器，「蜘蛛男」的名字，甚至出現在內閣會議席上，以及國務大臣[1]的口中。

「昨晚我在某個場合遇到內務大臣[2]，大臣對這起事件也非常苦惱。被他委婉地警告一番，令我不知如何回答。我們不能再磨蹭下去了。這已非單純的犯罪事件，甚至是某種政治問題。我們必須集中一切機關的力量處理這起事件，就算挖地三尺也要將那可惡的凶賊逮捕歸案。」

赤松警視總監說著，咚地猛拍面前的大桌。

環繞那張桌子的刑事部長及各課課長，尤其是智慧型犯罪組組長、案件直接負責人的波越警部等數名首腦，當下苦著臉不敢吭聲。

最不好受的當屬波越警部。他因為睡眠不足而充血的雙眼，憾恨地睜得大大的，逐一說明追捕蜘蛛男的經過。

「屬下不肖，但自認已盡了全力。不，不只是我。號稱民間名偵探的畔柳博士，基於事件第一發現者的立場，也廢寢忘食地協助我們。結果，那位犯罪學者每次都被先發制人。」

赤松總監聽到這裡略微皺眉，

1 日本內閣成員的正式名稱。

2 掌管日本政府機關內務省的大臣。內務省於1873年成立，1947年廢止，為日本明治時期到戰時，最重要的中央部會。

「你現在是要把責任轉嫁到一個民間犯罪學者的身上嗎？」

他不快地說。

波越警部被這麼搶白後無話可說，舉座一陣尷尬。

「哎，現在不是追究責任歸屬的時候。」

刑事部長〇氏出面緩頰。

「責任歸屬是另一回事，現在，我們必須研究出最佳逮捕犯人的方案。話說回來，這種時候總會令人想起那個男人。總監您可能不知道，在我們的舊友之中有位叫明智小五郎的奇人。波越，你應該也記得吧？以前我當搜查課長時，曾發生百貨店的假人身上垂掛女人手臂的事件❖1。犯人是奇怪的侏儒，你當時沒有參與偵辦那起事件嗎？」

「我記得。明智小五郎這位人物的確是名偵探。」波越開始回顧，「那是明智先生處理的最後一起事件。之後，他就到國外去了。聽說好像是從中國去印度那邊旅行，算算也有三年了吧。」

在座有很多人都還記得明智小五郎，眾人自然地熱烈聊起關於他的回憶。有人甚至斷言：「如果明智小五郎現在人在日本，一定可以輕而易舉地逮捕蜘蛛男。」就連赤松總監也對明智這個奇人的種種傳說產生興趣，不時插嘴。因此關鍵的會議反倒暫時停擺，眾人盡情聊了一番往事後，才在刑事部長的提醒下重新開始嚴肅的會

1 指的是收錄在本全集（指光文社出版的《江戶川乱步全集》）第二卷的《一寸法師》（大正15年～昭和2年）事件。

議。

過了一會，工友拿著一張名片從隔壁房間進來。

「這位先生要求面見O先生。」

刑事部長O氏不耐煩地接下名片瞄了一眼，旋即滿臉驚愕，

「這太不可思議了。這太不可思議了。」

他咕噥。

鑑識課長狐疑地探問究竟。

「不是別人，正是我們現在談論的明智小五郎本人來了。」

O氏說著，把名片對著總監放到桌上在印刷的姓名旁邊有著潦草的鉛筆字跡：

「關於所謂的蜘蛛男事件。」

上面如此寫著。

「不如乾脆把明智君請來這裡吧，也許他有什麼好意見。」

O氏看著總監說。

「也好。既然你們都這麼信賴他。」

總監對明智這個男人極感興趣。況且，他還是政黨出身、百無禁忌的政治家[1]。

「帶那位先生過來。」

刑事部長如此命令工友。

1 當時的警視總監是文官高等考試及格的高級官僚，但多半在就任警視總監前後擔任官選的縣知事或市長，或在警視總監引退後成為貴族院議員，官僚與政治家的區別很曖昧。尤其是在《蜘蛛男》連載開始前在任的第31任警視總監（在任期間為昭和2～4年）宮田光雄，於大正九年當選眾議院議員，大正13年被天皇敕選為貴族院議員後就任警視總監，因此極可能是亂步筆下赤松總監的模特兒。赤松總監在《獵奇的結果》中也曾出現。

驚人的騙術

不久，身穿立領白衣配白鞋、外貌不似日本人的明智小五郎打開總監辦公室的房門進來了。

「明智，好久不見。你幾時回來的？」

O氏起身走過去，拍著老友肩膀問候。

「今早剛抵達東京。不過，我早已從新聞報導得知這次事件的來龍去脈。」

明智小五郎如此回答後，轉身走向總監辦公室的主人，彬彬有禮地致意。

在場眾人簡單地互相介紹後，O氏立刻切入正題。

「對了，你之所以來這裡應該是對這起事件有什麼看法吧？老實說，我們現在就是在與總監商量此事。」

「我想我也許可提供各位些許參考。不過我的材料都是從新聞報導來的，難保沒有什麼重大誤差。況且在我能夠做出確定的結論之前，還有點時間，所以我想先請教波越先生兩三個問題。」

「時間是問題嗎？」

O氏狐疑地反問。

「對，只要等個二、三十分鐘就行了。在那之前我無法驟下斷語。」

「你在等什麼？」

「我在等某人打來的電話。老實說，我已安排好讓對方打來這裡的刑事部長辦公室。」

「有意思，那我們就等一等吧。你儘管問波越，別客氣。」

警視總監對明智不尋常的話語深感興趣，態度非常隨和。

在明智明快的詢問下，波越也對答如流里見芳枝的石膏像事件、絹枝的水族館事件、富士洋子的電影咯血事件、洋子在O地出外景時的綁架未遂事件、洋子在K片廠內的綁架未遂事件、洋子在K宅的假人調包事件、麴町區R町空屋內的驚魂記等等，最後明智小五郎終於得以明確掌握關於蜘蛛男的一切。波越也提及標明四十九名殺人候補者住址的東京地圖。還有，就連在K宅列出的那張假人調包前後同室者名單，也自記事本取出給他看。

「這起事件打從一開始就詭異萬分，不斷發生常識難以理解的古怪事件。」

明智面對警視廳的一干高層主管，像美國人一樣快活地開始陳述他的意見。

「比方說，平田東一如何自博士家消失，凶賊的預告信如何出現在密室以及波越警部的帽子中。在O地出外景時，偽裝成演員的凶賊是何時自車中消失的。扮成白髮老醫生的凶賊又是如何逃出暗棚。在一直有人監視的室內，富士洋子是怎麼變成假人的。最後，受傷的凶賊為何能夠那樣徹底地消聲匿跡。這一切，諸位不認為全都是不可能做到的事嗎？」

明智說到這裡稍微打住，整理思緒後，繼而露出嘲諷的微笑又說：

「我們無法認同如同怪談的詭異之事，也沒道理相信不可思議的事。這世上並不存在任何『不可能的事』。如果真有那種事，背後必然隱藏著某種巧妙的騙術。警方對小小的騙術已司空見慣。可是一日碰上驚人的大騙術，反而視而不見。那就好比在船艙中看得見行李搖晃，卻看不見船隻本身的搖晃一樣。這次事件的騙術太明目張膽、太光明正大，而且技巧單純到可笑的地步，反而能夠唬住你們這些老練的犯罪專家。因為你們壓根沒想到，會有那麼荒謬的事。好比說就算警視總監持槍搶劫，又有誰會去懷疑他呢？」

這個不倫不類的比喻，就連豪爽的赤松氏都目瞪口呆，忍不住插嘴：

「怪了、怪了，你到底想說什麼？」

「我是說凶賊同時也可能是名偵探，天底下再沒有比這招更單純而且安全的騙術。」

「如此說來，你……」

舉座的視線都集中到明智，因為他將說出的意見實在太匪夷所思了。

「當然正如各位的想像。我幾乎已確信不疑，但是目前還無法完全確定。啊，不好意思，那通電話應該是找我的吧？」

電話鈴聲響起，總監自己拿起話筒。

「什麼？找刑事部長？不是，要找明智先生？是誰打來的？」

總監猶在向接線生確認，明智已等不及了，

「好了。那就是我剛才提過會打給我的電話。請把話筒交給我。」

說著，他走近桌旁，自總監手上接過電話。

「野崎先生嗎？我是明智。之前那兩件事你弄清楚了嗎？……嗯，在腹部……然後呢……啊，腿部毫無異狀……那你沒讓對方發現吧？沒問題嗎？那好，我立刻過去。請你好好盯著他。如果有狀況，你就打電話過來。那麼，待會見。」

喀擦掛上電話的明智，將白衣包裹的修長雙手撐在桌上，他環視著眾人，以確定的語氣報告：

「各位，再也沒有任何疑問了，我的想像完全正確。」

種種騙術

然而，眾人仍無法理解明智真正的意思，以總監為首，尤其是波越警部，只能乾嚥口水等待明智說明。

「其實已經用不著我說明了，各位不妨先從這點開始思考。」明智開始敘述，「在O地拍外景時，凶賊載著洋子駕車逃逸。波越先生隨後追上。凶賊在某個地點消失無蹤。這是不可能的事，但在這種情況下只有一個人能夠代替凶賊。還有，富士洋子本來躺在K宅的床上睡覺，卻在神不知鬼不覺中變成假人。根據波越先生列出的名單，這段時間一直都有人盯著，隨時都有兩人以上的陪伴者。但在護士被遣走後，只剩下波越先生與畔柳博士，他們曾經輪流去樓下的洗手間，所以在那時候只剩下波越先生或畔柳博士其中之一。如果要懷疑，只能懷疑這一人在場的時候。如果那個人自窗口放下繩梯，讓同黨爬上來帶走洋子小姐，那是輕而易舉的事。可是，波越先生不可能是蜘蛛男。如此一來，就只剩下一個人。凶賊的預告信也是同樣情形。要如何才能把信放進密閉的房間？當然是發現的人事先放在桌上，然後再封閉房間，除此之外毫無可能。這個想法可以應用在這次事件所有的情況上，用不著我一一說明。所有的場合，都有某個人在場，而且能夠這麼做的，也只有那個人。我這個想法應該很合理吧？而某個人，不需多說，當然是畔柳博士本人。」

「那麼你是說他調查自己犯的罪，自己追捕自己嗎？」

刑事部長O氏一臉困惑，繞口令似地道。全場哄然大笑，難以形容的奇妙笑聲充斥在總監辦公室。

「很滑稽。極端的錯誤與大膽的詭計向來總是滑稽的。不過，這是多麼令人戰慄的滑稽啊。」

明智制止眾人的笑聲後如此說道。

「可是，我還有無法理解之處。」唯有波越警部沒笑，他反駁明智：

「誰都知道畔柳博士穿戴義肢，可是凶賊卻像飛毛腿似地健步如飛。」

「很好，就是這一點，這是個前所未聞的巧妙騙術。世人深信他身有殘疾，他也總是盡量把義肢展示出來。他在談話中不停敲打義肢的毛病是出了名的，這不是在宣傳義肢是什麼？先這麼做之後，他一方面努力提升自己身為犯罪學者、業餘偵探的名氣，另一方面，卻拿那個名氣當保護色，幹盡各種壞事。鑽研犯罪學和偵探學，不也就等於鑽研犯罪本身嗎？只要利用名偵探的頭腦做壞事，必然能夠成為大犯罪家。

他為何能在長達數年之間，維持這種騙術？

他靠的是強烈的意志力，他真是令人敬畏的天才。可是，這樣的大犯罪家終究也落入我們手中了。他正在自家寢室昏昏沉沉地陷入不自然的昏睡，幾個小時之內絕對醒不過來。」

原來如此，原來如此，這下子總算明白明智不急著逮捕犯人的理由了。

「我還有一點想請教。」波越繼續追問，「畔柳氏在這次的事件中，除了與我一同行動外，幾乎終日待在書房，難得外出。博士家的僕人們和野崎也都很清楚這點。可是蜘蛛男卻不停穿梭各地，否則他無法做出那麼多壞事。其中一個例子就是，蜘蛛男曾將里見絹枝的屍體運至江之島。可是野崎說，那晚畔柳氏待在浴室（應該說是博士的冥想室）沒有離開一步。這點又該如何解釋？」

「我也在報上看過那個浴室的事。老實說，我的推理，就是以這不可思議的浴室為出發點。據說博士把那裡稱為他的夢想殿堂，對於一代名偵探來說這實在是太合適也不過的想法了。這真是非常高明的障眼法。他利用這個巧妙的藉口，把浴室上鎖，不讓別人看到入浴中的健全雙腳。同時，他所謂的夢想殿堂，其實還有另一個更重大的意義。」

明智望著掛在某一邊牆上的大型東京地圖說道：

「這裡有一份詳細的東京市地圖。不過，即使把地圖掛在眼前，除了調查某個未知的地址時，其他時間我們很少會利用。誰也不會在地圖上，再次確認已知地點的正確位置。可是，有時候這件事非常重要。例如，畔柳博士家所在的麴町區G町和那棟空屋所在的麴町區R町兩者之間的關係，就非得藉由地圖才能理解兩者之間真正的關係。當我透過報紙得知博士家與那棟空屋所在的町名，確認二者在同一區內相隔不遠後，我就開始懷疑，這其中是否有何特殊意義。

自東京車站下車後，我去書報攤買了一份東京地圖，在候車室，確認G町與R

町的關係。正如各位所知，這兩個町中間夾著一個N町背向平行。自G町前往R町必須先經過N町，得繞上一大圈，路程算起來應有四、五町距離。這四、五町的想法正是錯覺的來源。人人都認定G町與R町相隔四、五町之遠，然而若確認兩者在地圖的位置，兩町在某處不僅沒有相隔四、五町，甚至連一尺一寸的距離都沒有。換言之，可以發現有些地方是完全相接的。不信的話，請看這裡。」

眾人朝明智指的地方一看，果然如他所言，正好就在博士家附近，有一個屬於G町的地點呈凸字形地朝R町突出，自背後連接R町，居中的N町在那裡稍微中斷。

「想必以前在界定町名時，發現畔柳博士居住的宅邸由於占地狹長比其他住宅朝後方突出，可是一棟房子又不可能分別掛上兩個町名，因此才會形成這種不規則形狀的町地。換言之，博士家的後院細長突出，正好連接了R町某棟房子的背面。為了確認R町那棟房子在哪裡，我從車站直接前往R町。果然不出我所料。我發現與博士家背向相連的房子正是那棟命案空屋。」

全場聽眾一同對今天剛抵達東京的明智這種細致又敏銳的觀察力，發出贊嘆之聲。

「如此說來，倘若畔柳博士就是那棟空屋的幕後屋主，要從博士家闢出一條秘密通道前往空屋，那真是易如反掌。或許是地下通道，總之只要一調查便能弄清楚。換言之，犯人讓大家以為他蟄居家中，實際上已從後方的空屋自由外出，幹下千變萬化的惡事。為了不讓人發現那條秘密通道，犯人打造了一間特別的浴室，美其名為夢想殿堂，想出了泡澡得泡上幾小時的藉口。然後他白天從那間浴室、晚上從寢室走秘密通道，前往R町的空屋。聽說他還把室內電話線從玄關拉進浴室，以便有急事時書生可以打室內電話通知主人。我認為那條電話線，說不定自浴室繼續延伸至空屋，好讓犯人在空屋幹壞事的同時，還可以假裝身在浴室，回答書生或下達命令。如果我是犯人，一定會這麼做。

想到這裡，那麼平田青年的離奇消失一事，自然也就有合理的解釋了。平田在博士宅內四處漫步之際，也許偶然發現了暗門，看到了那條秘密通道。也可能是看到了犯人不想讓人看到的——比方說喬裝道具之類的——東西。無論看到什麼想必都讓敏銳的不良青年大吃一驚，才會發出那奇怪的叫聲吧。博士察覺此點，當下便獨自跑過去，剝奪平田的自由，把他關進暗門中。事後可能再慢慢威逼利誘將他納為心腹。

確認空屋的秘密後，我再次折返博士家，將野崎助手叫到門外，報上我的名字，說明我的推測。為了確認博士與藍鬍子是同一個人，我想出一條計策。我把事先準備的瓶裝麻醉藥交給野崎，叫他偷偷潛進臥病在床的博士的飲料中，趁博士昏睡之際檢查義肢的真偽。不，不只是義肢，還有更清楚明白的事實。畔柳氏如果真的只是畔柳氏，他的傷應該在腿上。可是如果他和藍鬍子是同一個人，傷應該不在腿上，而在腹部或胸部。因為富士洋子說，她在那棟空屋拿短刀刺向藍鬍子的胸口。

接著我安排在這裡等待野崎的通知。剛才這通電話的重大報告證實我的猜測是正確的。畔柳博士根本沒有裝義肢，只是在健全的腳上套上看似義肢的道具，還有博士的腹部也的確有短刀刺傷的傷口。換言之，我已經證明，驚動天下的蜘蛛男就是名偵探畔柳博士本人。」

蜘蛛男對決明智小五郎

直接參與此案的波越當然不用說，就連總監與刑事部長也一樣，得知集全國上下之警力，竟還比不上一個剛剛旅行歸來的市民只花費一天的努力。他們對此刻在他們眼前和顏悅色、謙虛自持的明智小五郎面前，簡直是無地自容。乍聽之下，這是多麼單純，就像騙小孩一樣的明瞭事實，可是正因是單純的騙小孩把戲，他們才會徹底上當。

畔柳博士演的是一齣獨角戲。他是如假包換的博士也是犯罪學家，同時他又犯下罪孽並且自己揭發，難怪他會成為名偵探。天底下哪有人會自己調查自己犯下的罪行？就是這點令老練的警察諸公產生錯覺。他們認為再怎樣都不可能有這種事，所以壓根不曾考慮過那個方向。

「了不起，不愧是明智先生。」

豪爽的赤松總監打破眾人的尷尬沉默，咚地拍桌大喊。

「如果這是一個無名市民的意見，我們可能會為了所謂的警察威信大傷腦筋，但是對象是明智的話就沒這個必要了。我們就算將明智的推理公諸天下，也沒什麼好丟人的。不過，撇開那個不談，既然已知道凶賊是誰，為了避免再次失敗，還是得盡快逮人才行。波越，這當然是你的責任嘍。」

「不，不用著急。麻醉藥的效力應可持續幾小時。況且縱使犯人醒了，據說他現在非常虛弱，想必也無法迅速逃走。過去是因為有博士宅邸這個方便的藏身之處，可是秘密既已曝光，他應該無處可逃了。」

明智從容不迫說道。然而，就算是再厲害的名偵探也不見得毫無錯誤。他似乎有點疏忽？雖然，畔柳博士目前的確是個病人，但是敵人不只博士一人。還有平田東一這個雖然只是不良少年、但是幹起壞事來就像天生的壞胚子似地機敏狡滑的手下。難道這傢伙不會有什麼陰謀詭計嗎？筆者不禁與讀者諸君一同為我們的明智小五郎感到憂心。

此事姑且按下不提，之後，在波越警部的指揮下，動員了十幾名警官組成隊伍，駕駛汽車和摩托車，火速出發逮捕蜘蛛男。明智也獲得許可加入行動。

一輛汽車上載著波越警部與明智小五郎及三名便服刑警。

「平田那小子，沒事的時候八成一直躲在那條秘密通道裡。今天一定要把那小子也一起逮捕歸案。」

波越激動得臉色慘白地哆嗦著雙唇，自言自語。

聽到這句話，明智渾身一震轉過頭來。

「啊，平田。……我該不會疏忽了吧。……波越先生，你知道博士家的電話放在哪裡吧？有特別專用的電話間嗎？」

「不，沒有電話間。我記得只有書房有一具桌上電話。不過，您為何問這個？」

「書房與寢室當然是相鄰的吧？」

「那當然。」

「野崎的聲音也許太大了。……雖說如果有什麼事他應該會打電話來，但是他沒打電話來，就能保證一定沒發生任何事嗎？……司機先生，請你開快一點。二十哩？照法定速度行駛絕對來不及。這是警方辦案，管他是三十哩還四十哩，請你全速前進！」

汽車漸漸加速。

兩輛汽車及數輛摩托車，沿著堀端大道，迅如砲彈地飛快前進。

在明智的提醒下，其中一隊人馬為了謹慎起見先繞到R町空屋，以波越警部為首的一群高手則衝入博士家。沒想到一闖進去一看，這是怎麼回事？玄關旁的書生房間竟然不見書生人影，女傭也不在女傭房。寬闊的宅內悄然無聲猶如空屋。

「寢室在哪邊？去寢室！去寢室！」

就連明智這下子也異常狼狽地大喊。

眾人殺到博士的寢室。

帶頭的波越警部擺出防備架勢地打開寢室的門。

純白的床鋪，惡賊在床上沉睡著。

然而，面對這孤立無援的敵人，波越卻躑躅不前。到昨天為止還被他視為唯一戰友並肩作戰的畔柳博士，現在卻已變成凶惡殘忍的蜘蛛男，一想到那傢伙就在這純白被單底下熟睡，某種難以形容的感情，令波越的身體麻痺。

明智撥開眾人，飛奔上前。他直接衝到床邊，猛然掀起被單。

「糟了！」

明智的叫聲，令眾人的視線集中到床上人物。

那裡躺的不是畔柳博士也不是蜘蛛男。取而代之的，是被五花大綁動彈不得、嘴裡也被塞住、頹然躺臥的野崎三郎。

而且，在他的上衣胸前，用別針別著一張紙條。內容照例又是蜘蛛男的嘲笑。

野崎能撿回一命，就當是老子慈悲為懷。縱然你們使出千方百計，老子也不會上你們的當。蜘蛛男無論遇上任何事，該做的還是會做。你們最好小心點。

該死的明智，咱們走著瞧。

遣詞用句和筆跡都和之前的不同。明智猜得沒錯，平田青年躲在暗門後面，聽到野崎講電話，當下察覺情況不妙，於是把昏睡中的博士帶走了。並且，肯定是他模仿博士平日的做法，留下這封信。

解開嘴裡和身上的繩索，終於鬆了一口氣的野崎開始說明。

「給您打完電話放下話筒後，我立刻被人從身後挾制。由於我一時大意，還來不及抵抗，就已被窩囊地捆綁起來。綁我的人就是平田東一。不用說，當然是他把博士帶走了。」

好了，讀者諸君，故事自此將進入第二階段。蜘蛛男的身分已經被揭穿，但是縱然秘密曝光，戰鬥並未終止。他成功搶先名偵探明智一步，神不知鬼不覺地消失了。而且還放話，「該做的還是會做」。那應該就是四十九名殺人名單的可怕計畫吧。

蜘蛛男對決明智小五郎，一個是前所未聞的學者殺人魔，一個是史上罕見的業餘名偵探，由這兩人領銜主演的大戰必然可觀。

M銀行麴町分行

所有僕人被關在自門外上鎖的小房間裡。

「博士命令我們全都到這個房間集合，我們照辦之後，就有人突然從門外上鎖。」

面對波越的質問，書生一臉茫然地回答，他們除此之外一無所知。

不久明智便發現了秘密通道。眾人手持蠟燭，走進那條黑暗的小通道，盡頭正是R町那棟空屋。當然無論是秘密通道或R町空屋，就連一隻貓也沒有。兩名犯人肯定早在警官隊抵達R町之前就已逃之夭夭，因為他們有充分的時間。眾人不得不悵然折返博士家。

「這下子我等於是功過互抵了。」明智對這個嚴重失誤氣得滿臉通紅，大聲怒吼，「揭穿蜘蛛男真面目的是我。可是，無視平田東一的存在，忘記野崎講電話的聲音也許會被潛伏在秘密通道中的他聽見，疏忽了這個重點的也是我。等於是我縱容他們逃走。可是……」

明智雙手插進滿頭亂髮苦惱地抱著頭，繞著房間每個角落，忙碌地來回踱步。

「可是，可是。」

他狠狠地瞪著眼前的空間，為了試圖自大腦底層揪出某種念頭而苦悶。

包括波越警部在內的一干警察，全都不知所措，只能茫然看著明智像動物園的熊一樣走來走去。

「啊，對了，說不定——」明智突然捕捉到一個想法。

「書生在不在？把這家的書生叫來。」

一名刑警自玄關把書生拉來。

「我問你，你去過銀行跑腿嗎？你知不知道畔柳博士常來往的銀行？」

「我沒去過，不過我想博士應該都是用M銀行麴町分行的支票。」

書生回答。

「立刻打電話去那家銀行，把負責的行員給我叫來。快點！」

明智急躁地跺足下令。

書生立刻查出電話號碼，一把抄起桌上電話的話筒。但是，電話這玩意是很可惡的調皮鬼，碰上這種緊要關頭偏偏一直在佔線中❖1。書生等不及，幾乎每隔三十秒就拿起話筒，可是每次都鈴—鈴—壞心眼地佔線中。

「銀行很遠嗎？」

1 大正12年東京大地震發生後，日本的電話開始引進自動交換方式，到了昭和2年，二號桌上型電話機登場。過去必須把電話號碼告訴接線生委託接線生找人，這時候機器已可直接連接電話。文中「鈴—鈴—壞心眼地佔線中」這段描寫想必就是指這種情形。

「非常近。頂多十町路。」

「那麼，開車去吧。那樣更快。」

明智向書生問明麴町分行的地址後，二話不說就衝出玄關。

波越與兩、三名刑警隨後追上，跳上在門前等候的警視廳專車，接著明智大聲吼出目的地。

一步之差

故事得回到二十分鐘前。

把野崎綁在床上，將傭人全都關到小房間後，平田青年抱著被下了麻醉藥後昏昏沉沉的畔柳博士，將他安置在R町空屋的房間。再從附近車庫開出他們只有做壞事時才使用的秘密汽車，把博士放到車上，就此拋下這長期利用的老窩出發了。對博士而言，這個老窩已毫無留戀之處。因為那些土地和房子都已被他拿來做雙重甚至三重抵押，化為龐大現金，而那些現金已經全數投資在某項大規模事業上。至於是什麼事業，不久應該便有機會向各位說明。

「可惡，終於被察覺了。只可惜他們動作太慢了。真是一群笨蛋。」

平田邊開車邊嘀咕。

問題是該往哪逃才好呢？博士還在昏睡，所以無法商量。以博士莫測高深的本領，肯定另外準備了別的巢穴，但是他尚未對平田透露那麼多。

「博士，博士，你醒一醒。」

他任由車子緩慢前進，一再向後伸手搖晃博士的身體，但博士軟綿綿得不省人事。

「啐，沒辦法，只好能走多遠就先走多遠吧，反正到時老大自然也會清醒。不過重要的還是零用錢。這種節骨眼上錢比什麼都要緊，況且等到警方發布通緝後就會一毛錢也領不出來了。」

眼前就是M銀行麴町分行了。平田停好車將博士留在車上，自行走上銀行石階。這個精明的不良青年唯獨沒忘記自博士的小保險箱中取出存摺和博士的印章。為了之前提到的大事業，大部分的存款都已被領出，不過存摺裡大約還剩一萬圓。

幸好客人不多，在提領現金的窗口領到成捆紙鈔只費了短短十分鐘左右。不過那十分鐘之內，平田一直提心吊膽著。

他坐在窗邊的長椅上，不停注意外面的馬路。宛如死人般躺在車中的博士，該不會引起路人的懷疑吧？他現在只擔心追捕的大批警察會不會突然自街頭彼端出現。

此外，打來銀行的電話也是他心頭大患。雖然覺得警方的動作不可能那麼快，但是每次電話一響，他就不得不豎起耳朵仔細偷聽電話的交談內容。

驀地回神，身穿金線制服、刑警退役的守衛正瞪著他看。

「哎呀呀，這樣不妙喔。畏畏縮縮的只會惹人起疑。要鎮定，要鎮定。」

他這麼告訴自己，故作坦然。

「畔柳先生。」

突然被行員叫到時，正魂不守舍地想著其他事的平田，猛然跳起，差點沒頭沒腦地就想往門口逃，但他總算及時回神停下腳步。

在窗口領到成捆的百圓紙鈔之後，他當然也沒細數，一把塞進口袋，就慌慌張張地出去了。

沒有任何異狀，沒有人從身後叫住他。車上，畔柳博士也依舊悠哉昏睡。

他四下張望了一下，除了他的車子還停著兩輛空車。司機坐在陰涼的簷下，一人抽菸一人打瞌睡，什麼事也沒有。

就在這時，迎面駛來一輛大型汽車，猛然停下。才見數名西服紳士自車中出現，緊接著他們已十萬火急地衝上銀行石階。

平田不只不認識明智小五郎，就連波越警部也不認得。但是，雖然剛才那數名紳士沒穿制服，他卻一眼便可看出是警方的人馬。

「真是一步之差。老大的運氣還真好。」

他已經握著方向盤，車子疾駛而出。

轉頭一看，剛才的那群紳士並排站在銀行門口朝這邊張望，穿制服的守衛正比手畫腳。

「好，要賭命嘍。那輛警車一定馬上就會追來，在汽油用光前就來一決勝負吧。」

神乎其技

彷彿世界末日降臨的大地震和大雷鳴中，窩囊的現實朦朧浮現。他被關在狹小的箱子裡，乒乒乓乓地搖晃個不停。從方形玻璃望出去，可以看見發出刺眼白光的市區街景，形成條條黑白光影倏忽飛去。

畔柳博士費了數分鐘才意識到，自己正在汽車後座上。之後，又費了好幾倍的時間，才理解從自家床上到這街上的汽車之間的因果關係。

駕駛座上，可以看見弓著背專心凝視前方的平田背影。

「可惡，我們正被人追趕，是吧。」

他幾乎是反射性地自後車窗向後望。那裡，冷清大馬路的半町遠外，可以清楚看見有輛大型警車，正氣勢凌人地追趕而來。

「喂，到底是怎麼回事？出了什麼事？」

「露餡了。一切都毀了。出現了一個可怕的傢伙。明智小五郎自國外回來了。……然後，一切都被他看穿了。」

平田沒放慢速度，緊抓著方向盤回以怒吼。

「他在後面那輛車上嗎？」

「應該是。總之車上都是警方的人。」

「我怎麼會不知道？啊，我睡著了是嗎？有人對我下藥吧？」

「是野崎。八成是那傢伙讓您吞了什麼。」

「我懂了、我懂了。是明智小五郎串通野崎耍花招唬弄我。可惡。」

緊急事態令他的意識豁然清醒。他迅速擠到駕駛座，代替平田開車。

「事到如今，您還以為逃得了嗎？」

平田目瞪口呆地大叫。他早已經完全絕望了，只不過是聽天由命地繼續駕駛。

「你在說什麼傻話。你能體會我的心情嗎？我現在非常愉快，甚至覺得這個世界愈來愈有趣了。你說明智小五郎？哼，他能有多大的本領？……我啊，老早就想好好會一會他了。」

博士莽撞地加快速度，車子不時脫離地面，騰空飛起。

「哇，我受不了了，這樣會死人的。」

平田發出哀號。

每次彎過街角，只見兩車的距離愈拉愈大。追趕者是領薪水開車的公務員，當然敵不過拚命飆車的瘋子。

「您的身體沒事嗎？」

看樣子總算有希望脫離危機，平田這才注意到這個問題。雖說傷口早已痊癒，畢竟是直到不久前還臥病在床的人，這麼驚人的活力是打哪來的？該不會是真的瘋了吧？平田不禁有點擔心起來。

「你來接手，不過，還不能安心。」

博士對他說的話充耳不聞，交出方向盤後，鑽進後座把頭伸到椅墊底下，開始拚命翻找東西。

在那椅墊下居然有個衣箱，裡面準備了喬裝用的各種假鬍子、假髮、衣物用品。

博士從中取出小鬍子和眼鏡，迅速改變容貌，脫下原先穿在身上的麻質睡衣，換上工人穿的棉袍。

這時汽車底下傳來古怪的聲響接著開始奇怪地搖晃了起來。

「咦，爆胎了。」

平田臉色鐵青地回視博士。往後一看，雖然拉大了距離，敵人仍在兩町外執拗地緊咬不放。

「沒關係。繼續彎過那個轉角，趁他們看不見時，立刻跳車。快點！快點！」博士怒吼。

車子發出刺耳的聲音，彎過那個街角後緊急煞車，兩人跳出車子。他們躲進車子無法駛入的小橫巷。

這是個冷清的住宅區，所以拔腿飛奔也沒人喝止。兩人手拉著手，飛奔過一條又一條橫巷。

「這是老大的錢。」平田自內袋一把抓出剛才領的一半紙鈔，邊跑邊叫，「我也留一點。好了，我們分手吧。這樣一起跑，只會惹人注意。」

「你以為能逃到哪去？敵人可是開車追來的，無論前後都已無路可逃。憑你一個人絕對逃不了。你不跟著我就完了。」

「那，我們要去哪裡？」

「去那裡。那是唯一的方法。成敗在此一舉，我們要像子彈一樣衝進去。」

穿過小巷盡頭，兩人來到寬敞大路。大路上有派出所，兩名巡查站在門前正在說話。

「不行！老大你瘋了嗎？那是派出所耶！有警察啊！」

「振作點，就是派出所才要衝進去，就是有警察才要撞上去。你最好學起來。真正的惡棍是怎麼做的。要這樣！」

博士拽著平田的手，從旁朝著派出所埋頭猛衝。

只見兩個人肉子彈撞開站著說話的巡查，一股腦衝進派出所內，下一瞬間已遁入敞開的木門深處裡那三張榻榻米大的小房間。

兩名驚愕的巡查嚷嚷著，連鞋也沒脫就衝進同一個小房間。當然是為了捉拿這兩名意外出現的可疑人物。

博士二話不說就把隔間的木板門關上，阻斷兩名巡查的退路，自工人服口袋掏出手槍。

「誰敢抵抗就要誰的命。我是名聲響亮的『蜘蛛男』。知道了嗎？我可是任何事都做得出來的壞蛋。你們不妨想想自己的老婆孩子。……對對對，就是像這樣把手舉起來。這是面對手槍時唯一的做法。」

怎會有這種事？光天化日之下竟在派出所內發生持槍威脅警察之事。縱使兩名巡查再怎麼勇敢並且盡忠職守，恐怕也被嚇破膽了。因此就算被自己的捕賊繩索給五花大綁，也絕非日本警察之恥。

不久，下了車的追捕者，以明智小五郎和波越警部為首，來到那個派出所前面時，只見派出所門口的紅色燈泡下，戴著眼鏡留著黑色小鬍子的白衣巡查把帽簷壓低到眉間，忠實地監視馬路。後方桌前，縮著身子的年輕巡查，正在起勁地查閱東西。

「我是警視廳的波越，剛才有沒有兩名可疑男子結伴經過這裡？」

站崗的巡查行個舉手禮回答：

「長官，是年約四十身穿工人服和年約二十身穿西裝的兩人嗎？」

這是多麼厲害的魔術師啊。不僅是容貌，連聲音都沒有暴露出此人其實是畔柳博士的蛛絲馬跡。

「沒錯、沒錯。他們往哪邊走？」

「往這頭，在一、二、三，第三個街角左轉。他們看起來好像非常慌張。」

「糟了。他們往完全相反的方向逃了。為了以防萬一我先告訴你，那個四十歲的男子，就是著名的『蜘蛛男』。如果他回到這一帶，你可得毫不留情地逮捕他。」

「啊，就是那個人嗎？」派出所巡查非常吃驚地喊著，「那我去追他！」就想衝出去。

「不，你留在這裡。我們人手已經夠了。」

眾人十萬火急地朝巡查指的方向跑了。一陣狂風吹過後，路上連個人影也沒有，四下悄然無聲。

「高明、高明。」待在派出所內的巡查慢吞吞走出來，贊嘆老大的機智，「那，我們就這麼慢條斯理地往反方向出發，是吧。」

畔柳博士偽裝的站崗巡查默默邁步走出，平田假扮的青年巡查，跟在後頭，任由佩劍喀喳喀喳地發出聲響。

「以這種打扮就算混在警官隊裡面也不用怕了。他們八成會以為我們是其他警署的巡查，根本不會注意我們。」

平田被這少見的冒險行動逗得大樂。

骸骨的用途

就在那數日之後。

天色已晚，某間名叫S，大規模經營醫療器具和博物標本，位於本鄉的店，出現了一名隱約帶著貧民區開業醫師氣質的中年西服男子。喀什米亞羊毛上衣搭配白色西褲，頭戴有點骯髒的巴拿馬草帽，打扮得很平實低調。

掌櫃一上前接待，男人辨便從口袋取出土氣的大型名片遞上，此人的身分是醫學士大場道夫。這位大場氏不時使用專業術語，告訴掌櫃他想買人體骨骼的標本。

「不瞞你說，我最近更動了一下診療室的裝潢，是走古典風格，所以我想放點唬人的裝飾品。沒事，只要有骸骨的形狀就行了。只要是真正的人骨，無論男女甚至手腳的國籍不同，我壓根不在意。」

「是，我知道了。現在店內正巧就只有那麼一具，您要看看嗎？」

於是大場氏在掌櫃的帶路下進入展示間。昏暗的展示間角落，放著不知是哪一國重刑犯的遺骨，只見木製台座上有具頭部以銅環吊起的人體骸骨，正隨著外面大馬路的電車聲響，微微震動。不知是哪裡的骨頭互相摩擦，發出磨牙似的詭異聲音。大致看過實物後，大場氏立刻決定買下那具骸骨。

「那麼今明兩日之內便會送到府上。」

「不不不，用不著費那個工夫了。我的車子還等在門口，如果能現在立刻替我打包，我可以自己抱回去。我有點急著裝潢。」

雖然掌櫃說「那樣未免太失禮。」但這個古怪的開業醫師堅持一定要抱著骸骨回去，最後還是命人立刻包裝。

不久，細長的白木箱子搬上門口的汽車，大場醫學士也上了車，離開該店。

那天深夜，將近十二點時，白天那位大場道夫穿著同樣的西服，再次令人意外地現身在郊外冷清火葬場的門前。手上拎著一個大布包。

「是博士嗎？」

黑暗中傳來聲音，一名青年在昏暗的門燈下朦朧現身。各位讀者，那個青年竟是平田東一。就是日前與蜘蛛男亦即畔柳博士一同喬裝巡查，順利脫離危機的那個不良青年平田。哎呀呀，再這麼一看，所謂的開業醫師大場醫學士，不就是那個畔柳博士喬裝的嗎。這個怪人到底精通多少種喬裝術啊？他那每次都能從五官到身材徹底變成另一個人的本領，令人只能為之驚嘆。

「一切順利嗎？」

化身為大場醫學士的畔柳博士小聲問道。

「沒問題。值夜的老頭已被我照例用那種藥迷昏了，四、五個小時之內都會不省人事。」

「佩服、佩服。對了，那具死屍沒問題吧？應該沒燒掉吧？」

「我可是給了五百兩賞金，火葬場管理員二話不說就答應了。屍體原封不動。喂，助伯，這就是我之前說的那位老爺。」

被稱為助伯的管理員，自黑暗中畏畏縮縮地露臉。

「你在窮緊張什麼，我們絕不會給你惹麻煩的。就算偷走屍體，也已準備好替代的骸骨。只要在明早之前燒好，絕對不用擔心露出馬腳。博士，那具骸骨沒問題吧？」

博士默默甩動手上拎的包袱給他看，扣扣扣地響起骨頭撞擊聲。不消說，那正是他白天偽裝成開業醫師自S店買來的人骨標本。台座自然不用說，就連頭部和關節的銅環也已拿掉，只剩下一堆骨頭包在包袱中。

「是真的人骨嗎？」

臉色發白的管理員，猶不忘精明地確認。

「你可以自己看。」

博士掀起包袱一角給他看。管理員從那裡抽出白色棒狀之物，檢視了一會，似乎確定那不是贗品，又默默放回去。

「那麼，我就硬著頭皮放手去幹了，所以約定好的東西……」

「哼哼，你可真精明。要訂金是嗎？」

博士不當回事地取出皮夾，付給他事先約定的金額。

門鎖已事先取下。看門的老頭被麻醉藥迷昏陷入熟睡，不用擔心被人發現。由助伯領頭，三人走入火葬場內。

空蕩蕩的建築物內，被昏暗的電燈這麼一照，只見鐵門緊閉的爐灶並列。

管理員在其中一扇門前止步。想了一會兒，突然朝博士兩人轉頭，一臉扭曲，囁囁嚅嚅地想說什麼。

「沒什麼好怕的。把門打開。」

博士強硬地下令。

「去他娘的！」

只聽見助伯自暴自棄地大吼，緊接著己打開灶門，可以看見白木棺材占滿整個灶內。三人合力拖出棺木放到外面地上後，再把那個包袱扔進去。骨頭之外的東西會完全焚燒不留痕跡。管他是棺材還是包袱巾，都不用在乎。

二十分鐘後一切結束了。助伯匆匆離開準備去痛飲一場，好讓自己忘記罪孽就此睡去。所有的門都慎重鎖好了。彷彿沒發生過任何事似地，火葬場的建築物在闇黑的廣場中央，一片死寂。

屍體的變裝手術

距離火葬場約有一町的林蔭深處，停著一輛熄滅車頭燈的汽車。在車旁蠢動的人影是畔柳博士與平田青年。他們隔著放在地上的白木棺材低聲交談。

「您弄來這具死屍，到底打算做什麼？我老是按照您的命令行事，卻不知道您的真正目的。」平田問道。

「怎麼，難道你到現在還不明白嗎？」

博士目瞪口呆地說。

「我多少猜到了一些，可是您忽然變成這種膽小鬼好像有點不大對勁。」
「膽小鬼？看來你好像哪裡誤會了。你說說看，你是怎麼想的。」
「您打算死掉，要自殺，對吧？換言之，這樣就能永遠得救了，對吧？」
「蠢貨，所以你只能當個平庸的惡棍。你根本不了解我的想法。沒錯，明智小五郎這個男人的確是個有點小聰明的傢伙，但是我只是嫌他礙事。我並不怕他。我可不會因為怕他，就偽裝自殺藉此金蟬脫殼。」
「要不然，這具屍體要拿來做什麼？」
「當然是讓他扮演我的屍體，不過我可沒說要用這招來逃走，這才是重點。聽好，你只是雞鳴狗盜，只是殺人犯，我可不一樣。你懂藝術這個字眼嗎？殺人這碼事，比任何藝術更為藝術的心情，你懂嗎？我一直對這件事心懷憧憬，我有著遠大的期望，我想創造更精彩更完美的藝術作品。」
「就是您之前提過的，四十九名女孩……」
「對。只有那樣才能稍微實現我一心憧憬的夢想，我正在積極為那件事做準備。為了這個創作，我已賭上地位、財產和生命。一般的傻瓜或許會嘲笑我，可是我這一生就是為了完成那件事才來到世上。沒想到，冒出明智這個多管閒事的傢伙開始協助警方。他實在太礙事了。我當然樂於迎戰那傢伙，但我現在有更重要的工作，沒那個閒工夫陪他攪和。所以我才想出這個先殺死我自己、姑且讓對方安心的辦法。」

「可是，我還是有些地方不明白，我可以打開棺蓋看一下嗎？」

「當然可以，事實上本來就必須在這裡打開。」

平田用修理汽車的工具撬開棺蓋，一手抓著手電筒朝裡面湊近檢查。

「整體感覺跟您相當神似呢。問題是臉部，就算死後本就多少會變形，但這樣他們會相信是畔柳博士嗎？無論是波越警部還是野崎，肯定會立刻識破這不是您的。」

「所以我們必須來一點震撼療法。你有這個勇氣嗎？」

「什麼勇氣？」

平田莫名地心頭一驚，回瞪博士在黑暗中的臉孔。

「我晚點會告訴你那個地點。我要你明天開車把這付棺材載到那個地方，把屍體扔在那邊再回來。不過屍體不能就這樣搬去，否則就無法當我的替身了，得動點手腳讓他可以勝任替身之職。」

「此話怎講？」

「我們必須改變這具屍體的外形。不只是臉部，在我側腹這個傷疤的位置也得加工。你做得到嗎？」

「哇，那種事可別找我。我跟您不同，我沒那種嗜好。」

就算是小惡魔也嚇得發抖了。他雖在利益及小惡魔的犯罪虛榮心驅使下，與博士狼狽為奸，但他沒有博士那種殘虐性。他不理解血淋淋的殺人藝術的箇中三昧。

「所以我才說現在就有必要打開棺材。如果你做不到，我來做給你看。你用不著那樣發抖，只是稍微有點怪味道罷了。」

已經死後僵直、固定成怪異形態的屍體，被博士扔到雜草上。在手電筒的圓光中，彷彿一具極為粗糙、醜陋的人偶躺在地上。

博士在黑暗中窸窸窣窣地不知在到處找什麼，最後，博士緊握楔形石塊的指尖，充滿威脅性地出現在燈光中。只見那隻手順勢上下晃動了兩三下後，旋即以驚人之勢，狠狠砸爛屍體的臉部。

兩名老人

話題一轉，來到距離新宿不到兩小時車程、位於北上奥多摩的青梅鐵道[1]沿線的H這個小村子。此地有多摩川上游的溪谷風景，更有潺潺水聲、綠葉涼風，是東京都附近難得一見的純樸山村。

在村外的僻靜處，有一間冬青樹矮籬環繞、用古意盎然的茅草鋪頂的屋子。屋

1 在立川－奥多摩（舊冰川）之間運行的鐵路。明治27至28年間，立川－日向和田間的青梅鐵道通車。之後逐漸延伸，昭和19年加上御嶽—冰川段同時也收歸國有，變成青梅線。

主是個溫雅老人，與燒飯的阿婆相依為命，看起來鎮日煮茶蒔花，安享悠哉餘生。

然而，就在四五天前，自東京都住進來一位美麗的姑娘。她並非老人的女兒，但也不是陪宿的浪蕩女子。據說是老人友人的女兒來此避暑兼遊山玩水。

越過後方田地走上半町路，地勢驟然變成深谷，數丈之下，便是多摩川的清流在石間洶湧奔流。就連寧靜村落的各個角落，都能聽見那水聲猶如成千上百的蟬聲嘶鳴不絕於耳。眼下溪谷的綠蔭深處，也可聽見清亮的鳥鳴。

女孩有時會一早便站在那個斷崖邊，引吭高歌村民鮮少聽聞的西洋歌曲。她的聲音在溪谷迴響，飄向遙遠彼端的綠蔭深處，裊裊消逝。

雖然她並沒有四處走動，但這是個小村子，都市來的姑娘很快便成為話題人物。

「那個女人長得跟電影明星富士洋子一模一樣，該不會就是她本人吧？」

附近車站的年輕站務員頭一個注意到這點。

「說到富士洋子，聽說她被那個蜘蛛男盯上。」

即便是僻靜山村，也已聽聞蜘蛛男的可怕事跡。

「是啊。說不定她就是害怕蜘蛛男，才逃到這種地方。」

這個推論，完全正確。成為話題人物的女子，正是富士洋子。片廠廠長K氏畏懼執拗的蜘蛛男伸出魔爪，於是拜託隱居在H村的同族老人，暫時收留她在此藏身。

當然他已警告她盡量小心別讓人看見，收留她的老人更是一再耳提面命。但她畢竟是活力充沛的年輕女孩，個性甚至好強到連蜘蛛男都感到棘手，自然不可能乖乖閉門不出。天色昏暗的黎明時分，難免會想對著溪谷高歌一曲。就算她不這麼做，時值夏天，路過的村民從敞開的窗口，也不可能不注意到這罕見的美麗女孩。

危險危險。她這個藏身之處該不會被蜘蛛男發現吧？這裡和都市不同，不僅欠缺警力，能夠仰賴的也只有無力的老人和煮飯的阿婆。有急事時，附近也沒有住戶可以及時幫忙。

K片廠廠長也是與波越氏及明智小五郎商量後，才做出這個決定，但他們怎會有志一同地選擇這個莽撞的方法呢？

某天早上，那是在前章提及的火葬場怪事發生後的第三天，早起的老人坐在簷廊上，正在眺望排放在長凳上的牽牛花之際，樹籬外有人出聲招呼：

「花開得好漂亮。真是壯觀啊。」

定睛一看，隔著樹籬探進一個鄉下老頭的上半身。臉孔雖然陌生，不過八成是這個村子裡某戶農家的隱居老人吧。此人身穿洗得泛白的白底細紋棉袍，拄著被污垢染成漆黑的天然木杖。雖然彎腰駝背但頭髮尚未全白，臉上同樣長著花白的鬍子，小小的老花眼鏡後方，沾滿眼屎的小眼睛頻頻眨動。

「是啊，一早起來欣賞這個是我最大的樂趣呢。」

老屋主和顏悅色地回答。他自己倒是白髮白鬚，純白的山羊鬍垂到胸前，高雅的氣質和鄉下老頭有如雲泥之別。

「我也喜歡牽牛花。」鄉下老頭很愛說話，「我家的也是每年都開花，可惜比不上府上的盛況。尤其是那邊上開的變種大朵牽牛花，簡直太漂亮了。您肯定費了非比尋常的心思。」

「哈哈哈哈哈，看來您也是愛花人啊。不嫌棄的話請進來看看。今早開得特別美呢。」

「我年紀大了，的確有些老眼昏花。那麼，我就承您好意走近花旁，仔細瞧瞧吧。」

鄉下老頭欣然應屋主之請，不客氣地走進院中。

「您請這裡坐。我這就去泡茶。」

老屋主在簷廊替他騰出位子後，鄉下老頭嘿咻一聲坐了下來。

之後兩人針對牽牛花熱烈討論了好一陣子。雙方在這方面都相當有研究，正因是專家所以話題也特別多。光看擺在長凳上的盆栽還不夠，又繞著院子逛了一圈，連含苞待放的盆栽也仔細檢視。

「啊，先生、先生，這該不會是您的吧？掉在這裡了。」

彼時兩人之間相隔甚遠，因此老屋主大聲說道。那是非常大型的老式男用毛織錢包。

「啊，這、這、這，真是不好意思。」

鄉下老頭一看到那個，不知怎地慌忙跑過來，一把自屋主手上搶回去。

「哈哈哈哈哈！看來那肯定非常重要。好像沉甸甸的呢。」

「不不不，裡面裝的只是無關緊要的東西，要是裝的是金銀財寶就好了，哇哈哈哈哈哈！」

他非常尷尬地含糊帶過。

兩人再次在原先的簷廊邊坐下。

「嫂夫人呢？和您的千金在一起嗎？」

鄉下老頭問。

「我一個人在此隱居。啊，您說那個嗎？」

自內室隱約可以窺見蚊帳一角。見對方朝那邊投以一瞥，老人又補充道：

「那是從東京來作客的，是親戚的女兒。您也看到了，年輕人早上就是貪睡，真是傷腦筋。哈哈哈哈哈！如何，我們來泡茶吧？不巧燒飯的阿婆昨晚因為媳婦家有事回去了，所以連生火都得自己來。」

「那您別麻煩了。我也該告辭了。」

「沒關係，反正我自己也想喝茶，不嫌棄的話，您就再多坐一會。」

於是這個不客氣的鄉下老頭，看來果真想討杯茶喝，居然坐著文風不動，老屋主遂繞過庭院遁入廚房那頭。

屋主一走，這個鄉下糟老頭就開始東張西望打量了半晌，之後也不知是怎麼想的，他竟悄悄上了簷廊，手腳並用地爬行，緩緩靠近內室的蚊帳。蚊帳中睡著富士洋子。他到底想做什麼？這個老頭該不會是有偷東西的惡習吧？亦或另有其他目的？

只見他小心翼翼避免發出聲音地爬行，最後終於爬到紙門邊，接著倏然昂首伸長脖子，朝紙門彼端的蚊帳中窺視。洋子當然沒發覺，還在呼呼大睡。老頭就像盯上老鼠的貓，目不轉睛地凝視她的睡姿。

「很遺憾，看來你終於上勾了。」

突然冒出的人聲令他驚愕轉頭，不知是幾時來的，老屋主竟然靜靜站在他身後。

「啊？你說什麼？」

鄉下老頭一邊悄悄爬回簷廊，一邊裝傻地做好準備，想趁隙逃走。

「哈哈哈哈哈！沒用的。別看我這樣，若要賽跑我可不會輸。」

兩人就這麼互相瞪視，不知幾時又並肩在簷廊邊坐下了。

「您在開什麼玩笑。我只是，這個……」
「只是爬上來確認一下富士洋子的長相嗎？哈哈哈哈哈哈！我早就翹首以盼恭候大駕多時了。富士洋子不正是最好的誘餌嗎？您說是吧，畔柳博士。」
在一瞬間熊熊燃燒的四隻眼，彷彿想看穿彼此的內心盤算，凝然互瞪。
下一瞬間，只見老屋主的右手倏然一翻，鄉下老頭的花白假髮已被扯飛，滿臉鬍子也被掀起。底下出現的臉孔，是和之前的鄉下老頭分毫不像、精悍無比的畔柳博士。
「就算是蜘蛛男——我記得你的外號是叫蜘蛛男沒錯吧——也嚇了一跳吧？一想到你上了大當，我就感到非常愉快。哇哈哈哈哈哈哈！對不起。我一時忍不住太高興了。」
「如此說來，你是……」
「你還不明白嗎？」
「當然明白。明智小五郎。怎樣，我猜對了吧？會搞出這種把戲的，除了那個男人，別無他人。」
畔柳博士也不是省油的燈，到此地步已不再驚慌。
「承蒙謬贊不勝惶恐。你猜得沒錯。那麼——」
老屋主說著，也取下偽裝的假髮與鬍子，恢復明智小五郎的本來面目。然而，

雖只是電光火石的剎那，明智的防守還是出現漏洞。老奸巨滑的畔柳博士怎麼可能放過這個漏洞，

「可惜，我還是搶先了一步。」

剛才掉在院子裡的錢包裡裝著手槍，畔柳博士有機會搶在明智之前取出。

「你最好仔細想想，這場對決你毫無勝算。因為你是個正常的紳士，不可能隨意殺人，也從來沒有那種經驗。可是我呢，我天生就是為了殺人而誕生的。你懂了嗎？這把手槍可不是唬人的玩具，我真的會開槍。噢，那可不行。在你還沒取出懷中手槍之前，我這邊的槍口已經冒煙了。你要小心，要小心哪。」

啊，縱使是明智小五郎，遇上這個男人也無計可施嗎？難道在這場對決中他真的輸了嗎？

一分鐘，二分鐘，三分鐘，深仇綿綿的無言對視，似乎永無止境。

是凶賊臣服？還是名偵探敗北？兩大巨人終於在咫尺之間正面對決。

格鬥

畔柳博士果然老奸巨滑。逮到一瞬空隙先明智一步取出懷中手槍，擺出「你敢

靠近我就開槍」的架勢，開始大放厥詞。明智縱使想求救附近也沒有住戶聽得見。而且又是在天色微明的清晨，看來明智已經束手無策了。然而他陷入如此窘境，為何還能那樣一臉蠻不在乎？

「哈哈哈哈！」明智若無其事地笑了出來，「手槍嗎？那玩意我也有。」

說著就慢吞吞地伸手入懷。危險啊，對方不是已把手指勾在扳機上了嗎？

「住手！」畔柳博士被對方莽撞的舉止嚇了一跳，猛然高喊，「你敢輕舉妄動我就開槍嘍。你拿出手槍，我就在你那天庭飽滿的額頭上開個洞，你猜哪邊會比較快？來吧，有種你就動動看。」

可是，明智彷彿完全不懂對方的意思，慢條斯理地開口：

「我看你還是早點開槍比較好。因為我可不會打消取出手槍的念頭。」

說著他的手已離開懷中，只見閃著銀光的東西倏然一現。

看到這裡，畔柳博士已忍無可忍，二話不說就扣下扳機。但不知怎麼回事，手槍喀嗒一響卻沒有射出任何子彈。而對方卻已持槍對準他嘻嘻冷笑。

畔柳博士對這意料之外的故障大為驚愕。

「這其中必然有鬼。」想到這裡，他發現冰涼的東西突然流過腋下。

他氣急敗壞，一次又一次地徒然扣動扳機。可惜，沒冒煙也沒發出聲音，手槍裡面是空的。

「哈哈哈哈哈！你懂了嗎？先發制人的不是你而是我。」

明智保持持槍的姿勢笑著說，當然他並不打算開槍。

「該死！」博士醜陋地扭曲唇角破口大罵。

「那麼，是剛才錢包掉落院中時……」

「你總算明白了。當然是那個時候，我趁你被牽牛花轉移注意力之際，事先取出子彈。你真以為我是個連這點智慧都沒有的草包嗎？」

他說著，並以左手自懷中取出子彈，任由子彈在掌心上滾動。

無論在這之前或之後，明智都未曾見過畔柳博士此時露出的那種醜惡得難以形容的可怕表情。暴睜的眼眶青黑，寬闊的額頭就像有皮膚病一樣暴起條條青筋，烏黑的雙唇猶如受傷的蚯蚓醜陋地抖動。

「那麼，你想怎樣？」

「我去拿放在簷廊角落的繩子時，你最好乖乖別動。如果你敢輕舉妄動，我也會毫不留情地開槍。」

「別傻了。你做得到那種事嗎？在你伸手之際，要趁機打落你的手槍易如反掌。哈哈哈哈哈！明智，你真的有那種勇氣去拿繩子嗎？我說你啊，難道都不怕嗎？」

明智朝簷廊角落退後一步，畔柳博士也緊跟著上前一步。對方已經絕望地豁出去了，千萬不可大意，即使是宛如針尖的一點疏忽都有可能令情勢主客顛倒。

然而，對明智而言，幸運的事情發生了。就在這時，被騷動吵醒的富士洋子自內室探出頭來。

「洋子小姐。快點，把那條繩子給我，把繩子給我。」

眼見洋子大吃一驚愣在原地，明智連忙向她求援。

洋子很快地理解事情原委，堅強的她奔向簷廊角落。那裡放著一團細繩，她拿起繩子就想交到明智伸出的左手上。可是，她才剛睡醒。再加上這場騷動令她失去冷靜。她以為已交給明智，但些微之差，繩子掉到地上。

明智一看可慌了，彎下身子便想撿起，不料卻一時失去防備。

就等這一刻的畔柳博士當下右腿朝空中猛然一踢，只見明智的手槍已飛到兩、三間之外的地上。

「哇！」

難以形容的叫聲響起，緊接著兩個男人已揪成一團，狠狠倒在地上。倒下去時博士在上方，而且博士的右手掐住了明智的脖子。瘋狂的指尖一分一秒地逐漸陷進明智的喉頭。

洋子看著明智漲成醬紫色的臉孔，看著他朝空中亂抓垂死掙扎的雙手，情況已不容她猶豫。她當下光腳跳下院子，跑去撿起手槍，瞄準目標猛然扣下扳機。

強烈的空氣震動，猛烈的後坐力，隔著淡淡青煙，只見畔柳博士仰面翻倒。

子彈沒瞄準，在千鈞一髮間，擊中對方的腿。

隨機殺人魔

戰鬥結束了。此刻的蜘蛛男完全喪失抵抗能力，手腳被綁得動彈不得，躺在院子裡。

洋子站在原地，茫然眺望被自己開槍擊中、正在眼前呻吟的男人。就像做了一場惡夢，心情難以言喻。

明智在簷廊坐下，語氣倒也不激動就和平時一樣彬彬有禮，對著躺在他腳下的窩囊失敗者發話：

「畔柳先生，這下子你我之間可說是勝負分明了，可以確定我的智慧並不遜於你了吧？這樣就好了。我們的關係總算有個清楚了結。只是還剩下你與社會的那筆帳，不過那屬於警方的管轄範圍。老實說我對那種事向來沒興趣。不知你是否知道，在大多數情況下，我通常不會逮捕犯人。無論犯人是要逃亡還是有其他打算，只要不累及第三者，我向來都是袖手旁觀，快快打道回府。因為我的工作是偵探而非制裁者。不過，唯獨對你，我不能這麼做。你是道道地地的惡魔。如果放任不管，不論還得犧牲多少人，你肯定都會繼續綁架殺害婦女。你根本沒有人類的良心。所以雖然我不愛做這種事，在你沒被關進監牢之前，我有責任看守你。」

「我知道——你用不著解釋了——快把警察叫來吧。」

蜘蛛男痛得皺起臉，斷斷續續、很不耐煩地回答。

「洋子小姐，可以麻煩妳跑一趟村裡的派出所嗎？請把巡查找來，順便麻煩妳從那裡打個電話通知警視廳的波越警部。」

明智這麼一說，本來茫然呆立的洋子這才赫然回神，「好，我去。」說完她拔腿就想跑。這時，某種不安倏然掠過明智的腦海。

「洋子小姐，等一下。」

他叫住洋子，目光如刺地直視畔柳博士。

「你老實說，你的同夥平田現在人在哪裡？」

「東京。」

畔柳博士由於格鬥的疲憊和槍傷，連開口說話都很吃力。

「東京？你少騙人了。你會是連那點準備都沒有的男人嗎？如果你失手，想必在第二階段還有那小子可以幫忙，他應該會代替你綁架洋子小姐。」

明智隔著低矮的樹籬，放眼眺望附近的田地。一大清早田地空無一人，但是他總覺得那個機靈敏捷的平田青年，正潛伏在哪塊田畝的陰影處伺機下手。讓洋子單獨前往太危險了。可是話說回來，這是地點僻靜遠離人群的獨棟房子，如果在這裡一直僵持下去，也不會有人突然經過附近。

「我看這麼辦吧。洋子小姐，妳就稍微忍一忍，拿這把槍抵住此人額頭，站在這裡看守他。這沒什麼好怕的，他已被綁得動彈不得。況且腿上的傷也令他元氣大傷。……如果有人，比方說這傢伙的黨羽出現，對妳造成威脅，那妳也別客氣，就直接開槍射擊這傢伙的額頭。懂了嗎？」

明智自認沒有比這更謹慎的辦法了。洋子與其說是畏懼對方，毋寧是對自己造成對方狼狽受傷的行為感到歉疚，因此她並不害怕，立刻聽從明智的指令。

明智匆匆奔向派出所後，負傷的惡魔以及惡魔亟欲獵捕的小姑娘主客顛倒，以不可思議的狀態留在原地。

沒想到，這時發生非常奇怪的事。明智大約離開了十五分鐘，在那十五分鐘當中，發生了完全不可能的事。那是無法以常識判斷的事態，但的確發生了。

渾身泥濘、被麻繩五花大綁的畔柳博士，就像某種細長行李橫臥在朝露浸濕的土地上。他那種窩囊的德性，甚至讓人覺得用畔柳博士這個威嚴的名號稱呼他，實在滑稽。

他的小腿肚有個黑洞，從那裡湧出的鮮血在膝下形成無數小河，還在汩汩流淌。雖然沒有骨折，不是什麼嚴重傷口，但乍看之下血肉模糊，疼痛可能也很劇烈，只見他不斷皺起臉，低聲呻吟。

洋子按照吩咐，把槍口抵在對方額頭上，蹲在那裡。但是看著自己造成的傷口不停流出鮮血，自己卻不能替對方包紮，只能定定旁觀。雖然她生性堅強，畢竟是個女孩子，這對她來說是種難以忍受的痛苦。

一次是拿短刀刺傷腹部，一次是開槍傷及腿部，仔細想想，她居然令這個男人身受兩次重傷。而她雖被對方執拗地四處追逐，但在肉體上，不僅沒受傷，就連這個男人亟欲對她下手的另一個目的，也尚未讓他得逞。換言之，說來雖然奇怪，但就洋子的情況而言，下場淒慘的不是被獵捕的她，反而是畔柳博士這個獵捕者。

而且他現在正灰頭土臉地躺在她面前。是生是死，全憑她一念之間，只要勾扳機的手指頭稍微用上一點力，這個史上罕見的惡賊，令全國人民畏懼的大惡魔，就會輕鬆地一命嗚呼。

不，用不著扣扳機。只要這樣盯著他不讓他逃走，過個十幾二十分鐘，這個男人就會送交到警察手裡，而他的前方便只有可怕的監獄和絞刑台在等著。

這完全超乎洋子想像的主客顛倒的立場，令她深感不可思議，令她覺得可笑。最後，她陷入一種難以言喻、不是悲愁也不是恐懼的困惑狀態。

她感到坐立不安的焦躁，甚至開始害怕時間一秒一秒地流逝。

惡魔像死人般沉默不語，他的身上還有著生命跡象的，似乎只剩下自腿部傷口湧出的鮮血。

洋子再也忍不住，將手槍往腰帶前面一插，自懷中取出嶄新的手帕，繞到博士腳邊，迅速綁妥傷口，遮住那血肉模糊慘不忍睹的景像。

惡棍在察覺腿部被洋子的手碰觸時，身體猛然一抖。等到手帕綁好，他低聲說了一句「謝謝」。

「你快逃吧，隨你愛去哪都行。」

突然間，自洋子口中冒出，意料之外的發言。她如連珠炮般、歇斯底里地連說了兩、三遍同樣的話。可是，她自己似乎還沒領悟到這句話真正的意思。

「我已經不想逃了。但我不知妳是基於什麼心態說出這種話。」

博士語帶憂傷地回答。

洋子聽了，猛然撲到博士身上，動手替他解開綁得很緊的繩結。

「妳瘋了嗎？還是我在做夢？」

博士任由她解開繩子，驚愕地咕噥。

即使已恢復自由，他也沒有立刻起身，他詫異地仔細仰望洋子的臉蛋。

「快點，趁著警察還沒來，你快點逃吧。還有，再也不要讓我看見你。快走、快走。」

洋子跺足催促他。

博士聽了，坐起上半身，賊頭賊腦地笑了。

「那麼，我就逃走好了。不過，我不想一個人走。」

「啊？」

「我是說，除非帶妳一起走，否則我不走。」

他露出惡魔的本性，厚顏無恥地說著，並且倏然起身。他不知令她這麼做的原因是什麼。但是，對於這個歇斯底里女郎的率性之舉，他瞬間便已打定主意，一定要賦予這個行動雙倍的價值。

洋子登時猶如惡夢初醒般驚慌失措。可惜，為時已晚。她的右手已被博士用力握緊到發麻，本來仰賴的防身手槍不知幾時也落到了博士掌中。

奇怪的殉情

洋子被博士拽著，大步走在田埂上。這個殺人魔似乎天生具備了某種磁力般的吸引力，不僅是力氣不如他，更有某種微妙的氣質，令洋子毫無抵抗之力。

也不知博士到底打算逃往何處，只見他朝著約有半町路程的斷崖，大步前進。斷崖下就是多摩川的激流。

轉眼之間他們已抵達崖邊，無路可走了，前面是深達數丈的溪谷。

畔柳博士亦即蜘蛛男，在陡峭聳立的斷崖一兩尺前駐足。洋子也停下腳步。然而她甚至無暇詫異博士這奇怪的行動，她失魂落魄，杏眼圓睜，凝視著博士。

「妳懂嗎？」

博士溫柔地說：

「這就是我打從一開始的計畫。雖然中途殺出程咬金礙事，害我多費了一番工夫，不過最後終於還是按照計畫進行了。我和妳，現在，將從這裡跳下去。妳不覺得高興嗎？我們要殉情哪。」

洋子茫然地聽著，她當然不懂博士話中的意義。她只是感到某種難以言喻、出自本能的恐懼，自內心最底層湧起。

「妳為何要替我解開繩子呢？那是因為妳打從心底愛著我，在妳自己也不了解的內心深處，其實早已愛上我。妳的理性或許害怕我，但是妳真正的內心，反而被我強烈吸引。我倆在這裡殉情自殺，一點也奇怪。」

博士這番話真是不可思議。然而，洋子卻感到那並不全然是謊言。

博士拉著洋子的手，鑽過崖邊茂密的灌木叢，走下較低處的狹小地面。那是自山崖突出的一塊岩石，下方再無任何障礙物，一路直到谷底都是垂直的斷崖。

那裡雖因樹叢遮蔽顯得昏暗，但還不至於看不出有個躺在角落的異樣物體。

洋子一眼看到那個後，在過度驚恐下，她尖叫一聲就想後退。可是博士的手指，像黏膠一樣深深嵌進她的手腕，她的身體完全不聽使喚。

那裡有一個從身材到穿著，都和蜘蛛男如出一轍的傢伙橫陳在地。可是，那個男人雖有頭卻沒有臉，他的眼睛鼻子嘴巴全都烏漆抹黑一塌糊塗。（不消說，這就是他們自火葬場盜出後，在前一晚由平田青年搬運而來的那具死屍。）

「來吧，這裡有我的分身。將要和妳殉情自殺的，是這個分身。一個惡棍做到像我這樣，絕不會只有一條命與一個身體。妳瞧。此人和我哪裡不一樣？臉孔？就算是我自己的臉孔，如果砸爛了也一樣會變成如此。還有，他也有被妳捅出來的腹部傷疤，腿上的彈孔也是。妳看，只要這樣。……」

博士說著，用他剛才自洋子手上搶來的槍，猛力射擊死人的腿。

「妳看，他這下子已經和我沒有絲毫差異了。」

惡魔閃閃發光的眼睛，死盯著呆然佇立的洋子。洋子感到手腕上的力道逐漸增強，同時她也感到全身和手腕一樣，被某種難以抗拒的強大力道，扯向對方那邊。

她已無計可施。猶如置身在最禁忌、最可怕的惡夢中，肉體已完全不聽使喚。唯有心靈，萬分焦灼，仍在痛苦掙扎。

…………………………………………

十天之後，這對不可思議的殉情者屍體，終於被人發現。之所以拖到這麼晚才發現，原因是屍體墜落的地點在人跡罕至的斷崖下。而且還卡在岩石與岩石之間的裂縫，上面又被樹枝覆蓋，若從崖上往下看，連死者的衣角都看不見。

發現者是一名熱愛釣魚的村民，某日他為了釣急流裡的魚，兜了一大圈路，自遠處下到谷底，行經那個斷崖下，不經意朝岩石裂縫投以一瞥。

那裡，疊合著男女二坨肉塊，已經腐爛，卡在岩石裂縫之間。

經過勘驗，確定男方是畔柳博士這個蜘蛛男，女方是富士洋子。男方的懷中留有這樣的遺書：

我的死並不代表我向警方及明智小五郎投降，即便在這最後一瞬間，我仍對他們報以輕蔑嘲笑。我贏了。我得到了一切。無論是物欲或名聲，最後甚至還得到這無與倫比的情人。她現在打從心底愛慕我（爾等想必萬分驚訝），渴望與我在這美麗的大自然懷抱中相擁長眠。

在這有女同行的墳墓裡，這充滿勝利的歡喜中，我欣然步向甘美的死亡國度。

兩具屍體都已皮膚潰爛，連臉型都無法辨認。尤其是蜘蛛男，墜落時，似乎撞到岩角，使得他的臉部受損極為嚴重。

人們對這出乎意料、急轉直下的悲劇結局，雖然有點錯愕，同時卻也感到安心。尤其是警方一干高層首腦，猶如卸下肩頭重擔。

警視廳內當然也有部分人士抱著奇妙的疑問，認為那樣的凶賊，不可能如此輕易死去。但是，H村內自不待言，到處都找不到類似的失蹤者。就連東京各大學的解剖教室及醫療院所，乃至其他經手屍體的地方也全都調查過了，並未發現任何疑點。況且隨著日子過去，再也沒發生蜘蛛男犯罪手法的案件，所以大家認定那果然就是蜘蛛男的人生終點。雖然尚未逮到共犯平田東一，但是如今主謀者蜘蛛男既已死亡，平田的存在自然不是什麼大問題。

至於明智小五郎對於犯人這意外的自殺有何看法，沒有一個人——甚至就連波越警部都不知道。

他嘴上說那具屍體肯定就是蜘蛛男。甚至還在新聞記者面前，針對凶賊的突然死亡，就其不可思議的心理狀態，引用自古以來的著名罪犯為例，說明他為何能肯定那具屍體的身分。然而，誰也不敢斷言，他那樣做是否只是一種障眼法，其實內心另有盤算。

波越警部最後一次見到明智小五郎，是在蜘蛛男屍體發現的三天後，從此，再也無人聽說他的消息。（甚至有人說他是因為在H村大意失策因此羞於見人。）蜘蛛男的死與明智小五郎的失蹤相繼發生。犯人與偵探可說是同時自這世上消失。

波越警部懷疑，明智的失蹤是否有何特殊意義。因為他們最後一次交談時，他記得明智說過很奇怪的話。

當時，在談論某個話題之際，明智順勢自口袋取出一張紙條給警部看，上面用鉛筆寫著「淺草區S町××號，福山鶴松」。

「這張紙是我從畔柳博士桌上的便條簿中撕下來的。我有充分的理由懷疑，這是博士被洋子拿短刀刺傷，臥床療養期間寫的。而這個福山鶴松，想必你也知道。他是一手包辦淺草花屋敷那種遊樂場展示人偶的著名人偶師[1]。博士為何要抄下一個人偶師的地址？這真是非常耐人尋味。我總覺得應該會發生驚天動地的大事。我說波越先生，你不這麼認為嗎？」

明智當時是這麼說的。可惜，正巧那時另有來客結果話題被打斷，就這麼不了了之。波越本來認為如今蜘蛛男本人既已死亡，他生前曾在便條紙上寫什麼都已不足為慮，所以也沒放在心上。可是事後再仔細想想，明智當時那番話說不定有什麼意外深遠的含義。

全景圖[2]人偶

發現蜘蛛男屍體後過了一個月左右也就是十月初的某日，有一名訪客來到淺

1 亂步曾經造訪過替淺草花屋敷遊樂園製作人偶的人偶師山本福松，但他並未去人偶工廠參觀。

2 panorama，在半圓形背景圖的前方放置立體模型，藉由照明令觀者彷彿看到遼闊實景的裝置。日本於明治23年（1890）首度於上野公園公開展示。

草區S町的人偶師福山鶴松的店裡。

西式披風的底下是藍底細紋結城紬[1]單袍，內襯生絲平織素面單層內衫，白色足袋配上毛氈草履，是個外表有點流氣的職業表演者、年約四十的男人。服裝雖然體面，但這人不知是否被燒傷過，半張臉紅腫結痂，還有嚴重的暴牙，每一顆牙還鑲了金，咧嘴一笑時，看起來面目猙獰得令人毛骨悚然。

他說想見店主，遞來的名片上，印刷著：

鶴見遊園全景館 園田大造

說到全景館，肯定是要訂購和活人一樣大小的逼真人偶，於是店員立刻請他入內，店主鶴松露面後，園田大造便道出來意如下：

園田是鶴見遊園的經營者，此次即將成立全景館。建築物的外部早已竣工，今後將要開始內部裝潢，需要假人。攙雜用舊的二手貨也無妨，總之希望能趕在本月底之前交貨。

「我已經畫好設計圖帶來了，大體上我希望是這樣的。」

園田說著，攤開設計圖。圖上畫了四十九個姿勢各不相同的女人，而且都是全裸或半裸。

1 茨城縣結城地區生產的傳統絲織品，本為堅固耐用的布料，後來隨著織紋的精緻化，變成輕柔的高級品。

「四十九個啊，這個月之內恐怕來不及，何況這麼多都要裸體那就更困難了。」

人偶師被這出乎意料的大手筆訂單嚇了一跳，微微側首。

「不，只要拿現成的舊頭顱和手腳，配上身體就行了。就算看起來有點不美觀，反正是昏暗的全景圖，放心，沒人在乎的。總之只要能湊足四十九尊假人就行了。」

兩人爭論了半天，最後鶴松還是被說服了，在暫時拿現成貨品湊和也行的條件下，接受了這筆訂單。由於無法立刻估價，園田問清楚大致預算後，先開了那個價錢一半的支票。

「後面有人偶工廠，是吧？我想參觀一下。」

商談結束後，園田臨時起意地說道。

「規模還談不上是工廠，但您要參觀的話當然歡迎。」

鶴松就當款待大買主，當下一口答應，立刻帶領對方前往工廠。

破舊簡陋的木板小屋內，幾名工匠正在工作。另一邊未鋪木頭地板的土間內，年輕的學徒們站成一排，正在替光禿禿的土製頭顱漆上黃色塗料，工匠則忙著替假人的頭顱化妝或添上陰影。只見有人正在植髮，有人在塞玻璃眼珠。木板小屋裡，或紅或白的各色頭顱散落一地。才剛這麼看完，另一邊的牆上，又見泛白的人類手臂，有的箕張五指，有的抓向空中，數量多達十幾二十支，就像白蘿蔔似地一字排開垂掛。

園田大造穿梭其中，興緻盎然地四下打量。
「哇，這玩意兒太厲害了。人頭上居然只有眼珠子。」
那是尚未塗色、也沒植上頭髮與眉毛、就像石膏像一樣的雪白人頭，只有眼珠子已經鑲嵌上去，正以那漆黑的眼瞳活靈活現地仰望園田這邊。
不過，這裡無意描寫人偶工廠。筆者希望讀者注意的，不是人偶，而是活人；是工廠裡的某名工人的異樣舉動。
當時園田大造的注意力全放在人偶身上，對製作人偶的工人不屑一顧。因此他當然沒發現，正在工廠一隅調配塗料、年約四十、身材瘦長的某名工人。他一看到園田，立刻赫然一驚停下調漆的手，朝著對方臉上沒有紅腫結痂的半邊臉，像要瞪出洞似地死命猛瞧。
工人凝視園田半晌，最後好像終於確定了某事，只見他似乎害怕被對方發現，把臉垂得低低的。園田經過他附近時，他更是裝出熱心調漆的模樣，彎腰駝背地整個人縮成一團。
園田一走，他便不動聲色地離開工廠，去老闆鶴松那裡打聽，「剛才那個男人是來做什麼的？」
「您說他嗎？他是客戶。是鶴見遊園全景館的老闆。他訂購了四十九具女性裸體人偶，要求在這個月之內交貨。」

這倒是怪事一樁，老闆鶴松面對這個工人，說話的態度竟像對上司一樣恭敬。工人刨根掘葉，一再追問園田的事，甚至還看了園田開出的那張支票。

「啊，感激不盡。不過，沒什麼。是我誤會了。謝謝，謝謝。」

工人的語氣一點也不像工人，好像非常開心，頻頻嚷著謝謝，就這麼走回工廠去了。

老闆鶴松莫名其妙，一頭霧水地目送這個新來的工人離去。他沒付給那個工人薪水，反而自工人那邊拿到大筆禮金。老闆也知道他的本名，早就了解此人絕不可能是為了學習如何製造人偶才來工廠上班。不過，這位紳士工人的真正目的究竟為何，老闆一無所知。

蠢動的觸手

之後約莫又過了一個月，十月底的某個傍晚，就讀E女學校[1]（這是一所將法語列入正式課程而著名的女校）四年級，名為和田登志子的美麗女孩，正在神宮外苑寬闊蜿蜒的路上踽踽獨行。她剛聽完在青年會館舉辦的某場音樂會準備回家。本來有朋友同行，但是回家的方向不同，因此才會在會館前道別後，她獨自走在這傍

1 可能是指現在的雙葉學園。明治42年以法國聖末爾修道會為母體，在麴町創立雙葉高等女校。戰後，改為新制的幼稚園、小、中、高等學校至今。或者，也可能是明治14年創立，現在的白百合女子大學。該校當時以法英和高等女學校之名，於昭和2年剛遷至九段。昭和10年改名為白百合高等女學校，戰後，成為自幼稚園至女子大學一應俱全的教育機構。

晚的冷清公園。

若是兩個月前，想必她絕對不會這樣獨行，或許就連音樂會都不敢去聽。因為她的長相，和里見芳枝及里見絹枝、富士洋子等人極為相似，換言之，她也是被蜘蛛男的傳言嚇得渾身發抖的東京女孩之一。

受人群所阻，離開會館時本就已經晚了，再加上出來後，她和朋友又針對猶在耳中縈繞不去的音樂帶來的感動熱烈討論了一番，因此等到她踏上歸途時，附近早已看不到其他聽眾的身影。

隨著零星佇立的街燈漸漸醒目，暮色也急速變深。以徐緩的曲線區隔開的草皮上，寥落的樹叢被路燈的燈光照亮反面，看來非常深邃。

登志子不是膽小鬼，但還是感到有點害怕，胸口不禁微微冒汗。她小跑步般地快步疾行。

省線的車站就在不遠處。相較於那邊倏然大放光明的電燈燈光，登志子眼前的樹林浮現怪異的幢幢黑影。隨著她的前進，那團黑影好似也不停往空中攀升。

登志子驀然回神，那叢樹林的暗影之一，和她的步調晃動方式並不相同。這難以理解的現象令她悚然止步。她停下腳步的同時，樹叢暗影也隨之靜止不動，但唯獨那個影子泰然自若地移動，並且徐徐朝她逼近。

隨著影子逐漸逼近登志子才發現，原來那只是一名個子非常高的西裝青年。他頭部的黑影混在樹叢中，所以看起來才顯得怪異。

登志子鬆了一口氣再次邁步。但是不久之後，這次不是她多心，是真的發生了更可怕的事。因為那個修長青年，似乎不是偶然路過的行人，倒像是早就躲在那叢樹影中等著她來，眼看對方自她的正對面步步逼近了。她往右閃他就往右靠，往左閃他就往右移。「這人是個登徒子。」想到這裡，登志子根據過去的經驗，勉強佯裝無事，對青年視若無睹，目不斜視地朝她要走的方向繼續前行。然而，這個青年和以往的登徒子不同，並未因此退縮。雖然沒有明目張膽地擋路，但擦身而過時，他用微弱得令人悚然的力道伸指輕戳她的手臂，

「喂。」

他囁語。

登志子心想這下該如何是好。不幸的是四下無人，要放聲大叫到足以傳至遠處恐怕不可能，若試圖逃走顯然也是白費力氣。

「妳用不著那麼沉默吧。沒什麼大不了，只要陪我到那邊走走就好。」

青年厚顏大膽地霸道說道。

「我趕時間，沒空。」

登志子以若有似無的虛弱嗓音拒絕後，便想邁步離開。

「妳就算想逃，也沒用喔。」

青年執拗的雙手攀上登志子的肩頭。

「你想做什麼！」

登志子拚命掙扎。

「不做什麼，只是向妳表達敬意。」

青年說著，猛地自後方將她的雙手反剪，把她摟向他的臉旁。這是個執拗得不可思議的擁抱，可以感到男人濕熱的呼吸。

「來人啊！」

登志子終於發出哀號。

於是，幾乎就在她哀號的同時，

「混蛋！」

只聽見一個男人強而有力的怒吼。當她赫然轉頭時，這是何等神速啊，不良青年竟然已被摔到地上。

救命恩人是個身穿織紋和服頭戴鴨舌帽的青年。他將對手摔倒還不甘心，又猛然騎在對方身上，握緊拳頭就是一陣狠揍。

「怎樣，怕了嗎？」

不良青年已經連聲音都發不出來，毫無招架之力只能乖乖挨打。

「真是沒用的傢伙。算了，這次就放過你，快給我滾。」

織紋和服青年一鬆手，不良青年迅速爬起，悄悄遁入黑暗中。

「讓妳虛驚一場了。這一帶不良分子很多，不小心點會有危險的。」

和服青年轉身面對登志子，溫柔、卻又清楚明白地對她說，並且對她嘴裡的道謝之辭充耳不聞。

「妳剛聽完音樂會要回家？」

他問。登志子稱是。

「我也是。S先生的小提琴演奏我向來不會錯過。……那我送妳一程吧。妳要搭省線對吧？」

湊巧登志子也是S先生的樂迷之一。獲救的感激，加上身為音樂同好，令她對這名青年萌生一股好感。

兩人並肩走向車站。路上他們聊音樂聊得欲罷不能，最後已經完全變成好朋友了。走到亮處後，青年相當高級的服裝，得體的穿著打扮，看似強悍的粗壯手臂，討人喜歡的快活容貌，在在吸引了登志子的芳心。

等電車時，兩人甚至互相交換了住址姓名及就讀學校。青年自稱是R大學划船社的選手，是最上子爵的嫡長子。

「我要到目黑，妳要到池袋，所以我們可以一起搭到新宿。」

青年說，登志子也依依不捨地答道：

「好啊，那當然。」

兩個小時後，目黑車站附近某間小咖啡店的昏暗角落裡，兩名青年坐得很近地低聲交談。

「看來進行得很順利。」

身材修長的西裝青年說，他就是之前在外苑的暗處偷襲登志子的傢伙。

「這下子等於一百兩已經先到手了。到今天為止已弄到三百兩，這份工作真不賴。」

至於，這可驚人了，那不正是方才擊退這個登徒子、自稱最上子爵嫡長子的和服青年嗎？怎會這樣，難道這是兩人串通好的？

「這招實在很老套，沒想到居然這麼輕易就得手。小姑娘應該完全上勾了吧？」

「哼哼，那當然，因為是我出馬嘛。」

「喂喂，少往自己臉上貼金了。也不替我想想看，又挨揍又被恐嚇，真是灰頭土臉。」

「哎，別這麼說，這都是為了做生意。」

「說到這裡，你到底是怎麼安排的？不會出錯吧？」

「放心。十一月三日是假日，那天我會在家裡舉辦音樂會，那位小姐也會出席。我已約好開車去目黑車站接她。說到十一月三日，也就是那個日子，絕對萬無一失。」

「喔？你動作還真快。」

「因為是子爵這個頭銜嘛。這年頭貴族公子很吃得開，好騙得很。那麼，我先向平田兄通知一下這個好消息。」

自稱最上的青年起身離席，走進電話間。

「平田兄」是指誰呢？如果考慮到和田登志子是蜘蛛男偏愛的那一型，看樣子便是指蜘蛛男的同夥平田東一吧？如此說來，這兩名青年耍的老套花招，恐怕也是在蜘蛛男畔柳博士的指使下，由平田東一出面召集以前一起鬼混的不良青年，大規模誘拐良家婦女的伎倆吧。

讀者想必記憶猶新，之前野崎青年撿到的東京地圖上標記了四十九個記號。畔柳博士當時暗示，那標明的是即將遭到蜘蛛男毒手的候選者住址。如此想來，自稱最上的青年耍的詭計，該不會正是這綁架四十九人殘殺計畫的一小部份而已吧？四十九人，啊，說到四十九人，一個月前造訪人偶師福山鶴松的那個半邊臉紅腫的詭異人物，同樣也是訂購四十九具女性人偶。這個共通點會只是巧合嗎？該不會，在背後潛藏著殘虐不知饜足的蜘蛛男某種令人戰慄的歹毒詭計吧？

此外，最上青年在不經意中說出了「說到十一月三日也就是那個日子」這句不可思議的話。那個日子到底意味著什麼？那天，該不會就是怪物蜘蛛男最後一樁重大犯罪、超乎想像的淫虐地獄，公諸於世的日子吧？

非常誘拐

就在同一時間，市內各地都發生了類似事件。這些俗稱軟派不良青年的俊美青年，想必是被平田東一在他們之間的勢力、以及蜘蛛男提供的高額報酬打動，他們異常熱心地欣然執行這項任務。

至於手法，和自稱最上的不良青年用的方法大同小異。不外乎是利用藝術、學識、爵位或男性體力做為誘因，再加上極為巧妙的演技（詭計）。而被誘惑的女性，無一例外地與這些不良青年約定在「十一月三日」這天，共赴音樂會、看電影、或是去近郊來一趟小旅行。啊，「十一月三日」這天，這個世上的某個角落，到底會發生何種惡行呢？

十一月二日到了。但是就算平田麾下的不良青年人數再多，縱使他們是如何俊美又如何滿肚子歪主意，在這麼短的時間內，要誘惑近五十名女性終究是不可能的。十一月二日也就表示「十一月三日」這個大日子即將來臨，可是還有將近二十名女性沒有拐到手。

準備周全的蜘蛛男不可能沒有事先料到這點，他早就準備好非常手段，足以在最後階段將剩下的女孩一舉成擒。

他的命令一下，平田青年便透過電話進行秘密通訊，對手下數十名不良青年傳授秘策。他們當下分頭前往市內十幾處地方，各自就定位。

但在此無法將他們的「大誘拐」悉數記述，筆者只寫出其中一例。讀者透過這個例子，想必能夠推測出其他案例。

住在東京的人幾乎每晚都會聽見消防車十萬火急的警笛聲，也不覺得奇怪。自「江戶之華」❖1以來的傳統，令他們對火災早已麻木了。無論是住在芝區的人、住在麴町的人、或是住在神田的人，同樣每晚聽著火警的聲音。在東京，每到火災季節，每晚各地都會發生十幾起小型火災。

十一月三日那晚也是，雖說距離火災季節還有點早，但東京市內，有十幾個地方發生火災。早已習慣火災的東京人，將其視為理所當然，倒也沒起疑心。報紙也幾乎沒當一回事，但在這看來不值一提的小火災背後，隱藏著足以令舉世驚恐的陰謀。事後聞知真相的市民，對惡魔高人一等的奸巧，不得不訝然發出驚嘆。

那夜，在十幾個地方幾乎發生了同樣事件。一一記述未免無趣。比方說只要舉牛込區H町發生的事件為例，便可以此類推出其他事件是什麼狀況。至於說到這牛込區的例子……

1 原出自「火災與打架是江戶之華」這句俗諺。生動表現出由於從鄉下來打工的男性比率居高，因此經常發生鬥毆事件，以及木造房屋密集導致火災頻傳這兩項江戶特徵。

那晚是個有點起風的暗夜，只見人影幢幢在暗夜之中穿梭，猶如被風吹來的黑夜怪鳥，在H町的黑色木板圍牆邊徘徊。一人，兩人，三人……他們偷偷摸摸地互相耳語又分散，然後又在某處集合。

深夜二點，等到巡邏員警的足音遠離後，其中一人咻地自某個垃圾箱後現身。那是個用宛如夜色的黑衣當作保護色的青年。他把眼睛貼在黑板圍牆上的某個小洞，彎下腰開始窺視宅內。

小洞那端有個寬約二間的小內院，深處是木板搭造的主屋側面黑黝黝地聳立著。雖然連窗戶也沒透出燈光，四下一片漆黑，但青年的雙眼卻隱約看見，木板牆面的牆角放置著整袋木炭。

青年豎起耳朵，彷彿在等待什麼。不久，那棟屋子的正門口傳來嗶的一聲口哨。接著又自稍有不同的方位，響起同樣的口哨，那正是青年等待的暗號。

他倏然擦亮火柴，把火苗移向小團棉花。當他揮起一手畫出大圈，幽魂般的青光便越過圍牆，飛過空中，落到主屋木板牆邊豎立的整袋木炭上了。

青年再次彎腰自小洞窺視，只見宛如流螢的幽微火光落到木炭上後，彷彿隨時會熄滅般隱隱悶燒，之後，猛然轉為豔紅色。是火苗引燃袋中浸染石油的木屑。鮮紅的火燄，有如蛇信，開始細細舔舐主屋的木板牆。

二十分鐘後，那棟屋子自三面冒出烏黑濃煙和鮮紅火燄竄上黑暗的天空。不知從何處，響起「失火了！」這悲慘的叫聲。

三名縱火青年在正門口集合，等待大門開啟。

也許是屋內人終於醒了，只聽見乒乒乓乓的開門聲，女人的尖叫，有人撞上拉門的聲響，接著是跌跌撞撞衝到馬路上的四名男女。

「失火了！失火了！」的悲痛叫聲，刺耳的狗吠，平日難得動用的防火鐘突然響起。

家家戶戶大門洞開，衝出的人群，不知所以然的尖叫，搬運行李家當的聲音，背對赤燄倉皇奔逃的成群影子，不知幾時，最先起火的那棟屋子門前已混雜不堪。

驚慌失措的一家人各自走散。找不到父母的美麗女孩，孤身一人冷得渾身發抖，卻又只能無事可做地望著烈燄和亂成一團的群眾發呆。

這時三名縱火青年中的一人，悄悄湊近女孩身後，語帶驚訝地嚷嚷：

「小姐，這裡危險。快點、快點，令尊正在找妳，快跟我過來。」

他大聲嚷著，拉起女孩的手，硬是把她拉向一町之外的街角去了。

那裡停著一輛汽車。之前那縱火三人組的另兩名青年，已打扮成司機和助手坐在裡面。這是何等魯莽的手段。他們只為了誘拐一名女孩，竟然不惜讓好幾間房子化為灰燼。這種匪夷所思的做法，如果不是蜘蛛男是絕對想不到也做不出來的。

女孩也無暇思考，迷迷糊糊地被推上車。車子走了十町後，她猶渾然未覺，等到察覺時，她已被塞住嘴巴，無法求救也無計可施了。

這個女孩的容貌，不用說，自然與富士洋子及蜘蛛男盯上的其他女子極為酷似。

那晚，在東京市內各區共計十幾個地方發生了類似的縱火和誘拐事件，這點前面已經提到。蜘蛛男就這樣，連預定計畫四十九人的最後一人也弄到手了。

惡魔的美術館

另一方面，在鶴見遊園全景館的十一月一日晚上，假人的安裝及其他裝飾全部布置完畢。十一月二日，接受了有關方面進行的此處可否做為表演場所的檢查。而在四日當天，招待畫家、文學家、評論家、新聞記者等各界知名人士數百人，舉行華麗的開館儀式。

這個全景館的開館儀式，正是蜘蛛男最後的虛榮心的展現。他打算以這場史無前例的淒豔絕美大屠殺，替他的惡行謝幕，為他的惡魔生涯畫上完美句點。

三日深夜，正確說來應是四日凌晨三點——也就是在平田東一麾下的不良青年進行前述的縱火誘拐行動之後不久。園田大造（不用多說他正是蜘蛛男畔柳博士）

獨自坐在全景館的觀眾席上，不知厭倦地出神望著他根據自己的創意打造出來的奇怪光景。

眼前是一個超越現實空間的嶄新世界，占據了他的視野。那是一個令人身在現世卻忘了現世，唯有夢境堪可比擬、不可思議的宇宙。

直徑約有十五間的圓形建築物內，圍起沒有接縫的整片帆布，地上沒鋪木板而是野外的泥土地。觀眾席拉出的棚子遮蔽了天花板，上方裝設人工照明，這簡單的技倆，令人忘記自己身在建築物內部，眼前出現無垠的曠野幻境。這是永不消失的海市蜃樓。

這個幻境世界的絕大部分，都被死亡的藍色與鮮血的紅色光影詭譎交錯加以妝點，不斷鋪陳出鮮活殘忍的地獄圖。血腥的血池地獄，沸騰的滾水地獄，針山，劍山，如無數蛇信般燃起暗紅地獄之火的烈燄，而那裡，正有著有數不清的少女裸露著失去血色的藍色體，蠕動掙扎。

那些都是泛青的成堆肉塊。前方四十九具是真正的人偶，後方的無數裸女，則是妖豔詭譎的油畫，但是，這幅全景圖最不可思議的地方，就是實物與繪畫之間看不出分界，放眼望去連綿不絕的成堆肉塊，宛如真正的女性死者，非常立體，甚至好像正在蠢蠢蠕動。

宛如豔紅果凍的濃稠血池中，沒有胴體的假人頭，像鯉魚一樣張大嘴巴，不斷痛苦呼吸。

在劍山徘徊的裸女們的藍色肉體有著死者不該有的豐滿體態，光滑的假人肌膚在藍光與紅光的映照下燦爛生輝，苦悶扭曲的身體看起來不可思議地性感妖豔。以倒栽蔥的姿勢投身熊熊地獄之火的眾多少女的頭顱與胸部隱沒在地下，腰部以下，是在半空中躍動、與火燄競相做無謂掙扎的無數玉足和扭動的大腿。

那些姿勢各異、閃耀著藍光的肉塊，如蛆蟲糾纏，放眼望去綿延無盡，最後溶入烏雲密布的黑暗天際。

這是多麼驚悚的景象啊，這根本是惡魔的演出，沒想到檢閱官竟會允許這樣的表演通過。不過，這是因為主辦者事先準備了狡詐的詭計——這幅全景圖的重點不在於地獄種種懲罰之苦，而是要如實呈現救苦救難的阿彌陀佛接引死者共赴西方淨土的景像。也就是說，是為了強調信彌陀方可得永生，所以才添加地獄百景，可說是一幅勸善懲惡的地獄極樂圖——這便是主辦者巧妙的藉口。

的確，在背景的高空中，閃過的紫色電光拖曳出長條紫雲，以金漆描繪出的三尊佛像格外耀眼醒目，將同樣以金漆描繪的腦後佛光，照射在遠處劍山與血池的亡魂肉塊上。

蜘蛛男園田大造，對於他親手創造出的這個邪惡藝術，看得心醉神迷，但當他驀然回神，才發現不知幾時，心腹平田青年已站在他背後的黑暗中。

「您還真是百看不厭啊。」

平田帶著嘲諷的微笑說。

「我剛才正在想像，拿真人取代那些假人後，她們痛苦掙扎的情景。」

半張臉紅腫結痂的園田大造，露出宛如舞獅獠牙的金牙回答。

「您馬上就能親眼目睹了，一切都已準備就緒。按照計畫四十九人一個也不少，全都關在暗室裡。到時只要拖來這裡，剝掉衣服，和假人調換就行了。」

「那些女孩情況如何？」

「都已被綁住手腳塞住嘴巴了，還能怎麼掙扎。她們在暗室中，就像一堆行李，疊在一塊，只能不停扭動。到時打開那邊的門，將人拖到這裡來就行了，絕對不會有任何一個丫頭能夠反抗。」

「很好、很好。這樣就萬無一失了。你那邊也準備好了嗎？」

「那當然。把錢付給那些幫忙的傢伙後，還剩下五千圓左右。我會拿這筆錢盡情玩樂，過上半個月之後，再追隨您而去，到時候我們在地獄重逢吧。」

「別這麼說，你何不逃走呢？你甚至可以搭機飛往中國。我並不想拉你共赴黃泉。」

「好啊，等我哪天興致來時我會的。」

「再不然，像我這樣拿硫酸自己毀容，也可以安全待在東京。」

「那個也等我興致來時再說。我討厭現在決定明天的事，反正船到橋頭自然直啊。」

平田東一果然是個天生的不良青年。

他們開始收拾假人。在這個全景館，入口那宛如隧道的暗道兩側，各有一個像倉庫一樣的空房間。其中一間現在關著四十九名犧牲者，而另一間則放置著假人。

平田青年最後一次協助蜘蛛男。兩人忙得汗流浹背，不停地自全景館往返置物間。

假人光滑的肌膚和性感的曲線，兩人搬運時甚至會懷疑那並非假人，可見做得有多逼真。不過絕大部分都是只要動作粗魯一點就會令頭顱掉落或手腳鬆脫、臨時湊和的拼裝貨。其中也夾雜著像弁慶一樣的大男人胴體上卻插著女人頭顱、套上寬鬆白衣魚目混珠的假人。

「奇怪。我記得這邊應該還有一具人偶。博士您什麼時候搬走的？」

平田環視假人全數搬走後空蕩無物的場內大叫。

「不關我的事。我沒碰那邊的人偶。」

「這就怪了。人偶不可能自己走路，難道憑空消失了嗎？想想真是怪恐怖的。」

平田臉色古怪，眼珠子滴溜亂轉地四下張望。

蜘蛛男園田大造也被平田影響，不知怎地暗自一驚。某種難以名狀的不安，猶如飛掠而去的惡魔，閃過他的心頭。

「哈哈哈哈哈。」然而，他突然笑了出來，「別嚇人了。是你想太多了。我剛剛才在那個房間數過人偶的數目，四十九具沒錯。那是你的錯覺。這裡如此昏暗，背景又密密麻麻地畫著同樣的圖畫，難免會看錯，沒什麼好大驚小怪的。」

園田不知為何激動起來，絮絮叨叨地說著這番話。聽起來，不像對著平田說，而是在說給自己聽。

「八成是這樣吧，大概是把沒有的東西看成有了。不過，全景圖還真是詭異，連我們自己都會產生錯覺。」

平田膽怯地環視四周說道。

「算了。別再說那個了。」蜘蛛男揮了揮手，強裝快活地說：

「來吧，好戲在後頭。我那些可愛的四十九個女孩取代人偶的時候來了。你能想像那一幕嗎？我剝下那些女孩的衣服，像對待畜生一樣地，拿鞭子把她們趕來這裡，然後施放毒氣。黃色的毒煙將會像生物一樣匍匐地面，逼近所有女孩。你不覺得彷彿可以聽見慘叫嗎？白色肉塊倉皇奔竄，那真是精彩的垂死裸舞。在瘋狂舞動後，美麗的女孩們將會可憐兮兮地配合這個地獄背景圖，露出抽搐、扭曲的苦悶表情。有的趴在血池畔，有的倒在針山腳下，雪白的身體泛青，變成紫色，最後僵硬不動。」

他露出滿嘴金牙，惡魔似地笑了。那種笑容，看起來與全景地獄圖是如此相得益彰。就算是早已習慣幹壞事的不良青年平田也感到太過詭異，嚇得全身寒毛倒豎，不由自主撇開眼。蜘蛛男痴迷地繼續自言自語：

「就等明天了。明天下午一點，觀賞我最後藝術的數百名觀眾將會抵達。而且，他們都是擁有卓越評論眼光的名流專家，他們將會看到我打造的這令人驚嘆的世界。他們將在隱藏這小建築中的另一個宇宙旅行。他們終於能夠理解，什麼叫做『邪惡之美』。而我將會扮演這地獄世界的說明者。——你們瞧。這些假人。做得多麼精巧啊。看這小嘴，這玉手，這美腿——說著，我會掀起女孩們的嘴唇，抬起她們的腿，捏她們的皮膚給大家看。一個接一個地，展示四十九名女孩。——你們看，這個也是，看到沒有，這個也是——就這麼邊說邊展示。啊，到時候那些觀眾嚇破膽的驚恐表情，彷彿就在眼前。」

在藍紅交錯的光線中，蜘蛛男有如妖怪的面孔，開心地咧開大嘴，露出地獄般的笑聲。

偵探人偶

全景館位在遊樂園的一角，設有別的出入口，即便不入園也可以只參觀全景圖。這個可以自由進出的入口，也成為他將那批數量驚人的犧牲者搬進來的秘密通道。

已經和蜘蛛男道別的平田青年也是，從這個出入口不用擔心被人看到，他就這樣神不知鬼不覺地消失在黑暗中。

蜘蛛男園田大造目送平田青年離去後，喀啦喀啦地關上出入口沉重的拉門。為了提防有人出現礙事，他鏗的一聲上鎖。就這樣，在密閉的廣闊全景館中，除了四十九名犧牲者以外，只剩下蜘蛛男一人。

他手持細鞭，走進外表看似儲藏室，實為暗室的房間中。

不久，這群容貌相似的美麗女孩，一個接一個被解開繩子，拿掉口中的布，一絲不掛地光著身子，伴隨尖銳的鞭子聲，被趕到暗室外。在這四十九人中，有人眼看死期將至大哭大叫，有人像死人一樣趴倒在地，有人滿懷強烈敵意，撲上去揪住蜘蛛男。但即便集她們四十九人之力，也無法對抗蜘蛛男手上的那把槍和一根鞭子。她們既遭到鞭打又被手槍威脅，除了鑽進通往全景場的那條狹窄漆黑宛如隧道的洞穴之外，別無選擇。

滑稽的裸女隊伍，有如被驅趕的成群家畜，魚貫走向全景場。

穿過漆黑的隧道後，她們的眼前豁然展現一個藍與紅的幻境世界，映現出詭異陰森的地獄景象。恐懼的尖叫四處響起，但她們身後的鞭子毫不留情在眾人彼此互相推擠下甚至無暇駐足。

「想叫就儘管叫，不過，妳們的聲音傳不出去。就算傳出去了，也不會有人聽見，這裡可是在廣大遊樂園的森林中。」

蜘蛛男以不遜於女孩尖叫的音量大吼，他不停鞭打，將每一個裸女趕往各自適當的位置。

鞭子聲，亂舞的肉塊，尖叫組成的交響樂，宛如舞獅凶惡露出的金牙光芒，愉悅的惡魔高笑。在這全景館的另一個世界，藍紅交織的渲染光影下，一幅活生生的人間煉獄圖正在上演。

……………………

此時，扔進四十九具假人的漆黑儲藏室中，發生了極為詭異的狀況。

躺在角落的某具假人——那是在大塊頭男人的胴體套上寬鬆白衣、安裝上女人腦袋魚目混珠臨時充數的拼裝貨之一。此刻，它居然像上了發條一樣，在黑暗中，突然起身。

不僅是自動起身，它還將旁邊的成堆假人弄得喀喀做響，沿著牆邊走了出去。白衣人偶出了門口，穿過隧道，好似夢遊症患者，不知不覺中潛入全景場。

紅色光線照到假人撥開甩散的黑髮以及它白牆般的面孔。它那對玻璃眼珠彷彿覺得刺眼，不停眨動。同時，只見那緊閉的唇角似乎微微一動，假人的臉龐露出某種難以形容的詭異嘲笑。

它不是假人，是活生生的人類。在四十九具假人當中了一個活人。剛才平田青年的懷疑是正確的。這具活生生的假人還沒被搬過去，就自己悄悄地走到儲藏室去了。

可疑的假人以不可思議的神速，悄悄靠近蜘蛛男背後。它隨著蜘蛛男的四處走動，猶如影子一樣跟在他後面不斷轉身閃躲。蜘蛛男壓根沒發覺，他被四十九名女孩令人眼花繚亂的肉塊給迷惑，只顧著一股勁到處甩鞭子。

機會終於來了。當蜘蛛男停止四處移動站定之際，假人伸出手，只見假人的指間有著狀似棉花的白色物體。它以電光火石之速，以那白色物體捂住蜘蛛男的口鼻。十秒，二十秒……蜘蛛男軟綿綿的身體，倒進假人的雙臂之間，麻醉藥令惡魔陷入昏睡了。

……………………………………

不能在這裡磨蹭，快點、快點。自心底深處湧起的吶喊，與睡魔戰鬥一番後，最後終於戰勝，蜘蛛男朦朧地睜開黃色雙眼。

四十九名女孩仍然還在哭叫，不知該逃往何處，地獄之火絲毫未見減弱猶在熊熊燃燒，滾水地獄滾滾沸騰，眼前景象並未顯示出已過了多少時間。蜘蛛男瞥了一眼手錶，可是由於他不記得自己究竟是幾時失去意識，因此自然也無法從手錶得知過了多少時間。

「啊，我只是因為太高興，所以一時頭暈目眩。根本沒什麼。」

蜘蛛男以為這段期間僅有數秒，當然也完全沒發現詭異人偶的出現和麻醉藥的事。不過，他其實已睡了一個多小時。之所以感到僅有數秒，是因為四十九名女孩在怪人偶的指揮下，演出了巧妙的偽裝。在那一個小時當中究竟發生了什麼事，還有那具怪人偶又是什麼人，想必很快就會揭曉。

先撇開那個不談，蜘蛛男園田大造踉蹌站起，為了讓所有女孩站到適當的位置，又繼續鞭打怒吼了一陣子。四十九名女孩雖然又哭又叫，倒是意外乖順地聽從他的命令。

「好了，女孩們，最後的時刻終於到了。跳起瘋狂舞蹈的時刻來臨了。妳們就盡情瘋個夠吧。盡情地——」

蜘蛛男話說到一半，他自己就像瘋子般地衝進隧道，從外面把門猛然關上，上了鎖，再繞路走到全景圖的布幕背景後方，那裡有一個一坪大小宛如箱子的小房間。他鑽進那個小房間，湊近房間裡鑲著小玻璃的圓窗窺視。全景館內部一覽無遺。他可以輕而易舉地看到四十九名裸女的香豔肢體，在藍紅交錯的光中，不停扭動。

蜘蛛男亢奮漲紅的臉上，扭擠出野獸的笑容，他嘖嘖有聲地舔舌，萬分愉快地按下小房間牆上裝設的小小按鈕。按下去之後，他把臉緊貼在圓窗的玻璃上，目不轉睛地眺望場內變化。

按鈕通往設在場內觀眾席地板下方的殺人毒氣噴發裝置。只要一按鈕，那裡面的兩種藥水就會自動混合。

乍看之下，觀眾席下方的黑暗中，出現了無數黃蛇，仰起煙霧鎌首源源不絕地爬出來。隨即在地面匍匐向四面八方擴展，蛇與蛇重疊交錯，最後化為一團黃色煙波，徐徐向四十九名裸女逼近。

被毒煙嚇壞的女孩，紛紛發出慘叫，縮起身子攀附在背景布幕上。然而，毒蛇的速度很快地逼近她們的腳下，腳踝、小腿、大腿、臀部、腹部，沿著肌膚，不停往上爬，她們跳起了蜘蛛男所謂的瘋狂舞蹈。

這是四十九具柔軟肉塊與殺人毒氣的悲痛戰役。女孩們被煙嗆得猛咳之際，猶不停自胸口深處迸發尖叫，胡亂甩動手腳跳起醉狂之舞。四十九具裸體縱橫交錯來回奔跑的壯觀場景，令蜘蛛男的歡喜到達絕頂。

黃煙愈來愈濃，覆蓋地面與圓形背景布幕，最後爬上圓形天花板，從頂上的通風口逸出屋外。蜘蛛男窺視的玻璃窗，也如置身在雲霧中被濃煙所阻，早已看不見場內的全貌。但是，當瘋狂奔跑的眾多裸女緊貼著窺視窗前經過時，尚能隱約看見在煙霧中顯得異樣巨大的肉體，彷彿雲中巨人，或者水族館的怪魚，淫亂得令人毛骨悚然。

只是，蜘蛛男也無法盡情欣賞這不可思議的景象太久。黃色毒煙不分敵我，鑽過牆壁空隙，也開始侵入他藏身的小房間。正因他熟知這種毒氣的特性，所以單是看到一縷輕煙便已嚇得發抖。他連忙拿起手帕捂住鼻子飛快衝出小房間，跑過走廊來到全景館外。他把出入口的大門猛然關緊後，像在害怕什麼似地離開建築物，全速跑進另一頭的森林中。

對之前憑著意志力擺脫睡魔糾纏的蜘蛛男來說，光是這樣便已用盡所有力氣。當他衝進森林，往草地上一倒後，藥性尚未完全消退的麻醉藥漸漸麻痺了他的神經。

他就這麼躺著，仰起脖子眺望全景館那棟建築。從劃開隱隱染白的天空，有如怪物黝黑聳立的圓形建築頂端，裊裊升起黃煙。啊，在那圓形屋頂下，有四十九塊扭曲的肉塊癱在地上，如實表現出她們垂死前的苦悶掙扎姿態。想到這裡，得到滿足的些許悲哀，瀰漫他的胸臆之間。他仰起的脖子，頹然垂落，這歷代罕見的惡魔爛睡如泥。

大團圓

快要中午時，園田大造事先雇用的全景館警衛和售票員前來上班，發現了在林中熟睡的他。

被搖醒的蜘蛛男得知開館儀式的時間快到了，慌忙打開全景館的大門。這時毒煙雖然早已自通風口排出，但為了預防萬一，他還是禁止警衛入內，打開了所有的門窗，讓剩下的毒氣排出。蜘蛛男自己也坐在建築物外面的售票處，在觀眾抵達之前，監視進出的所有人。

在他教導員工如何接待客人之際，約定的時間終於到了。相較於發出的數百封邀請函，實際到場的人數還不到百人。但是，看到其中有K片廠廠長K氏和警視廳的波越警部，蜘蛛男感到一種莫名的滿足。（事後才知道，這兩人是基於別的用意而來。）還有知名的文學家和新聞記者，也可看到以某種怪異畫風聞名的新秀西畫家。

蜘蛛男園田大造換上事先準備的大禮服，帶領賓客去全景場。眾人毛骨悚然地穿過黑暗的隧道，出了隧道，是圓形觀眾席。館主客氣地為場內無處安置椅子而道歉，請求賓客暫時站在原地。

全景場為了強調另一個世界的感覺，起初幾乎是一片漆黑。除了如螢火般陰森燃起的地獄之火外沒有任何燈光。所有賓客在黑暗中各自描繪腦中幻想，將會看到某種怪異景象的預感，令他們異常緊張。

之後，隨著蜘蛛男逐一按下每個開關，場內漸漸亮了起來。先是妝點出死亡的藍色，接著是汨汨血海的紅色，最後是拖曳的紫雲，飄浮在上方的金漆如來佛像。

如果凝目細看，那裡還有劍山，有血池，有滾水地獄。觸目所及還有數不清的蛆蟲和蠢動的裸女堆積成山。觀眾之間「啊」地響起驚嘆的叫聲。

最令眾人驚奇的，是前景的裸體人偶的苦悶掙扎。它們表現出來的，是以人體結構而言，絕對擺不出來的各種千奇百怪的姿態。那是無論多麼自由奔放、大膽無畏的舞者，都難以匹敵的肉塊亂舞。膽子較小的觀眾面對這過度的殘酷與淫亂，甚至不由得撇開臉。

可以想見蜘蛛男有多麼得意。

他站在觀眾面前慷慨陳詞了一番。他陳述自身對「邪惡之美」的看法，說明這全景圖是如何地具體表現出他的看法，並且表示他自己正是邪惡的藝術家，而這個全景館就是邪惡之美的最高殿堂。

致詞完畢後，他推開柵欄走下全景場的土間，走近一個苦悶掙扎的人偶身邊。

「話說，我最嘔心瀝血的傑作，就是這些人偶的肉體。這是受到地獄苛責而扭曲的年輕女子的美麗姿態。請看。這些死人肌膚的光滑，水嫩的彈性。」

他露出詭異的微笑，一邊抓著人偶的上臂高高舉起。然後，他目不轉睛地盯著觀眾，倏然放開那隻手，這是為了展示真正人肉的不可思議的彈性。

然而，這是怎麼回事？假人的手臂撞擊胴體，居然發出喀啦喀啦的陶瓷聲。只有那具假人忘記收起來了嗎？不、不、不，不可能有那麼荒唐的事。蜘蛛男登時大為狼狽，抓起旁邊那具假人的頭顱，為了確認表情，猛然往上扭轉，結果那顆頭顱居然應聲被他扭下。這也不是真人，同樣是陶瓷人偶。那麼，剛才在毒煙中瘋狂跳著垂死掙扎之舞的那群女孩的屍體究竟到哪裡去了？

蜘蛛男的驚慌已到達頂點。

他慌忙衝向第三具人偶，試著抓起人偶的手臂，確認是否同樣也是陶瓷人偶。意外的是，那不是人偶而是流著溫暖血液的活人。雖然身穿白衣，化了妝又戴著長長的假髮，但那人顯然是男人，從肌肉隆起的上臂可以感到男性的強悍力道。

蜘蛛男大吃一驚，驚慌失措地踉蹌倒退了兩三步。

不用說，這正是之前令蜘蛛男昏睡的古怪自動人偶。男性人偶倏然起立，豔紅的光線照亮他撲滿白粉的臉孔。通紅的臉孔，緊抿的嘴唇，緊閉的雙眼徐徐睜開，愈來愈大，炯炯有神的雙眼睨視蜘蛛男，扭曲的雙唇詭異地奸笑。

「你是誰？你是誰？」

蜘蛛男伸出雙手遮擋對方的眼光，窩囊地呻吟。

「你猜不出來嗎？對這個聲音沒有印象嗎？」

男性人偶平靜地回答。

「我懂了。是你。明智，小五郎。混帳東西，你居然……」

巨人與怪人再次相向而立。四隻眼睛燃起敵意，像要咬噬對方的身體，散發出劇烈的光芒。兩人就這麼保持緘默，彼此瞪視了許久。所有觀眾也漸漸理解事情原委，緊張地乾嚥口水保持沉默。

扮成古怪假人的明智小五郎終於開口了：

「哈哈哈哈哈，你不懂嗎？為何我會在這裡出現？你正苦於不知如何解開這個疑問吧？說穿了很簡單。我利用了你的疏忽。首先，你抄下人偶師福山鶴松的地址卻扔在桌上沒收好。第二，你沒發現我化身為鶴松人偶工廠的工人，訂購了四十九具裸體假人之後，竟然還叫我來這裡組裝假人。因此我能夠看穿你的誇張詭計，絲毫不足為奇，而是理所當然的。哈哈哈哈哈，你明白了嗎？」

「那麼，是你把那些女孩的屍體與這些假人調包了？」

蜘蛛男在瞬間的驚愕平復後，恢復與生俱來的膽量，從容不迫地問道。

「什麼女孩的屍體？」

明智故作詫異地反問。

「當然是被我的毒氣活活毒死的那四十九位小姐的屍體。」

「原來如此，原來如此，你還被蒙在鼓裡啊。這真是天大的誤解。幸運的是，你並未犯下殺人罪。這麼說你可能還不懂，換句話說，你剛才在這裡睡了一下。你或許以為只是一下子，但其實你睡了一個小時以上。只要有一個小時就能做很多事了。足以將觀眾席地板底下的毒氣發射裝置，改裝成劇場舞台使用的無害冒煙裝置；也足以與四十九位小姐商量，請她們吸了那無害的煙霧後做出痛苦掙扎的模樣。」

「你是說，那都是她們演的戲嗎？」

蜘蛛男面臨驟變，難以置信地大叫。

「一點也沒錯，那些女孩不愧是你看中的人，全都演技一流呢。哈哈哈哈哈。趁著你在林中熟睡之際，那些女孩全都被父母領回去了。這時候她們八成正在向爸爸媽媽敘述昨夜至今的冒險吧。這樣安排好後，我就放上這些假人，取代那些女孩了。你覺得我的本領如何？我應該也不是完全不懂得欣賞『邪惡之美』的男人吧？」

很長很長的沉默。

眾人看著這舉世罕見的凶賊蜘蛛男臉上流露出令人不忍卒睹的苦悶與絕望。

蜘蛛男文風不動杵在原地瞪著視智小五郎，但是右手指尖卻以肉眼難辨的速度，一點一點地爬向腰間口袋。那裡面裝著手槍。

明智彷彿對此毫不知情呆站在原地。危險啊，危險。

精明的波越警部察覺此事，翻越柵欄衝了過去，迅速地撲上蜘蛛男背後。可惜，僅僅一瞬之差，手槍已被凶賊握在手中。冷然閃爍的金屬光芒，令觀眾席「啊？」地響起恐懼的叫聲。

「用不著擔心。我可沒說要你們的命。我輸了，徹底敗在明智的手下。逃離此地對我來說是小事一樁，可是我已無意再逃。這敗北的恥辱已經夠了。我要像個男子漢，自行結束我的惡魔生涯。」

真令人意外，蜘蛛男沒把槍口對著敵人，反倒對準自己的腦袋。

「慢著！」

波越警部大吼，撲上去抓住他持槍的手時，已遲了一步，只聽手槍喀喳一響。但是，只有喀喳聲，沒冒煙也沒噴出子彈。蜘蛛男根本沒倒下，他愕然呆立原地。

「用不著擔心，子彈早就被我事先卸下了。」

明智滿面笑容地坦承。

窩囊的是蜘蛛男。這接二連三的侮辱令他臉色鐵青。所有人不禁發抖，因為他們從未見過像這時的蜘蛛男露出的猙獰可怕的表情。

「混蛋！」

他爆發似地怒吼，撲向明智。可是，冷靜的明智不可能令怒髮衝冠的蜘蛛男得逞，他迅速跳開擺出防備的架勢。同時，波越警部和混在觀眾之間的三名刑警也一同張開雙臂，保護明智。

眾人全都固守一方忙著保護明智，導致防守出現漏洞，然而這才是蜘蛛男的真正用意。他假裝要撲向明智，卻在千鈞一髮之際突然轉向，衝向五六間之外的劍山。

那裡朝天遍植著數十把刀劍。蜘蛛男迅如脫兔，縱身一跳，張開雙手，放聲嘶吼，猛然投身，狠狠墜落到尖銳的刀劍上方。

波越警部等人趕到時，凶賊早已停止呼吸。其中一把劍，自正面刺穿了他的心臟。這過於殘酷的一幕，令觀眾不敢正視。就連明智小五郎，也嘴唇失色地扭頭撇向一旁。

舉世罕見的凶賊蜘蛛男，如今只不過是一具柔軟的物體。癱平在劍身上的黑色禮服背部，宛如巨大的刺蝟叢生著十幾根劍尖，自那根部正汩汩湧出看似黝黑的液體。

就這樣，學者殺人魔蜘蛛男，不知是何種因果報應，竟在他創造的全景圖地獄的劍山上，親手將自己處以極刑。

《蜘蛛男》解題

文／傅博

（內有謎底，未讀正文勿看）

《蜘蛛男》為《江戶川亂步作品集》第七集。收錄亂步之第五長篇《蜘蛛男》。本篇於一九二九年八月至翌三〇年六月，在講談社出版之《講談俱樂部》月刊連載後，三〇年十月由講談社出版單行本，原文約二十一萬字。為亂步確立自己之長篇驚險小說作風之紀念作。當時沒有「驚險小說」之名詞，稱為「通俗探偵小說」。屬於這種特殊稱呼的作品不多，大概限定於亂步與甲賀三郎、大下宇陀兒三位作家的部份推理長篇而言，所以又稱為「通俗探偵長篇」，換句話說短篇推理小說沒有「通俗推理短篇」這類型，非解謎為主題的推理短篇一律歸類為「變格探偵小說」。

現在在日本，不管是資本、出版量，講談社是名符其實的最大出版社，稱霸日本。但是二次大戰前，在日本出版界稱霸的是，發行《新青年》等雜誌的博文館與出版文藝書的春陽堂。講談社是簡稱，正式的名稱是大日本雄辯會講談社。戰後才改稱為講談社。

當時的講談社之出版主流是通俗雜誌，如號稱百萬讀者之通俗綜合雜誌《キング》(國王)，通俗小說雜誌《面白俱樂部》(有趣俱樂部)和《講談俱樂部》，少年少女的讀物雜誌《少年俱樂部》、《少女俱樂部》以及《幼年俱樂部》等。是戰前之雜誌王國，但是被很多文化人看不起，很多作家不願意在講談社的雜誌執筆。

據亂步的回憶，出道不久，《講談俱樂部》編輯就找上他，提出格外優渥的稿費條件，請他撰寫推理小說，因為以上原因，讓亂步躊躇了五、六年，才答應為該誌撰寫推理長篇——《蜘蛛男》誕生秘聞。

嚴格而說，《蜘蛛男》並非亂步之第一部通俗偵探小說。第一長篇《闇に蠢く》(在黑暗中蠢動)、第三長篇《一寸法師》(侏儒)，其內容也是通俗偵探小說。不過，亂步還考慮到本格推理小說的架構，作品本身帶著解謎的尾巴，可說是失敗作。《蜘蛛男》即不同，這次亂步即徹底為一般大眾的嗜好服務，在雜誌連載時就轟動，在《講談俱樂部》編輯部主辦的好看小說的讀者投票，獲得第一。

故事開頭，寫一個怪紳士稻垣平造一天內租辦公室，買辦公桌椅，買裝飾用美術品，打報紙之小廣告招募年輕女店員等，先讓讀者了解稻垣的做事能力。翌日從應徵少女裡採用一名十八歲少女里見芳枝，當天就強姦這名少女，然後殺害而分屍，用石膏包裝屍體，完成完全犯罪。

其次寫一位知名犯罪學者，又是名探的畔柳博士，從三則報紙小廣告，推理犯罪事件的可能性，然後他帶助手野崎三郎青年到他所推理的犯罪現場，果然發生一件殺人事件。故事從令讀者預測不到的方向展開。是一部名探與殺人魔王的鬥智故事，前半部是畔柳與稻垣，後半部是名探明智小五郎與稻垣的鬥智。

從一九二九年八月，在雜誌開始連載《蜘蛛男》算起，至三九年日本政府禁止發表推理小說這十年，亂步一共發表了二十篇通俗探偵長篇，當時來說是驚人的數量而半數以上是在講談社發行之通俗雜誌發表的。這些作品都是寫名探與惡人之各式各樣的鬥智之外，還反映亂步的獵奇趣味。

二〇一〇年十一月一日

小說中的江戶川亂步

文／長谷部史親

其一 《江戶川亂步殺人原稿》

江戶川亂步在其他作家的小說中，不時粉墨登場。由此可見他的存在感有多麼強烈，從各種角度來說都是充滿魅力的題材。在這些作品中，我想特別挑出幾篇深入探討。因為此舉，有助於我們探討江戶川亂步這位作家在他人眼中的形象，同時這似乎也是亂步部分虛像的構成要素。

作中有亂步出現或以亂步為題材的小說，早期的可舉並木行夫於《妖奇》雜誌昭和二十七年一月號刊登的〈江戶川亂步〉為例。並木行夫之後又陸續發表了〈小說大下宇陀兒〉、〈小說野村胡堂〉、〈小說木木高太郎〉，這些都是某種傳記小說的一環。不過這些作品要說是小說的確是小說，但內容並沒有太多的虛構成分。

接著還可舉出中島河太郎的〈傳記小說江戶川亂步〉。這是昭和二十九年十二月，刊於雜誌《偵探俱樂部》亂步六十大壽紀念特刊。以接獲小酒井不木[1]死訊的

1 1890～1929，日本推理作家。和亂步有深交。

場景揭開文章序幕，用物語風格描述亂步的半生。就此意味而言，比起單純敘述生平傳記更多了一分懸疑，讀起來也更引人入勝。但是，這篇的主要執筆目的同樣也是人物傳記，沒有大膽想像發揮的空間。

到了近年，有許多作家都以江戶川亂步為主題寫過小說。比方說歌野晶午的《買屍體的男人》便是一例。還有島田莊司，也曾在數篇作品中提及亂步。松本清張也寫過〈額與齒〉這樣的作品。另外還有像北村想的《怪人二十面相・傳》及《青銅魔人》這樣，亂步本人雖未出現，卻讓亂步小說中的人物出場而掀起了話題。

至於這幾年來最大的話題作，應是久世光彥的《一九三四年冬——亂步》（集英社，一九九三年）吧。這本小說取材自亂步二度宣布停筆、流浪各地下落不明的時期。此書一出備受各界矚目，一九九四年獲得山本周五郎獎。尤其是書中虛擬亂步正在創作〈梔子姬〉這篇小說，對亂步文體的模仿更是廣受讚賞。不過關於這本《一九三四年冬——亂步》，被各界提到的機會很多，所以在此不再多談。首先，我想先從松村喜雄晚年的小說《江戶川亂步殺人原稿》談起。

松村喜雄撰寫的長篇小說《江戶川亂步殺人原稿》，於一九九〇年九月由青樹社出版。故事主要描寫江戶川亂步生前未發表的草稿突然出現，由此引發一連串殺人事件。如果在知名作家身故後發現未發表的原稿，這本身就已是一大事件必然會引起大騷動。在過去的偵探小說名作中也有此類題材，例如狄克森・卡爾[1]的《帽

1 John Dickson Carr, 1906～1977, 美國推理作家。

子蒐集狂事件（*The Mad Hatter Mystery*）》及艾勒里・昆恩[1]的《哲瑞・雷恩的最後探案（*Drury Lane's Last Case*）》，就是以愛倫坡及莎士比亞這二位大師生前未發表原稿的出現為主題。不過在《江戶川亂步殺人原稿》中，讀者很快就會發現，原來只有草稿開頭的署名是真跡，內容卻是偽作。

故事一開始，被視為下一任總裁人選的執政黨某政治大老收到一個包裹。寄包裹的人是有名的偵探小說家，也是政治家過去的好友，但是兩人現在幾乎已毫無交集。拆開包裹一看，裡面出現的是江戶川亂步署名的〈弟子〉這篇小說的草稿影本，政治家立刻先讀為快，然後大吃一驚。因為文中暗示，某位表面上被當作自殺處理的年輕女子之死，其實是遭到四名男性其中一人謀殺。雖未寫出真實姓名，但內容與政治家在半個世紀前經歷的事件依稀彷彿，考慮到自己的微妙立場，政治家不能就此坐視不管。

接著在《江戶川亂步殺人原稿》中，插入了這篇問題小說〈弟子〉的全文。小說描寫昭和初年，十七歲的少年結識了淺見大五郎這位當紅偵探作家，之後少年與其他三名夥伴頻頻造訪作家關係日漸親密，但在作家親密態度的背後潛藏著貪婪的意圖。換言之，作家刻意誘導他認識的美麗女子與其中一名少年墜入情網，企圖藉由近距離觀察這段戀情可能引發的悲劇，幫助自己的小說創作。最後女子死亡，留下不解之謎。和一般偵探小說不同，文中只暗示真凶是四名少年之一，並未做出明

1 Ellery Queen，美國推理作家，是佛德列克・丹奈（Frederic Dannay 1905～1982）和曼佛雷德・李（Manfred Bennington Lee 1905～1971）這對表兄弟寫推理小說時共用的筆名。

確解答。

這份原稿來自某位神秘美女，之後透過舊書業者送到小說家的手上，取得小說時還附帶了必須公諸於世以及須將影本寄給政治家這兩項條件。然而，政治家並未直接與寄稿子來的小說家接觸，反而試圖獨自打開僵局。而當務之急就是要找出曾經共享某段青春歲月的四人之中如今下落不明的兩人。另一方面，小說家對於政治家收到包裹後毫無音信的態度還來不及懷疑，便已捲入江戶川亂步未發表原稿出現的風暴漩渦中。神秘美女也主動接近政治家，在尋找下落不明的兩人的過程中發生殺人事件。

文中出現的〈弟子〉，早在小說家一拿到原稿的階段，便已根據文體和筆跡的差異判定並非江戶川亂步的真跡。本來〈弟子〉就是以參與辦案的刑警為第一人稱，以犯罪實錄的風格撰寫。從後面會提到的《亂步叔叔》一書也可窺知，松村喜雄試圖以反寫實作家的定位去描寫亂步。在這樣的設定下，很難想像亂步會寫出實錄風格的小說。換言之《江戶川亂步殺人原稿》的作者松村喜雄，應是在「這是偽作」的前提下，刻意設定壓根不像亂步作品的作中作〈弟子〉。因此不可能會有伴隨未發表原稿出現的浪漫調性，文中描寫的出版界騷動，也只不過是一場鬧劇。

撇開故事的劇情發展姑且不談，對於這篇作品和江戶川亂步，我們可以從多樣化的角度去考察。首先，應該先談談挑明了作為〈弟子〉藍本的保羅·布爾熱[1]的

1 Paul Bourget, 1852～1935, 法國詩人、評論家、小說家。

《弟子》。亂步在尚未步入文壇前任職於鳥羽造船廠時，首次接觸到杜斯妥也夫斯基便大受震撼，據說後來又看了許多翻譯小說。其中令他深受感動的，根據他自己寫的《偵探小說四十年》所記，除了歌德、斯湯達爾和紀德等人，也包括了布爾熱的《弟子》。

布爾熱的作品現在雖已乏人問津，但在大正年間至昭和初期，是作品被大量翻譯的法國作家。他被視為近代心理小說的開山始祖，對於人類心理的緻密分析是其作品特徵。尤其這本《弟子》具有濃厚的倫理色彩，在實驗戀愛的最後將情人逼上自殺之路的青年行為，成為整個故事的核心。追究青年刑事責任的過程與偵探小說頗有相通之處，不僅是江戶川亂步，比方說木木高太郎在議論偵探小說時也曾提到這篇作品。本世紀前半在佛洛伊德的強烈影響下，是一段特別關心心理學的時期，亂步也受到閔斯特伯格[1]的刺激，寫出了〈D坂殺人事件〉和〈心理試驗〉。此外，在美國作家范達因[2]的成功背後，也有心理學邏輯架構的引用。

話題回到《江戶川亂步殺人原稿》，此書以亂步偏愛的布爾熱《弟子》為出發點，自亂步的〈石榴〉尋求解謎之鑰，這點值得關注。但是雖說是解謎之鑰，其實只不過是極為細微的發想。此外，除了作中作〈弟子〉設定的時代背景與〈石榴〉的執筆時間相近這個事實之外，我們感覺不到何以非得是〈石榴〉的必要性。這裡刻意搬出〈石榴〉的最大理由，恐怕是作者松村喜雄個人的強烈意志。

1 Hugo Münsterberg, 1863～1916, 德、美心理學家，被稱為工業心理學之父。

2 S.S. Van Dine, 1888～1939, 美國古典推理小說作家，也是被「稱作推理大憲章」的〈推理小說二十戒〉起草者。

昭和九年九月刊於《中央公論》的〈石榴〉，對於已在各種雜誌讀物連載通俗長篇小說的亂步而言，是睽違已久的短篇作品。再加上這篇作品的發表舞台又是文壇的主流雜誌，自是打起精神充分苦思構想後才精心寫成。亂步自己也對成果十分滿意，翌年昭和十年由柳香書院出版的精裝自選集，甚至也用這個篇名做為書名，可惜在偵探小說界得到的反響不多。在此，筆者暫且不提前後的詳細經過，但松村喜雄顯然在揣測亂步意向的同時，也意圖讓〈石榴〉受到更多矚目吧。

眾所周知，松村喜雄（一九一八～一九九二年）是江戶川亂步的親戚（表兄弟的兒子）。在他死後由晶文社出版的《亂步叔叔》，是他仔細重讀了亂步的所有作品，再穿插種種私人回憶後寫成的作品論。根據此書記載，打從少年時代便經常出入亂步家的松村喜雄，尤其在屆滿二十歲之前，曾與朋友定期造訪亂步，聆聽芳醇的文學話題。當時的成員包括石川一郎、花崎清太郎（花咲一男）。

前面略述概要的《江戶川亂步殺人原稿》的作中作〈弟子〉中出現的淺見大五郎這位當紅偵探作家，理所當然會令人聯想到江戶川亂步。而聚集在淺見大五郎身旁的四名青年，不可否認多少有作者自己年輕時的投影。就某種角度而言，這篇作品也可說是作者的青春殘像。此書固然是松村喜雄的晚年力作，但在探究江戶川亂步生平軌跡的某一面上，也堪稱為不可錯過的一冊。

其二　生島治郎的《浪漫疾風錄》

戰後江戶川亂步的主要功績之一，是他對海外偵探小說的系統性介紹。他在以《寶石》、《別冊寶石》為首的各種雜誌上刊登的隨筆及評論，有很多都屬於這類文章。此外，我們也不可忽視，對於翻譯出版著力頗深的早川書房，將焦點鎖定在偵探小說時，亂步的建言貢獻極大。始自昭和二十八年的口袋版推理系列叢書，當初一開始就標榜「江戶川亂步全卷解說」，在選定收錄作品名單時亂步也盡了不少力。還有昭和三十一年日本版《EQMM》的創刊，據說也是基於亂步的建議。

生島治郎的《浪漫疾風錄》，是以回顧年輕歲月的作家越路玄一郎，當初進入早川書房工作的情景揭開序幕。越路大學畢業後工作的職場不理想，於是趁著早川書房創刊新雜誌徵人的時候去應徵，結果被田村隆一[1]賞識獲得錄用。沒想到早川書房積弊已久的職場風氣和薪水之低，還有社長的極度吝嗇，都令越路為之驚嘆。雖說是和父母同住並通勤上下班，但是可以自由使用的錢太少，逼得他過著捉襟見肘的生活。

不用說書中的越路玄一郎，乃是以生島治郎自身為藍本。他在日本版《EQMM》創刊前夕加入早川書房，昭和三十八年離職。這本《浪漫疾風錄》，是他

1 1923～1998，詩人，對日本戰後詩界有重大影響。1953至57年任職早川書房，負責編輯及翻譯工作。

根據任職早川書房期間的經歷為題材寫成的小說，當時的一干作家皆以真名在文中出現。正如卷末「後記」所言，刻意給自己冠上假名避開第一人稱敘述，是因為他不希望被視為所謂的私小說。同時這樣的手法，可以與對象之間產生相應的距離，使作品世界看起來更立體。又及，他成為專業作家後的遭遇，寫在第二部的《能否成為明星》。

話說，文中的越路，不僅必須校對雜誌刊載的小說原文和譯文，還得學習自編輯作業至印刷成冊的程序，積極投入他原本不熟悉的工作。但是，總算選定包含創刊號在內的三期雜誌所需作品，進展到發行創刊號的階段時，首任總編輯突然辭職不幹了。田村隆一臨時找來代打的總編輯，是都筑道夫[1]。於是，越路開始跟著都筑不斷鑽研編輯工作。後來都筑因社外的文筆活動忙得分身乏術，決定離職專心當作家，越路也因此成為《EQMM》的第三任總編輯。

亂步在這本書中雖然出場機會不多，但偶爾也有他造訪早川書房的出場鏡頭。

> 現身編輯室的亂步宛如光頭怪物，令人有點害怕。（中略）當然，越路自少年偵探團以來就是亂步的書迷，不僅是少年讀物，也愛看《帕諾拉馬島奇談》及《陰獸》、《綠衣鬼》這些成人作品。

1 1929～2003，日本戰後重要的推理作家和評論家，著作甚豐。

繼這初次見面之後，又描寫了亂步帶領編輯及新秀作家共二十人，前往新橋及柳橋的日本料亭一擲千金的豪遊情景。然後一行人又去銀座，一家接一家地喝酒。越路酒量不佳，但帶著他的田村隆一是酒王，可以陪亂步喝到底，所以眼看夜色愈來愈深也毫無打道回府的跡象。等到亂步終於說出「該回家了」，田村卻開口挽留，叫他「再換一家喝」。亂步輕鬆閃身一個箭步鑽進計程車，田村追著不放大吼「亂步，別跑！」的場面，實在滑稽異常引人發笑。

江戶川亂步以前酒量也很差，戰前並不愛參加酒宴，但戰後卻變得喜歡帶人到處喝酒，酒量這才愈來愈好。附帶一提，根據《偵探小說四十年》所述，在徵得亂步的許可後，笹本寅[1]的某位親戚在東京開了一間名為「亂步」的廉價小酒吧，但亂步自己好像不常光顧。的確，就文中從高級料亭喝到俱樂部大肆豪飲的描述看來，他當然不大可能去小酒吧。此外，神田某天婦羅割烹料理店，據說至今仍掛著亂步的簽名板。

撇開這些插曲不談，另外在《浪漫疾風錄》中，還有很多時候即便亂步沒有實際出現也會被提及。例如文中提到亂步把星新一[2]介紹給《寶石》，看中大藪春彥[3]的那一幕後，接著寫道：「從極短篇到冷硬派小說，亂步不分領域，一心想要栽培年輕潛力。」這應可算是深刻描寫出亂步不偏重任何類型，期望偵探小說能有健全發展的一則逸話吧。

1 1902～1976，日本作家。

2 1926～1997，科幻小說作家，尤以極短篇聞名。在亂步的推薦下，作品於《寶石》轉載博得好評，從此成為作家。

3 1935～1996，小說家，作品多半充斥暴力與性愛。得到亂步賞識，於《寶石》轉載作品後踏入文壇。

文中的越路對抗著往往偏重解謎（puzzle）的既有偵探小說觀，根據海外作品的成果付出粉身碎骨的努力，試圖開拓嶄新的地平線。換言之，對於日本偵探小說界根深蒂固的「本格」至上主義的懷疑和反彈，正是越路的基本態度。文中也描述他曾搜購整批《新青年》的過期雜誌做為編輯《EQMM》的參考，但是最後幾乎沒派上任何用場。過去的價值觀可以視為過去的東西予以認同，但如何從中跳脫才是重點所在。結果，起用新作家於昭和三〇年代完成總計十卷的《日本推理系列》，成了越路個人的一大驕傲。

但是既有的「本格」至上主義，其實不僅限於文中描述的那個時代，至今仍細水長流保住了命脈。這個奇怪現象究竟源自何處？放眼日本偵探小說的歷史，所謂的解謎小說接近主流寶座的期間本來就極短。即便再怎麼多算，頂多也只有昭和二〇年代初期以後的那十年。而且，就連乍看之下好像是將解謎小說帶至顛峰的橫溝正史及角田喜久雄等人的作品，若以現在的觀點檢證，也未必算是偏重解謎的小說。就嚴密定義而言屬於解謎小說的，能夠想到的頂多也只有高木彬光及土屋隆夫的部分作品，還有鮎川哲也、楠田匡介、鷲尾三郎等人的作品群。這顯然是與木木高太郎莽撞無謀的「偵探小說最高藝術論」走同一路線，空有理念卻沒有實質內容，這就是解謎乃至詭計偏重主義的真面目。

江戶川亂步深愛偵探小說的特殊性，因此在他寫的隨筆及評論文章中，似乎有特別強調這個特殊部分的傾向。為了促進偵探小說的普及，所以讓人先理解特殊性而非一般性——就這個角度而言，此舉應是理所當然的方針。亂步甚至還製作詭計分類表，追求偵探小說特殊性的熱情非比尋常。因此，雖然從前述逸話也可看出亂步對各式各樣的偵探小說都不吝給予好評，但他通常還是被視為詭計至上主義者，經常被拖進解謎小說迷的核心陣營。因此《浪漫疾風錄》中的越路，也不得不與亂步的這種假像戰鬥。

然而，毋寧更為嚴重的，應該是稱呼（或者說用語）的問題。不僅是日本，世界各地都欠缺實例的特殊偵探小說，不知不覺中踢開「本格」這個名詞本來的意義，不定型為「本格」偵探小說。而且《浪漫疾風錄》的越路在試圖抵抗既有價值觀時，不得不在無意識中追認這個稱呼，更加深了事態的嚴重性。因為，「本格」至上主義阻礙了偵探小說在文化上的發展這個命題本身，就文字的意義而言便已自相矛盾。想必無論在世上任何情況，「本格（正統）」部分占有最大據點都是自然的吧。如果被人說不能追求「本格」，任誰都會被「本格」這個名詞的形象所惑，感到狐疑。簡而言之，我們首先應該先從「絕非本格派的偵探小說，不知怎地卻被稱為『本格』偵探小說，這是一種錯誤」這個認識出發。

為了避免誤解必須先聲明，我對解謎小說並不忌諱也無意排斥。毋寧該說，我珍惜這種小說所擁有的極度發揮偵探小說特殊性的一面。但是若就小說整體動向來看，解謎小說是稀有的變種，說穿了只不過是少數偵探狂的玩物。那樣的存在被稱為「本格」卻無人抱持疑問，冷靜想想這才更不可思議。而對於「本格」至上主義的批判和反對意見，並未檢討用語只是歇斯底里地不斷老調重彈，因此雙方的議論無法取得同一立足點，永遠在雞同鴨講。這種狀態持續久了，就和法律時效的概念一樣，令事態陷入膠著化。正如前述所言，實體明明很脆弱，「本格」至上主義卻像偏執的亡魂，至今猶徘徊不去。

《浪漫疾風錄》的越路玄一郎，被迫毫不批判地沿用「本格」這個用語，在議論上或許陷入自縛手腳的窘境。但是，他先以編輯身分，其次再以作家身分，成功地為那個領域提供了實體。在社會情勢激變的昭和三〇年代，創出一種文化的能量足以令人瞠目。這應該也算是一種透過虛擬小說的形式，鮮活描寫出時代百態的寶貴記錄文學。此外如果一併閱讀也在此書出現過的小林信彥寫的小說《夢之砦》，以及都筑道夫寫的散文集《直到成為推理作家》，背景會更為寬廣，更引人入勝。

還有一個我想強調的重點，是江戶川亂步的存在。正如打從前面絲絲縷縷記述下來的，在「本格」至上主義與反「本格」至上主義對立的模式中，江戶川亂步的說法被兩方陣營抬出來爭相拉攏。只要有亂步助陣便可補強自家論述的角度看來，可清楚看出他的影響力有多麼巨大。但亂步的言論，有時看似「本格」至上主義，有時卻又好似相反，令人想起三個盲人初次觸摸大象的寓言故事。由於命題（thesis）

和反命題(antithesis)從不同位相(topology)濫發，日本的偵探小說界終究無法達到統合(synthesis)。但是正因有江戶川亂步這般巨大的存在，或許本就不該從中尋求統合。

其三　齋藤榮的《亂步幻想譜》

我至今仍清楚記得初次閱讀齋藤榮的《亂步幻想譜》時的狀況。記得那時我才剛進大學沒多久。推開常去的咖啡店門扉，在以黃色為裝潢基調的椅子坐下後，在場的某位學長給我看一本書的封面，問我「要看嗎？」地露出笑容。那本書，就是《亂步幻想譜》。

學長想必早就知道，我不僅嗜讀江戶川亂步的小說，對於他在創作之外的功績和人品也頗感興趣。之前學長好像把書借給某人剛收回來，然後就這麼直接交到我手上。當時，在第一次石油危機的影響下物價高漲的餘波猶在，書籍類的相對價格比現在貴，對窮學生來說能夠借到新書實在感激不盡。

順便在此舉出具體數字，《亂步幻想譜》的初版本(光風社，一九七四年)定價七百五十圓。彼時國鐵票價起價是五公里內三十圓(一九九四年現在，JR東日本公司在首都圈內的票價起價為三公里內一百二十圓)。車站前簡陋的立食蕎麥麵，就算添上天婦羅也才八九十圓(現在要三百至三百五十圓)。畢竟那是個就連現在一個人得花五千圓以上的宴會，都只要千圓左右便可豪華開辦的時代。現在各種物價都上升了，書本定價相較之下一直維持不變，卻還是有人口吐妄言抱怨書太貴，這種人八成數學不太好吧。現在一般書籍的定價，即便對照整個出版史的動向也太過便宜。

題外話到此打住，總之當時的我收下了學長提供的《亂步幻想譜》。其實借回家再看就好，但該說是那時正在興頭上嗎？我就這樣坐在咖啡店的椅子上，一手拿著咖啡和香菸開始閱讀。正好一個小時左右就看完了，結果我沒把書借回家，當場就物歸原主。學長當然應該問起了感想，但我已不記得是怎麼回答的了。如今想來，這是我與齋藤榮的《亂步幻想譜》的初次邂逅。

關於齋藤榮的作品全貌，沒必要特地在此詳述。回想起來，江戸川亂步獎得獎作品《殺人的棋譜》和早期的《王將殺人》，印象中好像都還看得挺有意思的，但我記得到了《日本鐵假面殺人事件》左右，我就從忠實讀者的隊伍撤退了。就在這種過程中，對於《亂步幻想譜》，前述的初讀記也成了最後一次，再也沒翻開過。大概是受到紀念亂步百年誕辰的熱鬧氣氛影響，我想起家裡應該有一本，因而起意重讀。

在書庫搜尋後發現,《亂步幻想譜》果如預期放在亂步相關文獻的架上。這一方面固然是因為我的書庫沒有專門擺放齋藤榮相關文獻的書架,不過亂步相關文獻區除了亂步自己的著作外,其實還塞滿了各式蕪雜資料。學生時代,沒那麼多錢把看過一次的書買回家,所以應該是我日後在舊書店發現才買來的。翻開封底頁,果然還留有板橋區某舊書店的標籤。說到板橋的舊書店與亂步的關連,就會想起如今已過世的當地書局的店主,但這本並非在當地書局買的。雖不記得正確時間,但我想應是在前往書局的途中順手買的。

這本《亂步幻想譜》是連作形式的長篇,本來是雜誌的連載小說。初刊後數度重刊,看過的人想必也很多,所以在此沒必要詳細介紹故事內容,總之基本架構是根據亂步回憶錄等書中提及的事實,再於其間填補個人創作的異類作品。比方說一開頭,亂步正在連載的《闇夜蠢動》執筆不順,又遭到自稱鬼頭千鶴要求拜入門下的年輕女子騷擾,於是他決定去西伊豆的溫泉旅館轉換心情。得知海中留有當地的敗家子打造的帕諾拉瑪島殘骸,亂步心生好奇,搭船前去一探究竟,結果差點遭到殺害。在千鈞一髮之際拯救他的人,正是尾隨他趕來的千鶴。於是亂步因此得到《帕諾拉馬島奇談》的創作靈感。

類似這樣,以大正十五年至昭和十一年間為背景共分十章(或十個故事),亂步在每一章都被捲入荒謬的冒險,也每每因此得到新作品的題材和靈感。亂步實際寫過的小說自不待言，就連亂步妻子經營學生宿舍的爭議之類並非虛構的逸話也被大量用在文中，而且最有趣的是這些事實和小說的虛構部分居然還搭配得不錯。不過，以真名出現的亂步在書中的遭遇，未免過於獵奇逼真。雖說應該不至於有人誤解書中內容全部屬實，但在亂步的支持者中想必也有不少人心生排斥。老實說，就連我自己二十年前頭一次閱讀時，都有點受不了。

不過，這次重讀，有些地方竟令我意外地產生共鳴。例如，在篇名直接就叫做「獵奇」的昭和五年這一章，描寫亂步被友人岩田準一帶去小巷深處的繪草紙[1]店。在那裡，他首次看到大蘇芳年[2]的殘酷畫，受到的衝擊令他膽戰心寒。實際上亂步的確是在昭和五年開始收集芳年的錦繪，這年亂步相繼寫出大作《獵奇的結果》、《魔術師》、《黃金假面》、《吸血鬼》，據說就是芳年的畫作帶來的刺激。就他當時的通俗長篇小說的氛圍所見，這個說法倒也有充分的道理。附帶一提，根據年譜記載，這種刺激持續到翌年以降的《盲獸》、《白髮鬼》、《地獄風景》、《恐怖王》，直到昭和七年如停電般戛然而止。生平算是寡作的亂步，無論從前或以後，都沒有這樣在短期內大量創作長篇小說的例子，所以把這個現象直接與芳年的殘酷畫做連結的推論或許不可小覷。

還有，在最後一章的「幻想之鬼」也有耐人尋味的敘述。正如前述所言這一章以昭和十一年為背景，描寫亂步結束自前一年年底開始的九州旅行後，雖得到應可

1 江戶時代附有插圖的通俗讀物，或彩色印刷的浮世繪版畫（錦繪）。

2 1839～1892，江戶末期至明治時代的浮世繪師，以殘酷畫系列作品一躍成為當紅畫師，明治維新後也活躍於報紙新聞插畫的領域。

成為傑作的小說構想，一旦開始動筆卻維持不了三天。這年，夢野久作猝死，在亂步與身為夢野好友的大下宇陀兒一同為出版夢野作品全集奔走的過程中，以亂步為中心，他和夢野、大下的三人關係浮上台面。換言之夢野與大下，對於偵探小說抱有相似看法，亂步卻與他倆的看法抵觸。但無論是夢野或大下，對於亂步的作品當然還是深為激賞。有心想寫的風格，和實際能寫風格的兩者之間的落差，是糾纏江戶川亂步一生的問題。而這個問題在《亂步幻想譜》這本小說中，透過他與大下宇陀兒的對話明確成形，亂步同年開始撰寫的少年偵探讀物得到熱烈回響更強化了這個問題。亂步仰望夏天的夜空低語「這樣就好了嗎？」的身影，散發出一抹寂寥。

《亂步幻想譜》想必不算是齋藤榮的最佳作品，也不可能是以亂步為題材的最佳小說。因為此書和其他同類小說有個共同特徵，那就是都將重心放在亂步的高知名度和人生經歷的有趣，但相對的，作者原創的部分也因此顯得魅力不足。尤其是《亂步幻想譜》，極度大膽的虛構風格，令人無法抹去某種趕流行炒作話題的印象。

不過換個角度看，或能稍微得到另一種看法。江戶川亂步的小說，之所以能在長年來人氣不墜，應是因為讀者根據各人感性不同皆能自得其樂。十個讀者就會有十種享受方式，每個人得以各自設定自己心中的亂步形象。亂步小說的強烈魅力，就在於能夠激發想像力，讓人產生更多妄想。被小說刺激進而產生妄想的這個連鎖構造，純屬讀者個人所有，他人沒有介入的餘地。就像關在球體鏡內的人，想看的保證都能在那兒看見。

因此齋藤榮《亂步幻想譜》的故事之所以大膽，也許可以說是因為亂步的小說世界本就誘人產生大膽的聯想。如果不怕誤解說得更極端點，那根本就是作者自身就有的妄想產物。因此，對於內心自有亂步形象的讀者而言，這本小說恐怕難以喚起共鳴。不過，如果能夠明確認識這種差異的存在，並且參照各人對亂步的想像去閱讀的話，想必應該自有樂趣，同時肯定也能產生新的看法。就此意味而言，《亂步幻想譜》這本小說，是一本無法輕易忽視的作品。

其四　筒井共美的《月影之市》

筒井共美的《月影之市》，由新潮社於一九九一年四月出版。十二開(188mm×130mm)精裝本共一九七頁，發行時的定價是一千四百圓。在當今出版品為了壓低定價，盡量在不起眼的部分縮減成本的風潮中，此書雖便宜卻意外精緻。書封外皮是兩面印刷，正面是燙金雙色。正文中還有四頁四色(full color)印刷的插畫。不過插畫是白色紙背另外印刷之後插進去的，畢竟無法那麼大手筆直接編排在正文的刷版中。

附帶一提，如果一本書多色印刷的部分分散在數個地方，製本時最奢侈的作法應該就是和正文的刷版一起製版。假設是十二開版本有四處用四色印刷，而且不是在以十六頁為單位的印刷紙同一面，四色印刷的刷版數為四。包含分色(color separation)處理的四色印刷製版費，是單色印刷難以比擬的昂貴，而且基本上與四色部分的面積大小無關。換言之製版單位的一版，無論八頁全部用四色或者只有一小部分用四色，製版的費用都一樣。因此單純計算起來，若用另一個版在四頁用上四色，必須花上四色印刷三十二頁的費用。而另行插入白色紙背的印刷是行之多年的簡便方法，製本費的計算基準（台數）按張數遞增，而製版這邊八頁之內卻可以一版處理。這方面的斤斤計較，可說是出版社負責計算成本者的苦心。

之所以絮絮嘮叨地揭露這種瑣事，其實是有一點理由。江戶川亂步在他尚未成為作家的年輕時代曾經換過許多工作。根據他自己在《偵探小說四十年》的記述，他經過一番苦學於大正五年自早稻田大學畢業後，首先因憧憬出國一展雄圖而去大阪的貿易公司上班，但短短一年就離職了。

之後又做過各種不同職業，但沒有一樣持久。若要回想主要類別，包括三重縣鳥羽造船所事務員，在團子坂經營舊書店，東京PACK的編輯，中國麵館，東京市公所公務員，大阪時事新報記者，日本工人俱樂部書記長，髮蠟製造業經理，在大阪某律師事務所打雜，大阪每日新聞廣告部職員。以上這些就是我自大正五年大學畢業到大正十三年成為專業作家為止這八年當中，在東京和大阪之間來來去去大致做過的工作，若要說得更詳細的話，也做過英文打字機推銷員，借表演場舉辦唱片音樂會等等奇特的工作。

亂步之所以要強調「主要類別」，想必是因為他做過的職業實在太五花八門。比方說在《偵探小說四十年》比較後面的地方，就曾提及他在團子坂經營舊書店失敗後，立刻決心當私家偵探還造訪了岩井三郎的偵探事務所。可惜當時好像沒獲得雇用，因此亂步的履歷表中沒能加上私家偵探這一項。想到與亂步同年出生的漢密特❖1，在成為專業作家前本來任職於赫赫有名的平克頓偵探社（Pinkerton National Detective Agency），如果亂步當時能成為岩井偵探事務所的一員（即便只是短期），兩者之間就能產生宿命的共通點，不得不有點遺憾。又及，關於在日本的私家偵探界地位等同於開山始祖的岩井三郎，也有相關著述，戰後他曾與亂步重逢。

不只是江戶川亂步，在現實生活中很多人都曾在短期內不停換工作。雖說不能一概而論，但是不管做什麼都搞砸，被直屬上司一再批評，最後終於受不了索性遞辭呈的例子想必占了大半。他們不看自己意外曝露出的無能，老是嘀咕著世上某處

1 Samuel Dashiell Hammett, 1894～1961, 美國重要的冷硬推理小說家。

一定有適合自己的工作，就這樣在尋尋覓覓的過程中不知不覺地老去。但是反觀江戶川亂步，根據他自己寫的回憶錄，大致上他在職場都能勝任工作，至少起先上司也很喜歡他。正如前面引用的文章，他這份與其說是多彩多姿毋寧該用支離破碎來形容的工作履歷，都是還沒被解雇前便已主動決定離職。是他自己厭倦了那份工作難以為繼，但這或許也是因為當時的亂步，是一種與周遭眾人格格不入的怪人吧。比起工作內容本身，或許該說是他與按時上班這件事八字不合。

日後江戶川亂步在平凡社替他出版第一套全集時，自己提出了幾個宣傳企畫案。其中有些他親手寫的原案就這麼直接被製版轉作他用，令亂步自己大為錯愕。亂步自少年時代便熱愛鉛字，還買齊四號鉛字，藉由原版印刷嘗試凸版印刷，甚至起意創辦雜誌，對出版事業野心勃勃的他，對於宣傳也自有一套想法。在他不斷換工作的過程中，也做過編輯和廣告文宣，雖然為時甚短，但由這個事實應可清楚看出他的能力與品味。換言之江戶川亂步身為原稿作者的同時，也可視為一位熟稔文字媒體各個層面的全方位出版人。

在作家之中，把全副心血都投注在稿子完成前的階段，對於交稿後到出版成冊的過程毫不關心也一無所知的人並不少。當然，作家的工作本就是交出優質稿件，之後的步驟自有編輯和印刷業者等專業人員負責。因此，即使對專業之外的事不通曉，也不能硬是責怪人家，但就算不到通曉的地步，至少具備基本知識也不會有損失。由許多人分段合力完成的工作，通常有按部就班的步驟，假使定期刊物的作者因為自己的私人原因延遲交稿一天，這股餘波接下來將會呈幾何級數增大。尤其是在創作上比別人寫作速度慢上一倍的亂步，正因他很清楚雜誌連載小說拖稿會給多少人造成麻煩，這種矛盾肯定也更大。

前面提到的小林信彥，在《回憶江戶川亂步（Metalogue出版社，一九九四年十月）》的敘述，就是表現出江戶川亂步在偵探小說作家之外另一種面貌的珍貴證詞。此書將小林信彥一九七一年發表的小說〈半巨人的肖像〉，以及做為雜誌報導和卷末解說的二篇回憶散文收錄成冊，並且還加上了他與弟弟小林泰彥的對談。從小看亂步小說長大的小林信彥，在二十出頭時得到亂步賞識，昭和三〇年代得以參與寶石社發行的雜誌《寶石》的編輯工作。該雜誌在當時日本偵探小說界的地位堪稱中樞，有段時期卻因種種原因導致經營不善。亂步看不下去這種慘狀，最後乾脆自掏腰包意圖振衰起蔽，同時也親自加入編輯陣容強力指揮。因此小林信彥得以近距離觀察亂步這種姿態，也針對雜誌編輯工作互相交換意見。收在同書中的文章，多方面地描述出這段經過。

小林信彥不久便挑起同由寶石社創刊的日本版《希區考克雜誌》的編輯工作。在弟弟泰彥的協助下，逐一引進辦雜誌的新構想。刊載的小說雖然大致上不如美國版，但日本版自行企畫的專題和報導頗有特色。這本雜誌在正好滿四年的第四十八期（再加上手槍特集的增刊號二冊共五十冊）畫下句點，但做為日本雜誌文化精華之一至今仍備受肯定。小林信彥的編輯才能自不待言，執筆陣容的堅強也是最大要因，但看了這本《回憶江戶川亂步》就會發現，與亂步一再開會做腦力激盪（brainstorming）也幫了大忙。

附帶一提，〈半巨人的肖像〉是傳記小說的同時或也算是一種私小說。文中主角是今野這名青年，令人連想到江戶川亂步的偵探小說作家則叫做冰川鬼道。故事，就在不斷回顧鬼道的功績與言行的過程中，勾勒出他晚年至逝世這段時期的情景。透過今野的眼光，重新審視小說喜歡描繪異常世界連私生活似乎都在模仿作品風格的鬼道實像，應可說是這篇小說的基調。在小林兄弟的對談中，也大量出現許多小故事，可以看出面對現實的江戶川亂步，一反世間印象其實是個普通的正常人，也可窺知他對雜誌編輯與出版事業細節的熟悉。相較於亂步經常被人與作品特異性連想到一塊的假像，這本書透過作者自身體驗呈現亂步的實像，就此點而言堪稱意義深遠。

好了，開場白的部分一扯就扯了太多，關於本稿最初提到的小說作品內容也不得不略述一二。作者筒井共美本為劇作家，這本〈月影之市〉似乎是她的第一本小說。故事以第一人稱的「我」為中心逐漸進展，在正文中雖只用「海獺老師」這個異名，但任誰都會懷疑這個「我」就是江戶川亂步。如果容我再次借用《偵探小說四十年》的記述，昭和二年這一項的開頭有下列文章：

（前略）靈機一動，我在淺草公園的五重塔附近租了一間破房間，在鄰近的廉價小飯館吃飯，把從早到晚逛淺草公園當成日課，而且，有時直到深夜一兩點還坐在公園長椅上，因此被警察抓住盤問，有時還變裝走在公園裡，因此又被斥罵，也曾窩在上野不忍池畔的小旅社，連續好幾天就這麼瞪視房間天花板，等等等……

這正是描寫他在長篇小說《一寸法師》完結時陷入自我厭惡，頭一次宣布停筆後的放蕩生活一端。之後，直到昭和三年寫出〈陰獸〉重新復活為止，其間亂步一篇小說也沒發表。不過他並非完全沒寫作。有一次他對寫好的稿子感到不滿意，本該把那篇稿子交給橫溝正史，卻在與橫溝同宿的名古屋某飯店的廁所撕破稿子扔掉，然後才告訴對方，發生了這種著名的「事件」。事到如今不需確認也知道，這篇稿子，正是二年後的〈帶著貼畫旅行的男人〉的雛型。

筒井共美的《月影之市》，就是描寫亂步在昭和二年的放浪旅途中，得到〈帶著貼畫旅行的男人〉的靈感的過程。當然，這是虛擬作品，作中的「我」遭遇的離奇事件，並非完全照抄事實。身為文思枯竭的小說家又有偷窺嗜好的「我」，在他被以丸之內大樓為據點徘徊不去的奇妙女子團體、以及隻身追查她們的刑警不斷耍得團團轉的情況下，對於男人為了與喜愛的女人在一起不惜進入貼畫中的故事產生興趣。而故事就在「我」提筆開始撰寫新作品時落幕。這是一篇摻雜昭和初年東京風俗的都市小說，同時，本該早已消滅的「十二層樓房」[1]忽然復活的奇幻風格，也令人不忍釋手。最重要的是，這又是一個前述江戶川亂步的虛像編織出嶄新幻想的好例子。

本文作者簡介

長谷部史親（はせべ・ふみちか），本名谷口俊彥。推理文學評論家。一九五四年四月十九日出生，東京都人。早稻田大學法學部畢業後，在書店上班，之後從事舊書買賣行業，並撰寫推理小說評論。日本推理作家協會會員。一九九二年以《歐米推理小說翻譯史》（歐美推理小說翻譯史）獲得第四十六屆日本推理作家協會獎。九三年以《日本ミステリー進化論》（日本推理小說進化論）獲得第八屆大衆文學研究獎。重要著作有：《探偵小說談林》（探偵小說談林）、《推理小說に見る古書趣味》（推理小說中的古書趣味）、《海外ミステリ歲時記》（海外推理小說歲時記）、《私の江戶川亂步體驗》（我的江戶川乱步體驗）、《ミステリの邊境を步く》（行過推理小說邊境）等。

《小說中的江戶川亂步》刊於《地下室》一九九四年八月、十月、十一月、十二月各號。

1 應指淺草的凌雲閣(1890-1923)。

國家圖書館出版品預行編目資料

蜘蛛男／江戶川亂步著；劉子倩譯. -- 初版. -
台北市：獨步文化：家庭傳媒城邦分公司發
行，2010〔民99〕
面；　公分. --（江戶川亂步作品集：
07）
譯自：蜘蛛男
ISBN 978-986-6562-71-6（平裝）

861.57　　99008129

江戶川亂步作品集07
蜘蛛男

原著書名／蜘蛛男
原出版社／光文社
作　　者／江戶川亂步
翻　　譯／劉子倩
系列主編／傅博
責任編輯／張麗嫺
編輯總監／劉麗真
總　經　理／陳逸瑛
榮譽社長／詹宏志
發　行　人／涂玉雲
出　　版／獨步文化
城邦文化事業股份有限公司
104台北市中山區民生東路二段141號5樓
電話：(02) 2500-7696　傳真：(02) 2500-1967
發　　行／英屬蓋曼群島商家庭傳媒股份有限公司
城邦分公司
台北市中山區民生東路二段141號2樓
讀者服務專線：(02) 2500-7718; 2500-7719
24小時傳真服務：(02) 2500-1990; 2500-1991
服務時間：週一至週五上午09：30-12：00; 下午13：30-17：00
讀者服務信箱E-mail：service@readingclub.com.tw
劃撥帳號／19863813
戶　　名／書虫股份有限公司
總　經　銷／大和書報圖書股份有限公司
電話：(02) 8990-2588・8990-2568　傳真：(02) 2290-1658・2290-1628
香港發行所／城邦（香港）出版集團有限公司
香港灣仔駱克道193號東超商業中心1樓
電話：(852) 25086231　傳真：(852) 25789337
E-mail: hkcite@biznetvigator.com
馬新發行所／城邦（馬新）出版集團【Cite (M)Sdn. Bhd. (458372 U)】
11,Jalan 30D/146, Desa Tasik,
Sungai Besi, 57000 Kuala Lumpur Malaysia
電話：603-9056 3833　傳真：(603) 9056 2833
美術設計／黃暐鵬
排　　版／浩瀚電腦排版股份有限公司
印　　刷／中原造像股份有限公司
□2010年（民99）11月初版
售價／380元
城邦文化事業（股）公司・獨步文化事業部
 ISBN 978-986-6562-71-6
Printed in Taiwan

獨步文化
APEX PRESS

廣　告　回　函
北區郵政管理登記證
台北廣字第000791號
郵資已付，免貼郵票

104台北市民生東路二段 141 號 2 樓

英屬蓋曼群島商家庭傳媒股份有限公司
城邦分公司

請沿虛線對摺，謝謝！

獨步文化
APEX PRESS

書號： 1UU007　**書名：** 蜘蛛男　**編碼：**

請於此處用膠水黏貼

獨步文化 APEX PRESS

讀者回函卡

謝謝您購買我們出版的書籍！

請費心填寫此回函卡，我們將不定期寄上城邦集團最新的出版訊息。

姓名：＿＿＿＿＿＿＿＿＿＿ 性別：□男 □女

生日：西元＿＿＿＿年＿＿＿＿月＿＿＿＿日

地址：＿＿＿＿＿＿＿＿＿＿＿＿＿＿＿＿＿＿＿＿

聯絡電話：＿＿＿＿＿＿＿＿＿＿ 傳真：＿＿＿＿＿＿＿＿

E-mail：＿＿＿＿＿＿＿＿＿＿＿＿＿＿＿＿＿＿＿＿

學歷：□1.小學 □2.國中 □3.高中 □4.大專 □5.研究所以上

職業：□1.學生 □2.軍公教 □3.服務 □4.金融 □5.製造 □6.資訊

□7.傳播 □8.自由業 □9.農漁牧 □10.家管 □11.退休

□12.其他＿＿＿＿＿＿＿＿＿＿＿＿＿＿＿＿

您從何種方式得知本書消息？

□1.書店 □2.網路 □3.報紙 □4.雜誌 □5.廣播 □6.電視

□7.親友推薦 □8.其他＿＿＿＿＿＿＿＿＿＿＿＿

您通常以何種方式購書？

□1.書店 □2.網路 □3.傳真訂購 □4.郵局劃撥 □5.其他

您喜歡閱讀哪些類別的書籍？

□1.財經商業 □2.自然科學 □3.歷史 □4.法律 □5.文學

□6.休閒旅遊 □7.小說 □8.人物傳記 □9.生活、勵志 □10.其他

對我們的建議：＿＿＿＿＿＿＿＿＿＿＿＿＿＿＿＿＿＿＿＿

＿＿＿＿＿＿＿＿＿＿＿＿＿＿＿＿＿＿＿＿

＿＿＿＿＿＿＿＿＿＿＿＿＿＿＿＿＿＿＿＿

＿＿＿＿＿＿＿＿＿＿＿＿＿＿＿＿＿＿＿＿

＿＿＿＿＿＿＿＿＿＿＿＿＿＿＿＿＿＿＿＿

請於此處用膠水黏貼